Scrittori italiani e stranieri

IN SV LA CI MA

Mauro Corona

La voce degli uomini freddi

ROMANZO

MONDADORI

Dello stesso autore in edizione Mondadori

Guida poco che devi bere: manuale a uso dei giovani per imparare a bere
Venti racconti allegri e uno triste
Come sasso nella corrente
La ballata della donna ertana
La fine del mondo storto
Torneranno le quattro stagioni
Il canto delle manére
Storia di Neve
Le voci del bosco
Cani, camosci, cuculi (e un corvo)
I fantasmi di pietra
Vajont: quelli del dopo
L'ombra del bastone
Storie del bosco antico
(disponibile anche nella collana Audiobook, con cd audio)
Aspro e dolce
Nel legno e nella pietra

www.librimondadori.it

La voce degli uomini freddi
di Mauro Corona
Collezione Scrittori italiani e stranieri

ISBN 978-88-04-63377-8

Published by arrangement with Susanna Zevi Agenzia Letteraria

I edizione novembre 2013

La voce degli uomini freddi

All'amico Elio Penna,
detto il Gufo.

La neve d'estate

Era un paese di neve. Nevicava anche d'estate. E nelle altre stagioni lo stesso. Nevicava sempre.

La neve di quelle rampe infami era materia perenne, tanto che la gente aveva la faccia bianca di chi sta sempre al chiuso e il carattere silenzioso e gelido delle nevicate.

Lassù vivevano donne e uomini soffiati nella neve, statue di ghiaccio che nessun fuoco avrebbe mai potuto sciogliere. Nemmeno quello dell'amore. Si diceva che durante gli amplessi conservassero i corpi gelidi, mentre l'irruenza del coito era disordinata e forte come due valanghe che si scontrano. I bambini che nascevano venivano subito messi da parte, ché le vecchie levatrici, ormai carcasse gelide e tristi, quasi non li tenevano in mano, tanto erano freddi.

Così era la faccenda lassù, sui monti degli invisibili. Quella gente isolata e solitaria quando moriva diventava un po' tiepida perché da viva era più fredda che da morta. Anche se pare impossibile, era così.

Quando nevicava d'estate, la valle si trasformava in un presepio irreale e lontano, e le vacche alle malghe restavano senza pascolo. Allora gli uomini salivano con fasci di fieno finché il sole non tornava a sciogliere quella neve fuori tempo e l'erba alzava di nuovo la testa, drizzava la schiena e diceva: «Finalmente!».

Nessuno sapeva spiegarsi perché in quella valle remota nevicasse in tutte le stagioni. Forse era l'aria che portava freddo improvviso o una maledizione. Chissà. Incastrato tra le montagne, come in fondo a un portacote, tutto quel che cadeva dal cielo finiva là dentro, sulla testa degli uomini freddi. Ma a loro non importava e nemmeno si domandavano perché. Era così e basta.

Ciò che invece sapevano quegli uomini congelati era che campavano improvvisi e fragili come i fiocchi di quella neve che da sempre li avvolgeva. Se capitava qualche gioia, perché anche quelli avevano il cuore, si avvilivano come se cominciassero a sciogliersi. La felicità a loro faceva male come il sole alla neve. Li faceva sparire. Non fisicamente, quello no, ma li indeboliva. Allora sparivano dalle vie e dalle strade e dai sentieri, intanandosi nelle case a tribolare, quando invece, al loro posto, uomini normali avrebbero fatto festa. Lassù era così.

In quei posti non vivevano uomini normali, anche se di normale avevano tutto. Erano fatti esattamente come quelli delle pianure, o delle valli lontane, solo che erano stati modificati dalla neve, la quale decideva il loro destino tutto l'anno. Lo aveva deciso nei secoli passati e avrebbe seguitato a farlo. Ma loro non si lamentavano né si preoccupavano, stavano bene così. Anzi, se per caso qualche anno andava bene e le stagioni erano piuttosto regolari e quindi nevicava meno, quasi si preoccupavano che la coperta bianca non andasse a trovarli fuori dal tempo giusto. Erano abituati a vedersela spuntare d'improvviso e, se mancava, invece che godersi la fortuna stavano col naso in su, a sentire se per caso era vicina.

Bisogna dire che venivano anche periodi buoni, e il tempo si faceva bello e il sole scaldava quelle anime solitarie appese alle rocce, e le stagioni erano stagioni. Ma non potevano fidarsi e meno ancora sperare, perché di punto in bianco, anche a luglio e agosto, il cielo diventava grigio come una conca di pietra, tutto attorno luceva una falce di gelo e si metteva a nevicare. E ne veniva tanta, anche un metro, non le solite burrasche estive che possono capitare ovunque. Allora rischiava di rovinarsi il raccolto, le semine pativano, morivano le api, marcivano gli innesti. Ma quelli si erano fatti accorti, avevano escogitato sistemi, inventato trucchi e accorgimenti per proteggersi e salvare i loro beni. Sapevano quando sarebbe arrivata la coperta a seppellirli. La percepivano. Fiutavano l'aria, tastavano la corteccia degli alberi se era umida, palpavano la terra, sentivano che si ritirava come quando si toccano le corna alle chiocciole. Poi guardavano la volta del cielo verso là, dove la valle pareva la bocca spalancata di un lupo, irta di denti e rocce affilate.

La neve, quando spuntava, arrivava cavalcando i monti incastrati nell'ombroso settentrione. A quel punto dicevano: «*Gost'ochì*», che voleva dire: "È qua". E allora, se era la stagione dei raccolti, correvano a coprirli con assi di larice che poggiavano su telai già predisposti. E intorno agli alberi da frutta premevano degli imbuti fatti con la scorza delle piante sempreverdi come l'abete, il larice, il pino cembro, ma anche la betulla. Così facevano lassù. In questo modo salvavano gran parte del nutrimento. Per concimare i campi, oltre al pastoso letame delle vacche, andavano a raccogliere gli escrementi di milioni di pipistrelli in una grotta enorme, buia come una miniera di carbone. La chiamavano l'antro della notte. Era da vederli muoversi come un branco di formiche in qua e in là, indaffarati a coprire i raccolti, veloci come lucertole spaventate. Per quasi tutto l'anno correvano. Erano allenati e ognuno sapeva cosa fare, ognuno aiutava gli altri e gli altri aiutavano lui.

Ronzando tutta la vita in mezzo alla neve, anche le api avevano modificato il loro modo di vivere e il corpo, addirittura. Erano diventate bianche che a vederle, quando volavano raccolte a sciami, parevano sbuffi di neve a fiocchi. Riuscivano a trovare nettare e polline nei posti più riparati o nascosti, dove i fiori fortunati si salvavano dalla tenaglia del freddo che si trascinava dietro la neve improvvisa dell'estate. Oppure vigilavano, girando in volo sopra la coperta bianca, aspettando che il sole la strappasse via e i fiori drizzassero la testa come le erbe. A quel punto andavano giù a piantare l'affilata siringa tra i petali per succhiare quella roba buona da fare il miele, lavandosi il muso nei petali ancora bagnati.

Gli abitanti di quel luogo desolato e fiabesco avevano imparato molti trucchi dalle api, per modellarsi e adattarsi al perenne castigo della neve, che ormai non era più un castigo ma un'amica da amare e compatire. Occorreva aver pazienza, la neve aveva un brutto carattere. Prima regola era stare assieme, lavorare in gruppo per la vita di quell'alveare sospeso sul mondo che era il villaggio degli uomini freddi. Nel privato, ognuno scolpiva come voleva il tronco delle sue idee, ma quando c'era in gioco il bene comune si davano manforte restando uniti e compatti come le api. E come le formiche. Perché anche dalle formiche avevano imparato a stare lì. Pure loro erano state costrette a vivere sotto la neve che veniva improvvisa a coprire i formicai. Ma non erano diventate bianche come le api e il perché di questo mistero gli uomini freddi ogni tanto se lo chiedevano.

Era successo così, lassù, la neve dei secoli cadeva fuori stagione, regalando a tutti il suo colore candido, dalle facce degli uomini alle api, dalle cortecce degli alberi al pallido chiarore delle erbe. E al calcare delle rocce che la neve insaponava e sciacquava di continuo come a volerle tenere sempre bianche e pulite. Per questo, quando l'alba veniva a tirarle fuori dalla notte, parevano spose novelle che uscivano fresche fresche dalla grande chiesa del creato.

In quel paese remoto, accoglieva i morti un cimitero senza croci. Gli abitanti dicevano che, da vivi, gli uomini sono tutti diversi, come i fiocchi di neve, ma nella morte si consumano e diventano la stessa terra, come i fiocchi che sciogliendosi diventano la stessa acqua. Ecco perché non c'erano nomi né croci lassù nel camposanto delle nevi eterne. In quel luogo di silenzio profondo, dove la vita diventava immobile, quando nevicava parenti e amici alzavano un pupazzo di neve sulle fosse dei defunti. Appena tornava bel tempo quello si scioglieva e andava a sprofondare laggiù, nella terra umida dei morti, a portar loro la luce del tempo di fuori, il candore delle nevicate e le notizie di quelli che s'ingegnavano senza pace e senza rabbia, sulle spalle della montagna inospitale. Il pupazzo di neve significava che la vita è breve e tribolata, si disfa e scompare presto. Che ci sia sole o pioggia o il vento delle stagioni, la vita se ne va. E al posto del pupazzo fragile e provvisorio appena scomparso, sulla tomba ne sorgerà un altro eretto da uomini e donne, perché sono gli uomini e le donne che danno origine ad altre vite. Tutti stiamo ritti sopra le nostre fosse, messi lì dai genitori, in attesa, quando il tempo vorrà, di scivolarvi dentro come l'acqua dei pupazzi scongelati. Così pensavano lassù. Una realtà ineluttabile che gli abitanti del paese di neve avevano ben capito. Per questo non davano importanza ai giorni e nemmeno a quel che facevano. Perché quello che facevano doveva durare il tempo necessario alla vita.

Lassù viveva gente mite ed essenziale che arrivava, durava e spariva in silenzio come la neve. Non lasciavano ricordi se non racconti, buoni insegnamenti e istruzioni per costruire ciò che serviva ai giorni. Quando uno moriva, tutte le sue cose, se erano di legno, venivano bruciate per scaldare la casa. Ultimo aiuto che il defunto poteva dare. Se di metallo o pietra, venivano seppellite nel cimitero assieme al suo corpo. Quella roba consunta dall'uso, levigata di sudore, l'aveva adoperata lui, il morto, vi era penetrata dentro un po' della sua anima e, secondo loro, nessuno poteva disturbare con altre mani la sua anima. Ciò che le sue mani avevano toccato per il tempo della vita doveva esser lasciato dormire in pace.

Quella gente viveva come la neve: lieve e silenziosa, senza aggrapparsi alle cose terrene, ma scivolando via da esse come la neve dai mughi nel tempo del disgelo. Solo tre cose conservavano dei morti: la scure, la vanga e la pipa, se uno la fumava. La scure era simbolo di resistenza, legna da ardere, artigianato, difesa da orsi e lupi che di notte sotto la neve grattavano il cielo di piombo con le loro grida affilate. La vanga era simbolo di terra, i campi, gli orti, i prodotti che maturavano sotto le intemperie, le verdure, le patate nere che sapevano di tartufo e quelle bianche più buone del pane, dolci come il miele. La pipa rappresentava il suono delle parole. Come un filo d'erba cresciuto fra due pietre, era vissuta fra labbra che avevano pronunciato parole. Belle o brutte. E baci, se ne avevano dati. Parole e baci, forse bestemmie pronunciate da labbra che nelle pause di lavoro inumidivano il beccuccio della pipa, mentre la testa pensava al tempo della fatica, dell'esistenza agra, e a tutto quel che girava intorno a queste cose.

Lassù niente era come negli altri paesi e nemmeno i bambini venivano battezzati in forma regolare. Al posto di acqua adoperavano neve. Aspettavano che nevicasse, e non occorreva aspettare molto. Portavano il pargolo in chiesa dentro una conca di scorze bianche cavate da betulle. E lì, il prete gli sfregava un po' di neve sulla testa e sul viso e un po' gliela faceva cadere dall'alto, come una nevicata, in modo che rimanesse sempre puro. Il neonato prima sbiancava, poi raggrinziva tutto, come se fosse diventato vecchio di colpo, appena nato. Ma subito dopo, passati scosse e sussulti, diventava rosso e lucido come una mela e rideva, perché aveva sentito sul viso la prima nevicata.

Non solo lassù battezzavano i bambini con la neve, ma a volte li concepivano sulla coperta bianca. I giovani avevano il fuoco nei lombi, ma senza un posto dove far l'amore prendevano le donne al volo, qua e là, dietro gli alberi, sotto le nevicate, come i corvi imperiali sotto la volta del cielo. La neve vecchia faceva da sostegno agli amanti di passaggio: pur conservando negli amplessi il solito gelo, qualcosa di caldo quei corpi dovevano esprimere se, una volta finito, sulla coperta bianca rimaneva impressa una buca fumante. Le energie disciolte nell'ardore evaporavano nel freddo, mentre qualche capello della donna rimaneva sulla neve che, dopo aver accolto gli amanti frettolosi, lo congelava nel pacifico sonno. Ogni tanto qualcuno dei ragazzi tornava sul luogo dell'amore a contemplare la buca dove si era intrattenuto con la sua bella. Si chinava a palpare il letto di gelo che per qualche attimo gli era sembrato caldo. E forse lo era stato, la buca lo rivelava. Se osservava bene, notava il filo sottile di un capello imprigionato nella crosta di neve. Allora con delicatezza lo toglieva da lì, e se lo infilava sotto i vestiti, sul petto a contatto con la pelle, perché voleva conservarlo, sottrarlo alla solitudine del gelo. E avere vicino qualcosa di lei.

Strana vita dove nevicava sempre. Esistenze nascoste e misteriose, in balia degli elementi, come se quella gente si muovesse sul fondo di una bottiglia e qualcuno vi buttasse dentro di tutto e di continuo. Allora si erano fatti la testa dura, erano stati costretti a temprarla, per chinarla e non vedere, per non essere accecati da quel che cadeva dall'alto. E così resistevano, sempre in silenzio come se dovessero scontare l'eterna penitenza di un gelo e disgelo senza fine. Senza fine e senza inizio, perché ogni volta che la neve cominciava a gocciolare e farsi acqua, veniva quella nuova a perpetuare i ritmi balzani di quel mondo scompigliato.

La prima valanga

Come dappertutto, anche lassù dondolava l'eterna altalena del tempo: neve che spariva, neve che tornava, gente che moriva, gente che nasceva. Ma le stagioni non c'erano. Lassù le stagioni non esistevano. E se apparivano, si manifestavano confuse, legate una con l'altra come cani intrappolati dai guinzagli mentre corrono tutti insieme verso lo stesso osso. L'osso era il paese, i cani le intemperie guidate dalla generalessa: la neve.

Con la neve a volte veniva il vento a farla girare. La faceva correre dappertutto, trasformata in grandi imbuti bianchi che battevano vie, cortili, tetti e fienili a raccogliere gelo, grandine e aghi congelati. Allora si poteva udire davvero il dolore della natura. Gli alberi solitari, privi di protezione, si torcevano come stracci, piegavano il corpo con gemiti dolorosi fin quasi a spezzarsi in due. E qualcuno si spaccava facendo dei *crac* così secchi che sembravano spari; poi cadeva senza più un lamento, sprofondando nella neve che lo copriva subito, come a voler nascondere un testimone pericoloso. I boschi si piegavano di qua e di là lasciando vedere la parte nascosta delle foglie come se qualcuno prima di pettinarli li voltasse al verso giusto. E poi gli imbuti scantonavano lungo le vie cavando scandole dai tetti e riempiendo le latrine di neve. E quando infilavano i cunicoli tra le case, quei giravolti di polvere bianca si sfasciavano fischiando e facendo ululati come se fossero lupi in cerca di mangiare. Ma appena usciti dai cunicoli si univano di nuovo a imbuto per non perder forza, e andavano su fino sopra il campanile a girare intorno alla punta e far ronzare le campane come se una mano le sfregasse.

E di notte era ancora peggio. Di notte la paura cresceva perché tutto pareva crescere, anche le urla del vento nei cunicoli del paese. A guardare i tetti delle case avvolti dalla tormenta pareva che fumassero come se avessero preso fuoco le soffitte e i solai, e il fumo uscisse dalle scandole e dai travi girando intorno in vortici impazziti.

Le tormente lassù erano cattive, anche se di rado facevano grossi danni. Gli uomini freddi avevano fissato quel che poteva spostarsi sotto l'urto del vento tramite chiodi di legno, che all'occorrenza si piegavano per indebolire la forza d'urto. Quelli di ferro, invece, resistevano dritti e fermi e allora la scandola o le assi si spaccavano e volavano via. Una dopo l'altra, andavano via tutte e il tetto rimaneva nudo.

La forza dei chiodi di legno l'avevano imparata da alberi come le betulle, gli abeti bianchi o altri ancora, che quando sentivano troppo peso piegavano i rami e scaricavano la neve. Quelli cocciuti invece, come i carpini o i maggiociondoli, o anche i larici, non cedevano, tenevano le braccia rigide, e a quel punto la neve gliele spaccava senza pietà. Ma sovente, quando le bufere grattavano le porte con unghie d'acciaio, facendosi aiutare dal vento ghiacciato che cadeva dai monti sul villaggio come una valanga di ferraglia, qualche danno compariva tra le case e i coltivi. Ma erano cose rimediabili, quasi niente in confronto alle disgrazie successe nei mille anni di patimenti che si portava addosso quel posto disperato.

Le tragedie sputate dai secoli le conoscevano tutti e da sempre. E avevano lasciato il segno. Non per niente le api erano diventate bianche. Gli uomini dei monti pallidi non tolleravano che quelle storie si perdessero nelle foibe del tempo. La loro biografia scritta sulla neve non doveva sciogliersi nei disgeli ma restare tatuata sulla pelle, camminare lungo le vie, vivere dentro le case, all'interno della memoria congelata. Nessuno doveva o poteva dimenticare. Tutti avevano l'obbligo di ricordare i patimenti e le tribolazioni e l'origine di quel popolo ibernato dalle tormente da oltre dieci secoli. Per questo, oltre a scriverla in una grotta, tenevano viva la storia raccontandosela in forma di canto. Se la passavano da nonni a padri, da padri a figli. Ogni volta che finiva il giorno. Alla sera, invece di pregare o recitare il rosario, come il costume dei paesi sui monti, si riunivano dopo cena, accanto alle stufe, e i vecchi a voce bassa cantavano come un moto perpetuo i fatti che avevano accompagnato le loro fredde esistenze nei secoli. I giovani ascoltavano. Dovevano ascoltare anche se non volevano, sarebbe toccato a loro dopo cinquant'anni riferire i fatti. Se erano ancora vivi. Se non erano vivi, altri al loro posto avrebbero cantato. Qualcuno sarebbe rimasto a dire quel che era successo. Se di quei poveri diavoli ne fosse rimasto soltanto uno, questo qui, seduto sulla porta di casa, avrebbe informato il cielo e il vento e la neve che lassù la vita era andata così e cosà, e nessun rimedio li aveva aiutati. E sarebbe continuata allo stesso modo, sempre. Quella storia, allora, andava cantata fino alla morte di tutti. Quella storia non doveva essere dimenticata. Finché uno di loro avesse tirato il fiato, andava ripetuta di continuo come il ritorno delle nevicate. E così fu.

Più volte morirono in tanti e assieme, ma non morirono tutti. Non potevano morire tutti, qualcuno doveva restare per raccontare la storia. La storia di un paese dove nevicava anche d'estate e gli uomini avevano la pelle fredda. Per questo non pregavano di sera, ma lo facevano al mattino, prima di governare il bestiame, perché sul tardi, quando il buio rosicchiava il torsolo del giorno, ricordavano il passato, i morti, la neve e tutto quel che era stato. Quello era l'unico obbligo, un dovere inderogabile per cui la preghiera della sera diventava memoria del passato che, in quel modo, rimaneva eterno presente. Poi pian piano le voci s'indebolivano, fatiche e tormente le ottundevano, diventavano sempre più fioche fino a quando la bocca della stanchezza apriva uno sbadiglio che li ingoiava tutti in un sonno di pietra. Ma appena spuntava un po' di sole, tornavano a cantare come prima, come un tempo, quando erano tutti più allegri e stavano molto più in alto.

Lassù funzionava così, se c'era una cosa che poteva vangare l'oblio, tener viva la voglia, resistere, sostituire l'amore, che mano a mano andava scemando, per quel luogo ingrato, questa era la memoria. Solo onorando il passato e tutti coloro che traversandolo erano stati polverizzati e dispersi nelle tempeste, quella gente trovava la forza di campare sotto i disagi delle nevicate e le scarse dolcezze di un posto da castigo. Coltivavano la riconoscenza, virtù ignorata dalla neve, che appena arrivava il sole si scioglieva, andava per i fatti suoi e spariva. Poi tornava ma intanto andava via. Da lei avevano imparato che così non si fa.

Avevano imparato molte cose dalla neve, anche a esser più buoni. Quando sentivano i *crac* dei rami che si spaccavano sotto il suo peso e parevano colpi di fucile, di notte e di giorno trovavano camosci e cervi uccisi dalle valanghe, e tratti di bosco spazzati via o scandole divelte, dicevano che quella terra era così e la neve anche, e altro non si poteva sperare. Allora cercavano di essere migliori loro. Con questo non si vuol dire che ogni tanto non s'accendesse una questione, ma veniva subito affondata nella neve come le api affondavano la spina nel fiore per cavarne il dolce da fare miele. Anche questo avevano imparato dalle api bianche. A spingere in fondo l'ago della rabbia per farlo sparire e cavarne qualcosa di prezioso, che era il perdono e la buona armonia. Quegli uomini lassù si affidavano alle leggi della natura che facevano meno danni delle leggi degli uomini ed erano più giuste e anche più severe.

«La natura» dicevano «non si ricorda e perciò è giusta, bella e severa.» Se una valanga rotolava in un punto e prendeva qualcuno e lo ammazzava, sapevano che quando tornava sarebbe scivolata ancora nello stesso punto. Ma la valanga non ricordava che aveva ucciso uno di loro e, se un altro si fosse trovato lì, avrebbe accoppato pure lui. Allora quegli uomini strani, dopo il primo morto, non andavano più dove poteva irrompere la valanga. Per questo non esistevano tabelle o divieti scritti, o recinti per non far passare. Se la natura non ricordava, loro ricordavano bene e stavano attenti, a tutto.

Molti secoli prima, quando lassù qualcuno impiantò la vita, a luglio era venuto giù un inferno di neve e pioggia alimentato dal vento che aveva fatto muovere tutte le acque delle montagne facendole arrivare perfino nei posti dove mai era stata vista acqua. Questa bufera da far spavento si spostava lungo i valloni come nuvole liquide gonfie di rabbia. Fu una roba da non credere e non dimenticare più, tanto che diventò una delle storie che venivano cantate la sera e che erano state incise nella grotta. Nel suo scavare i pendii, l'acqua gonfia di terra e alberi e sassi passò al margine del villaggio grattando via undici case piene di gente. Furono quarantadue i morti. Da quella volta lì, sul costone disossato rimasto bianco come calce, gli uomini freddi non costruirono più nulla, nemmeno un pollaio o una latrina o un orto. Rammentarono la lezione. Sapevano leggere i libri della natura, e ogni tanto li toglievano dagli scaffali del tempo e li sfogliavano per rinfrescarsi la memoria.

La natura scrive i suoi libri. Da quando è nata mette sulle pagine tutto quel che è successo e poi le deposita nelle biblioteche del passato. Scrive in lingua difficile, però basta guardare per impararla. Gli uomini freddi l'avevano imparata. Se ai piedi della montagna scivolava un ghiaione grigio come una lingua di vacca che raspa il prato, voleva dire che quella montagna era friabile, granulosa, non sicura. E allora stavano attenti ad andare su o passarvi sotto. Poteva buttar giù l'uomo che saliva o tirargli un sasso in testa. La lingua del ghiaione diceva questo.

Dopo otto giorni di pioggia, il torrente era un tuono che faceva la voce grossa, si gonfiava, diventava mota. E così pure ruscelli e rigagnoli e fili d'acqua. Allora non bisognava andargli vicino o peggio attraversarli. Quelli stavano dicendo che erano pericolosi e non bisognava scherzare con loro. Stavano scrivendo le avvertenze e chi in passato non le aveva decifrate era morto. E così per le valanghe visto che lassù nevicava sempre e le valanghe filavano i canaloni con lana di neve. Ma la natura aveva compilato il registro dei secoli e lo aveva messo lì, che tutti lo consultassero. E gli uomini freddi lo avevano imparato a memoria, anche se sapevano che il destino poteva calare un pugno imprevisto e quello non lo avrebbe scritto nessuno se non dopo, quando era venuto. Ma lo salvavano comunque nella memoria in modo da tener presente che poteva succedere di nuovo qualcosa di simile.

Per esempio il fulmine. Nessuno sapeva quando piombava giù. Ma si poteva capirlo dal cielo, se era piombo liquido e s'incendiava di continuo. A quel punto gli abitanti lasciavano i lavori e s'intrappolavano in casa. Se poi la saetta cadeva sulla casa, quello nessuno poteva saperlo, però lo mettevano in conto perché era successo ancora e quindi stava nel libro della natura.

Era difficile diventare vecchi lassù, nel paese degli uomini freddi, dove nevicava a tutte le stagioni. Eppure ce n'erano tanti che avevano passato i cento anni, e altri ancora li avrebbero raggiunti. Ma, nonostante queste attenzioni, la falce affilata del destino li aveva decimati più volte. Si erano salvati in parecchi, quei tanti per far rinascere la comunità. Una fu quella dell'acqua grande. Un'altra volta fu settecento anni prima, quando il villaggio era un alveare di capanne fatte con scorze di betulla che lo rendevano bianco anche senza che nevicasse. Adoperavano la betulla perché sulla sua pelle la neve non si attaccava, scivolava giù togliendo peso ai tetti. Nevicava anche a quel tempo, come da sempre. Di notte, quando ardeva la luna nella buia radura del cielo, le scorze lucevano come lamine d'argento e tutto attorno s'incendiava di luce.

Capitò d'inverno, ai primi di marzo, però poteva accadere in ogni stagione: nevicò per cinque giorni e cinque notti e tutto fu sepolto. Appena appena si vedeva il fumo dei camini uscire a stento dalle scorze di betulla seppellite da metri di neve. Il calore si faceva largo soffiando, un po' alla volta come in un cunicolo, aprendosi la strada nella coltre di farina fino a sbucare all'aria e respirare. Una volta fuori, il fumo prendeva coraggio e lottava coi fiocchi a chi moriva prima. I fiocchi bassi venivano sconfitti, subito diventavano goccioline, ma sopra ce n'erano altri, a miliardi, e più su ancora. Così che, dopo pochi metri, era il fumo ad avere la peggio. Solo contro tutti, veniva raffreddato, picchiato e umiliato finché non spariva in mezzo al turbine e diventava neve lui stesso.

Quella volta, sette secoli prima, quando nevicò cinque giorni e cinque notti, e tutto stava sepolto sotto il silenzio e la paura era di pietra, e non si udiva il rumore di nulla, né il *pit* di un ciuffolotto, né il verso di una martora, né niente che potesse indicare che lassù c'era vita, a mezzogiorno si sentì qualcosa. Il cielo vomitò una specie di ruggito e la montagna tremò. Tremò come se si fosse spaccata in due e in un certo modo fu così. Perché la montagna, dopo tutto quel nevicare, era diventata doppia, quella sotto di roccia e boschi e pendii, e quella che la copriva, fatta di neve per chilometri intorno, e alta da perdere la vista a cercarne la fine. Fu proprio quella fatta di neve che spaccò il silenzio. Si aprì come un sacco di farina tagliato col rasoio e si versò sul paese. Rotolò giù. Più che rotolare si può dire che cadde a piombo da un punto lassù, che era molto in alto e ripido.

Le valanghe che raspavano i pendii partivano sempre da lì. La gente non ci fece caso anche se udì molto bene la crepa di suono che tagliò il cielo da una parte all'altra: era abituata ai bramiti improvvisi delle valanghe che rimbombavano nella valle e nelle orecchie quasi a ogni nevicata. Sapevano che le lingue bianche dalla montagna correvano giù a leccare i dintorni del paese senza baciarlo o toccarlo di sfioro. Si fermavano prima, appena sopra, a presidiare i quattro lati dell'imbuto dove sul fondo pulsava il cuore remoto del villaggio. A fine corsa lo circondavano come le dita aperte di una mano senza fargli alcun male. Mai si erano scagliate sul paese le valanghe dei monti pallidi. Se erano più grosse, al massimo allargavano le braccia per sradicare e trascinare in fondo larici e pini mughi che, al tempo giusto, uomini e donne s'affrettavano a riportare alla luce e farne legna.

Ma quella volta non fu così. Quella volta no. Si capì immediatamente che il rombo suonava diverso, così non l'avevano mai sentito. Fin da quando le case degli innevati furono impiantate lassù, nell'appicco sotto il cielo come larici sul volto dei burroni, quel rumore lì non era mai comparso. E cresceva. Pareva sputato dal demonio in persona. A quel punto la gente ci fece caso e molti uscirono fuori, ma ormai era tardi. Spuntò prima il muso, un ghigno bianco deformato dall'ira, alto dieci metri, con la bocca aperta. Dopo pochi attimi, in quella bocca entrò più di metà villaggio. Le fauci passarono come un tuono solido e, tra urli e nuvole di polvere gelida, se lo mangiarono in un boccone, come un cane che corre latrando e inghiotte al volo un uccellino. La montagna in movimento andò giù, raspò i terreni congelati che uscirono dal fondo nudi e lucenti come quando si vedono di notte illuminati dalla luna. La parte ancora intera del paese ondeggiava spintonata dal vento bianco della valanga, e scandole e scorze di betulla volavano di qua e di là. Quelli usciti all'aperto, vedendo la morte bianca, si erano buttati per terra per non essere colpiti o strappati via. Respiravano a stento, quel tanto per restare vivi. Ma era più polvere di neve che aria quella che gli entrava nelle narici e nella bocca e per poco non creparono soffocati.

Intanto la valanga seguitava a passare come un treno che non aveva l'ultimo vagone. Finalmente, dopo un tempo che non si può dire, passò questo ultimo vagone pieno di alberi spaccati e zolle sporche e il grande tuono finì. E con lui smise anche di nevicare.

Allora, dalla cima dei monti calò un silenzio che si poteva vedere. Nelle facce dei rimasti si vedeva il silenzio. E anche nel canalone disossato e lustro, appena scavato dalla valanga, si vedeva. Là intorno, in alto e in basso, era tutto rotto, spaccato e sradicato, divelto, cavato fuori, sminuzzato. Quello era il silenzio. Intanto la polvere, dopo aver mulinato nell'aria, cominciò a scendere. Si depositava sulle rovine, sul resto del paese e sugli occhi dei poveri diavoli rimasti vivi, che pian piano si alzavano a palparsi se erano interi e rendersi conto della disgrazia. Nessuno dei sopravvissuti urlò, si disperò, alterò la voce o lamentò qualcosa. Gli uomini freddi erano gente che taceva. Da secoli avevano accettato la rassegnazione del peggio: consci che dall'eterna malagrazia non si scappava e nemmeno la si poteva evitare, col tempo avevano mutato carattere. Nei loro cuori non esisteva più il lamento. Avevano capito che non serviva brontolare o inveire. Piangere, lagnarsi o reclamare non risolveva nulla. Tanto valeva, allora, stare zitti. E zitti rimasero per sempre.

Ma prima ci fu un fatto.

Quando molti anni addietro gli avi impiantarono il paese, tutti si lamentavano di quel posto ingrato, pieno di maledizioni e neve e vento e freddo e disgrazie. Allora un giorno il più anziano, un vecchio che pareva una nevicata e decideva tutto, li riunì e disse: «Chi non vuol rimanere perché non digerisce il posto e quel che Dio manda può andare laggiù, nei paesi delle pianure, dove si vedono nebbie e la vita è migliore». Così dicendo, puntò lo stecco pallido dell'indice verso l'orizzonte lontano. «Potete sparire tutti» continuò, «ma se qualcuno decide di restare, anche uno solo, ci pensi bene. Perché, quando ha pensato bene e decide di restare, non deve più aprire bocca per lamentarsi. Per voi le vie sono tante, per me solo due: o qui o via da qui. Nessuno vi obbliga a fermarvi. Sapete tutti quel che succede in questo posto maledetto. Arrivano castighi uno dopo l'altro. Allora intendiamoci bene. Chi decide di fermarsi è come se facesse un patto con Dio e accetta queste punizioni nel corpo e nell'anima. A quel punto, non voglio più sentire lagne.» Così disse il vecchio.

Quando ebbe finito il discorso, alcuni se ne andarono. Raccolsero i fagotti e calarono alle pianure. Non perché non reggessero le impervie condizioni del luogo, ma perché volevano brontolare e lamentarsi ancora. E lassù, dopo la voce dell'anziano, non potevano più farlo. Disobbedire significava venire isolati dalla comunità fino a morir di fame. Quelli che restarono, invece, sprangarono le bocche per sempre. Le chiusero al punto che non piangevano nemmeno più. Se piangevano, arrugginivano.

Alla fine, col passar dei secoli, la neve li plasmò di gelo e silenzio. Finché un po' alla volta misero al mondo bambini freddi come loro e anche questi bambini non piangevano mai, tanto che era impossibile sapere quando stavano male. Ma i bambini senza lacrime trovarono lo stesso il modo per farsi capire: quando diventavano rossi in viso, in quel momento piangevano. E allora i genitori sapevano che avevano qualcosa e cercavano di indovinare cosa. Ma non sempre ce la facevano, e il piccolo rischiava di morire.

Così era diventato quel posto, dopo mille anni. O dieci secoli, se così si vuol dire.

Rinascita

Appena fu passata la valanga, quelli usciti all'aperto si tirarono in piedi e quelli rimasti nelle case uscirono facendosi il segno di croce. Qualcuno disse che occorreva partire da zero e rifare il paese. Qualcun altro disse che prima bisognava trovare i morti. E seppellirli, aggiunse. Un vecchio riemerso dal bianco, con la barba di neve e i capelli di neve e il vestito di neve, disse che non si poteva fare il paese di nuovo lì, ma più in basso, dove s'era fermata la valanga. Perché si dava il caso che potesse tornare e arrivare ancora là. Per secoli le valanghe si erano fermate di sopra, ma questa era passata giù, e aveva distrutto metà paese. E l'altra metà era ormai scardinata. E se anche fosse stata a posto, chi si fidava più a rimanere lì? Prima però bisognava trovare i morti, tornò a dire quello che lo aveva già detto.

Intanto facevano la conta di chi mancava. Lassù si conoscevano tutti, fecero presto a fare l'inventario degli assenti. Pensarono e sperarono di trovarne qualcuno ancora vivo su centodue sepolti, ma non fu così. Ci misero sette giorni a toglierli dalla tomba di neve, e non perché stentassero a localizzarli, quello era facile. Era facile perché gli uomini freddi, nella morte, diventavano un po' più caldi di quando erano vivi. E allora, dove stavano sepolti, sulla neve si formava una conca. Bastava cercare e sotto c'era il corpo. Ecco perché li trovavano. Il difficile era scavare. Coi mezzi che avevano, pale e zappe e anche solo le mani, impiegavano tempo.

Una squadra scavava buche nel camposanto per metterli giù, ma la terra era ancora dura di gelo, il piccone rimbalzava. Li tiravano fuori da una parte per metterli dentro da un'altra. Dovevano scavare per forza, non potevano dire: "Aspettiamo primavera che si sciolga la valanga e li troviamo". Lassù nevicava sempre e quella nuova si sarebbe accumulata sopra quella vecchia e i morti sarebbero rimasti ancora sotto. Alla fine ripeterono la conta. Centodue morti su quattrocentosei anime. Contarono più volte facendo la chiama uno per uno, famiglia per famiglia. Conta e chiama, chiama e conta, alla fine mancava un bambino. Un fiocco biondo di otto anni.

Il vecchio che una settimana prima era riemerso dal bianco disse che secondo lui era morto. Ormai, dopo sette giorni e sette notti, non poteva essere che morto. Ma una bambina, pallida e magra e ancora spaventata, lo mise in difficoltà. Guardando verso il cielo come se parlasse a qualcuno più in alto, disse che, se fosse morto, da qualche parte sulla neve sarebbe apparsa la conca. Invece conche non ce n'erano. Quelle intraviste le avevano scavate tutte trovando in ognuna il morto. A volte anche tre o quattro morti. Se non c'erano più conche voleva dire che il bambino era vivo in qualche punto dentro le budella della valanga.

Il vecchio insisteva a fare no con la testa dicendo che, se non di neve, era morto di fame. Essendo un uomo antico, non voleva mai aver torto. Lassù, l'autorità era data agli anziani: il più vecchio comandava e aveva sempre ragione, anche se non l'aveva.

Stavolta infatti la ragione era della bambina, perché non si vedeva alcuna conca. Così gli avanzati alla morte spinsero da parte il vecchio e attaccarono a scavare per trovare il piccolo. E lo trovarono. Vivo. Era rimasto arricciato in una tana dove entrava un filo d'aria per vivere e muovere le braccia a mangiare qualche crosta di neve. Più per sete che per fame. Si trovava un metro sotto e forse se avesse gridato l'avrebbero sentito. Invece non aprì bocca. Aspettava. Mentre aspettava sgranocchiava neve. Lassù nessuno si lamentava, di conseguenza non chiedeva neanche aiuti di sorta.

Più volte, nel corso degli anni, erano stati trovati boscaioli senza più una goccia di sangue, secchi come cuoio vecchio, asciugati dalla morte per non aver gridato che s'erano dati la scure nella gamba. Magari qualcuno li avrebbe sentiti, magari anche no, chissà. Ma intanto, non chiedendo aiuto, creparono sul posto. Come accadde anche a tanti cercatori di cristalli, o alla gente caduta dai sentieri, morta dopo giorni di agonia per non aver aperto bocca, nonostante avessero solo le gambe spezzate o la schiena rotta, o altre ferite intorno al corpo. Così era lassù, niente chiamate né rumori, solo quel silenzio che accompagnava i giorni verso l'eternità.

Allora seppellirono i morti della valanga spaccando coi picconi la terra congelata e dura come un sasso. Dura come i giorni di quel marzo dove la morte passò sulle case per la seconda volta. Intorno non vi erano segni di primavera né di speranza. Solo le unghiate della morte.

Nei giorni che seguirono, la montagna era silenziosa, e aveva una faccia cupa. Del resto cosa poteva dire ancora? Parlato aveva parlato col crepitio continuo della grande nevicata, cinque giorni e cinque notti senza sosta. E poi aveva ruggito col rombo della valanga. Ora taceva appagata. Forse per rispettare tutti quei morti. Non un bramito, un soffio, un verso, niente. Né voci, né cinguettii di uccelli. Nemmeno il *pit* di un ciuffolotto. Nemmeno il vento. Come se tutto si fosse addormentato, andato via, sparito. Tacevano anche i suoni delle città invisibili, sprofondate nelle remote pianure di fondovalle. Forse si erano allontanati sulle spalle delle nebbie e nessun rombo giungeva più lassù. Ma erano illusioni anche i suoni, come il bel tempo.

Nonostante avesse smesso di nevicare, il cielo era rimasto bianco e compatto come un calderone di latte cagliato. I sopravvissuti tacevano. Tacevano cercando tra le rovine il segno delle cose: un oggetto, un vestito, un attrezzo. Più per ricordo che per utilità. Volevano conservare qualche memoria di chi non c'era più. Intanto rattoppavano le case divelte dallo spostamento d'aria, giusto per starvi dentro finché cantava il cuculo. Poi ne avrebbero costruite altre, nuove, laggiù, in quella conca dove s'era fermato l'ultimo vagone del treno bianco. Così avrebbero fatto. Ma per partire occorreva un segnale. Quella gente aspettava un segnale. Un qualcosa che rompesse il silenzio scandito dal tempo della morte e desse il via.

Intanto tenevano sotto controllo il bambino rimasto senza genitori, sette giorni e sette notti sepolto nella neve. Il piccolo non parlava. Guardava di continuo verso un punto lontano e lo fissava come se dentro vedesse la Madonna o qualcosa di speciale. E poi piangeva. Era riuscito a piangere, l'unico con le lacrime dopo tanti secoli. Ma quando gli domandavano cosa guardasse o cosa vedesse o perché piangesse, rimaneva in silenzio come la natura che lo circondava. Allora lo tenevano su con pignatte di acqua bollente dove mettevano a gonfiare erbe secche sminuzzate, che gli dessero energia e buonumore, assieme alla radice rossa della forza. Addolcivano quei decotti con sciroppo ottenuto torcendo la scorza degli aceri, ma il piccolo non parlava né rideva. Beveva gli intrugli, quello era l'unico modo per fargli aprire bocca, per il resto niente. Allora non fecero più domande. Lo aiutarono soltanto a nutrire quel corpicino ridotto pelle e ossa e togliere ogni tanto le lacrime di ghiaccio da quegli occhi misteriosi e fondi che fissavano un punto lontano dove nessuno vedeva niente tranne lui.

Intanto il cielo di latte seguitava a esser cagliato da un nuvolo alto e compatto come se dovesse riprendere a nevicare da un momento all'altro. Minacciava ma non veniva, quasi che le forze malvagie degli elementi si fossero messe d'accordo che quella trasformatasi in valanga per un po' potesse bastare.

Verso i primi di aprile il segnale arrivò. In mezzo a quel cielo bianco come un catino di marmo, proprio in centro, dove era più alto, dopo un mese che non si vedeva un animale né un uccello, né si sentiva un verso, una voce, nemmeno il *pit* del ciuffolotto, passò un corvo imperiale e fece *cra*. Quel suono fu come un martello lanciato contro il sottile marmo del cielo: tutto si frantumò e venne giù a pezzi, mano a mano che cadevano brandelli di nuvole e di umido, qua e là comparivano gli squarci azzurri del sereno. Gli uccelli attaccarono a cantare di colpo, come se il corvo, alzatosi a dirigere l'orchestra, avesse dato il via con la bacchetta. Cantò anche il cuculo, che era in ritardo, e le api bianche uscirono dalle arnie decise finalmente a fare qualcosa. Ma era ancora tutto coperto di bianco.

Da uno di quegli sbreghi di cielo azzurro spuntò una lama di sole lunga e dritta che pareva fatta d'oro puro. Venne giù a scaldare gli alberi e dopo un po' tutti quegli alberi ribaltarono la neve che aveva ridotto i rami a vecchi con la gobba. E molti ne aveva rotti. A dar manforte al sole arrivò il vento. Si lanciò dal monte più alto, da dove era partita la valanga, per scrollare via anche lui un po' di neve dai rami.

Lassù, su quella cima detta dell'inferno, dimoravano le valanghe. Valanghe di ogni tipo: solide, liquide e quelle potenti fatte d'aria.

Il vento, si può dire, era un amico e aiutava gli uomini freddi. Faceva girare mulini, segherie e battiferri. Asciugava i panni e faceva seccare la frutta. Ma quando decideva di imitare le valanghe, e si metteva a correre a testa in giù, in quel momento si faceva di pietra. Una lastra roteante che toccava, sfondava e spazzava via. Diventava una valanga d'aria.

E così l'acqua. Quando scorreva nei ruscelli e nelle fontane, o saltava come una treccia d'argento dalle cascate, e lassù ne cantavano tante, era un piacere vederla e sentirla. Anche tenerla un poco nella bocca impastata, prima di inghiottirla e placare la sete, era un piacere. Ma quando si univa tutta insieme e rotolava con lo stesso salto improvviso delle valanghe, c'era da tremare. Lo sapevano nel paese della neve. Il destino teneva gli uomini aggrappati al nulla, con le unghie piantate nell'aria, sperando che dall'alto giungessero soltanto fiocchi di neve. Ma per due volte non fu così.

Il giorno che la lama di sole portò speranza, il vento non diventò di sasso, correva normale, come al solito. Davanti alla vita che si svegliava, al miracolo tanto atteso, gli uomini del villaggio devastato smisero di cercare tra le rovine e alzarono gli occhi verso quel cielo di tagli azzurri. Il vecchio che somigliava a un albero innevato e voleva sempre aver ragione puntò lo stecco dell'indice verso il basso e disse: «Ecco il segnale, è arrivata l'ora, si va laggiù». E andarono laggiù, dove finiva la valanga, a iniziare una nuova storia. Uomini, donne, vecchi e bambini si spostarono più sotto, costretti dalla sorte a scendere e costruire un nuovo paese. Non fu semplice per i superstiti rassegnarsi a calare. Era un popolo tendente a salire, voleva andare in su, isolarsi al punto più alto, dove attorno non c'era altro che aria. La valanga li costrinse a scendere, andare giù. Retrocedere per loro rappresentò una sconfitta. La natura li aveva vinti e puniti obbligandoli a spostarsi più in basso, a quota minore. Più vicini, pur solo simbolicamente, agli uomini delle pianure.

Anche se di pochi metri, il calo li spaventò. L'impresa che mai era riuscita alla neve in fiocchi era riuscita alla neve in blocco. Allora capirono che la forza non è invisibile o impalpabile, ma solida. Lo stesso vento, per essere forte e premere, doveva farsi pietra. Con quella convinzione ripartirono a vivere di nuovo. Ma per prima cosa dovevano costruire il paese più in basso.

Un uomo pallido, che pareva fatto di betulla, disse che ormai la valanga era passata, potevano rimanere lì, il pericolo non esisteva più. E, prima che ne tornasse una uguale, era capace di trascorrere anche trecento anni o mille. Il vecchio, che pareva un albero di neve, lo guardò. Poi gli disse che, come era venuta quel giorno e quell'anno, poteva tornare l'anno dopo, o anche lo stesso, non si sapeva. E allora perché rischiare?

Ma se anche fosse tornata mille anni dopo, occorreva pensare a coloro che, mille anni dopo, sarebbero vissuti ancora lì, in quel posto. Una valanga simile li avrebbe uccisi come i centodue appena morti. E allora bisognava pensare a loro, a quelli che venivano dopo, non a se stessi. Il vecchio concluse che non aveva senso vivere e fare le cose con ordine e morire in pace, se non per agevolare la strada a quelli che venivano dopo. Fargli trovare qualche gobba spianata, un po' di neve spalata dal sentiero.

Quello vestito di betulla brontolò che lui non aveva trovato niente di spalato o spianato, e gli fregava poco di quelli che venivano dopo. Si arrangiassero. E poi, chi garantiva che tra venti, cento, mille anni, quel paese maledetto fosse ancora in piedi. E loro ancora vivi. Erano appena morti in centodue. Sarebbero rimasti, loro, col passar dei secoli? Bastava un'altra valanga, due al massimo. O una di quelle montagne lassù, appese al cielo come nidi di vespe, che decidesse di staccarsi e rotolare verso di loro. Poteva succedere, bastava poco. Erano blocchi solidi, quelle montagne lassù? Forse no. Poteva darsi che fossero attaccate con lo sputo. E allora spalare neve a chi? Spianare gobbe a chi? Era già tanto se avevano portato fuori la pelle dalla valanga.

Il vecchio voleva elencare un po' di cose, tante cose che anche lui, l'uomo betulla, aveva trovato spianate e pronte da usare. Per esempio accendere il fuoco, tagliare il bosco, fare il carbone, il formaggio, il pane, forgiare attrezzi. Oppure, a prezzo di morti tra spasmi e contorcimenti, capire i funghi buoni. E migliaia di altre cose. Invece preferì non elencare niente. Disse soltanto che gli uomini non sono mai disgiunti gli uni dagli altri. «Né quelli vivi, né quelli morti secoli fa, né quelli che verranno tra secoli.» Così disse. E che lo tenesse bene a mente. «Tutti i popoli del mondo hanno trovato qualcosa di pronto, tracciato, agevolato da altri vissuti prima.»

Questo ripeteva il vecchio all'uomo pallido come scorza di betulla, che faceva no con la testa, lasciando intendere che a lui nessuno aveva spianato niente. Allora il vecchio parlò un'ultima volta: gli soffiò nell'orecchio che le galosce che portava, e i bragoni, e la giacca di pecora e il cappello li avevano inventati altri, molti secoli prima che lui uscisse dalla pancia di sua madre a dire cattiverie. Se voleva dire cattiverie poteva dirne quante voleva, ma si ricordasse che lui, come tutti, usava cose inventate da altri, compreso il ronchetto che portava alla cintola. E anche la cintola. Con questo, liquidò la questione. Capì che dalla scorza di betulla non avrebbe cavato ragione, e s'avviò verso il basso, dove bisognava darsi da fare a tirar su un paese.

Nel frattempo la primavera da poco sbocciata intiepidiva i giorni. C'era un po' di sole. Poteva darsi che nevicasse ma intanto il bello teneva. Sul corpo della valanga brulicavano uomini e donne come formiche intorno a un serpente morto. Cercavano di cavare dall'intestino del mostro le cose che aveva ingerito passando a tutta velocità con la bocca aperta. Gli oggetti ancora buoni li avrebbero innestati nelle nuove case, una memoria che facesse pensare a chi non c'era più: poteva essere una porta, una panca, una trave, una maniglia oppure i cristalli che i cercatori trovavano sui monti e che usavano per moltiplicare la luce. Poteva essere tutto quel che c'era, purché fosse ancora lì, a ricordare i fratelli morti. Così volevano. Soltanto questo. Per avere sempre davanti agli occhi la memoria, occorreva metterla in un posto dove i figli della neve passavano maggior tempo. Questo posto era la cucina, e là, nell'angolo dove si svolgeva la vita, decisero di mettere ciò che era avanzato alla morte.

Approfittando del tempo mite, alcuni vecchi si radunarono in una conca, cento metri più in basso del punto dove s'era fermata la valanga. Uno conficcò in terra un palo di frassino. Lo piantò dove una riga d'acqua creata dal disgelo girava intorno a un larice. Un piccolo larice.

«Si parte da qua» disse. «Dove l'acqua bagna l'albero.»

E partirono da là. In quel punto il suolo era vergine di case e stalle e latrine e mai valanga aveva messo il naso ad annusare la terra prima di rasparla via. Quella gente disse che lì almeno sarebbe stata al sicuro, anche se avrebbe perso un fazzoletto di pascolo. Lo avrebbero recuperato di sopra, dove c'era il paese, per metà spazzato via e metà abbandonato. L'erba non ci avrebbe messo molto a tornare e seppellire le tracce di quel che era stato. Lassù sapevano che la natura torna sempre ad abitare i luoghi lasciati dagli uomini. E lì, dove un tempo c'era stata la vita, l'erba sarebbe cresciuta più verde, perché si nutriva con la memoria dei morti. Memoria che entra nel terreno come una pioggia sottile e si ferma per sempre. Forse non sarà più verde, può darsi che sia erba come le altre, ma quelli pensavano così, che l'erba della memoria fosse un po' più verde delle altre. Ed erano contenti.

Allora si misero al lavoro, in attesa che poco sopra la vegetazione uscisse a cancellare le impronte della tragedia. Dalle loro anime nessuno l'avrebbe cancellata. Sarebbe rimasta nella stanza dei ricordi, conficcata come un chiodo alla parete. Da quel momento, un'altra storia entrava nelle cucine, a farsi raccontare di sera dalle voci in canto di quella povera gente. Finché uno solo fosse sopravvissuto, la nenia della valanga sarebbe rimasta con lui. Dopo, nessuno avrebbe più cantato niente. Ma dopo non era nemmeno necessario che qualcuno cantasse ancora. La storia rimaneva scalpellata nella grotta della memoria, dove scrivevano tutto.

Così, i rimasti cominciarono a tirar su le case. Lavoravano vecchi e bambini e donne e ognuno era messo a fare le cose in base alla forza e all'esperienza che aveva. I più vecchi oltre la forza mettevano la sapienza, che sta più su dell'esperienza. L'esperienza è il già visto, la sapienza è inventare. Salivano agli avanzi del paese a smontar pezzo per pezzo le case risparmiate dal soffio della valanga. Portavano in basso il materiale caricandolo su slitte di tronchi. Segnavano provvisoriamente i pezzi col carbone per rimontarli giusti nel posto che dovevano occupare. Ma siccome avevano paura che nevicasse e la neve cancellasse i segni, poco dopo ne facevano uno col coltello, se era legno, o con lo scalpello se era pietra. Così stavano tranquilli. E fu un bene perché, prima di aver finito, nevicò tante di quelle volte che non solo i segni sarebbero scomparsi! Sparì anche il bosco. Per un po' di giorni non si vide più. Invece gli uomini freddi lavoravano lo stesso, era uno spettacolo vederli costruire le case: non rovinavano una foglia in più di quanto non fosse necessario. Se c'era un alberello nel punto in cui doveva crescere il muro, lo piegavano pian piano, fissandolo tramite corde di sorbo per non fargli male, tiravano su il muro e poi liberavano l'albero, che con uno scatto filava dritto dritto ad appoggiarsi al nuovo amico. Per le fondamenta lo stesso. Scavavano le linee giuste, solo quelle che servivano, non un graffio in più, e la terra rimossa la mettevano da parte, per portarla nei campi magri a dargli un po' di forza. E quando da quella terra scavata, nera e pastosa, buona per far crescere tutto, saltava fuori qualche sasso, mettevano da parte anche quello per usarlo nelle costruzioni. Ma prima lo pulivano con le mani, come quando pulivano le patate che poi abbrustolivano sotto la cenere. Tenevano in mano le pietre con la stessa cura con cui trattavano il pane o una mela. Lassù anche i sassi erano importanti, ma più che altro era quel popolo a esprimere un animo gentile e buono, pieno di rassegnata pazienza, anche se gli uomini avevano la pelle fredda al punto da essere più caldi da morti che da vivi.

Quella primavera fu una stagione di fatiche e sacrifici. Ci volle fino ai primi di giugno per ottenere un minimo risultato, vedere qualche progresso sui lavori e qualche sorriso sui volti. Occorrevano tre passaggi: fare, disfare e fare di nuovo. C'era da preparare prima le piazzole e le fondamenta per le case nuove, che poi erano quelle vecchie, spostate laggiù pezzo su pezzo; poi, dopo le piazzole, bisognava smontare le case e trascinarle in basso, e infine alzarle di nuovo, facendole crescere veloci come crescono i funghi nel bosco.

Intanto, poco sopra, coi tepori di giugno la valanga si apriva come un corpo che si disfa. Si sfaldava e crollava ai lati, a volte soffiando a volte facendo *puf* che era sempre come un soffio. Oppure tossiva con dei *tek*, che erano il rompersi delle tavole e dei legni rimasti incastrati dentro, che cedevano al peso dopo aver ricevuto un po' di spazio. Dal ventre putrefatto della valanga uscivano tepori, uscivano le cose. Saltavano fuori oggetti e reperti che rotolavano di qualche passo e si fermavano come vermi stanchi, sputati da quel corpo in rovina. La gente, ogni volta che passava, nel su e giù dal paese nuovo, si fermava a vedere cosa era venuto fuori. Sperava di trovar le zappe, le scuri e le pipe, sperava di raccogliere i suoi simboli – brandelli di dolore –, cercando di capire a chi fossero appartenuti. E allora cominciavano una litania triste e monotona. Dicevano che tale oggetto era appartenuto a quello, e l'altro a quell'altro. La zappa storta stava in casa Baldi, un'ascia era della famiglia Sompa, il secchio di casa Lavio. E un grosso piccone stava di in casa Menin, di sicuro in casa Menin. Dicevano questo.

E avanti così tutta l'estate.

Fino all'autunno quando dalla montagna di neve sbriciolata e sfatta non saltò più fuori nulla, nemmeno la conchiglia deforme di una galoscia. Avevano raccolto tutto.

Il tempo dei canti

Già alla fine dell'estate, stanche sere di malinconia accompagnavano i canti della memoria. Attorno a grandi falò, la gente filava la lana di quel che era successo. Ruminavano lamenti e tristi nenie che s'incollavano alla pece della notte. Il fuoco illuminava i volti facendoli di rame. Un tempo cantavano in casa, ma dopo la valanga le case erano distrutte, le nuove in costruzione. Allora accendevano questi fuochi, si potevano vedere i falò dove la gente raccolta in cerchio vegliava e cantava per i morti. Ricordavano le loro vite. Raccomandavano ai morti di non preoccuparsi, avrebbero fatto rinascere tutto come prima, anzi, avrebbero fatto di meglio. Promettevano che sarebbero migliorati anche loro, perché non si finisce mai di perfezionarsi. Questo giuravano nei canti. Ma prima che arrivasse l'ombra dell'autunno molte nevicate ritardarono il laborioso brulichio della gente, indaffarata a farsi la tana. I fiocchi mulinavano sui campi e sugli orti e attorno all'opera degli uomini.

Stava per arrivare il freddo, lassù l'inverno non scherzava. C'era da far presto, almeno a tirare in piedi le parti essenziali, di prima necessità. Il resto sarebbe venuto dopo, nelle forzate pause di brutto tempo. Rifiniture e dettagli si potevano limare al chiuso delle cucine, lungo il tedio dei mesi invernali, accanto alle stufe di pietra. Stufe a forma di alveare, grandi e grosse, con fauci spalancate giorno e notte a inghiottire legna per farsi incandescenti. Il legno non mancava su quelle balze isolate dal mondo. La pietra nemmeno.

Una parte delle case, quella bassa, era fatta di sasso. Muri spessi un metro, alti due, tenuti insieme a calce e coperti dal legno. Tronchi di larice rossi come il sangue, squadrati a colpi d'ascia, incastrati uno sull'altro. Distante due dita, alzavano un'intercapedine di tavole. Fra l'intercapedine e i legni, pressavano un fieno sottile, seccato all'ombra, per ottenere isolamento perfetto. Il resto lo facevano le stufe pompando calore giorno e notte, anche d'estate. Perché lassù venivano certi freddi improvvisi in luglio e agosto, da tagliare le dita e far entrare il dolore sotto le unghie. Anche quando non nevicava, e il gelo si nascondeva nelle ceppaie facendole scoppiare, non finiva lì. Venivano giù temporali da terremoto, con lampi che illuminavano la valle di continuo. Le notti s'incendiavano di bagliori e guizzi, perché dal cielo piovevano falci di fuoco. Eppure quella gente non cedeva, né si lamentava, né si ritirava. Rimaneva lassù, a pendolare sotto i castighi del cielo e i pericoli che la sorte calava dall'alto. Era la loro terra, la amavano. Bella o brutta che fosse, gli era stata data in consegna e loro la tenevano da conto. Per rispettare il patto stipulato con la memoria degli avi, piantavano le unghie nel terreno e restavano lì.

Intanto arrivò l'inverno, che consigliò al branco di sopravvissuti di tirare un primo bilancio: era buono. Tutti avevano un tetto e una stufa e qualcosa da mangiare. Anche se le case non erano complete potevano dirsi a posto quel tanto per affrontare l'inverno. A dirla tutta, lassù erano freddi anche l'estate, la primavera e l'autunno. In quella patria orrida e tenera era sempre l'inverno a condurre le danze. Però bisogna dire che lasciava spazio ogni tanto a sole e bei giorni e caldo per far crescere le verdure e la frutta. Il tempo che maturassero i germogli e il miele nelle arnie si gonfiasse, e venisse il momento giusto per tagliare il fieno sui pascoli alti. A loro bastava quel saltuario calore della natura, quel poco affetto delle stagioni. Per il resto, nevicasse pure, erano già congelati da tempo.

Quando spuntava un po' di quiete e un tepore fanciullo scaldava la terra aspra e desolata, tutto diventava oro. La neve si faceva specchio e rifletteva la luce del sole, che s'allargava e spandeva a pennellate lente e pacifiche arrivando dappertutto, finché si sedeva e stava ferma sulla neve e sulle cose, ad aspettare che venisse la sera. Poi la luce se ne andava di colpo. Allora quello che prima era l'oro della vita cambiava colore, perdeva la fiamma di sole diventando freddo e grigio come una lastra di ferro. Ma intanto il tepore piano piano cresceva e, da fanciullo, in marzo diventava adulto, forte, e scaldava di più. E mentre pigliava energia la neve si scioglieva e faceva rigagnoli d'argento che correvano gorgogliando tra i piedi della gente come gattini che giocano. Sotto la carezza di quelle ore calde, l'estate era spinta in ogni dove. Le piante da frutto e le semine, e le erbe dei pascoli e tutto quel che doveva crescere e maturare prendeva forma. Anche i bambini, durante le ore tiepide, crescevano un poco. E gli animali delle famiglie, pecore, capre e vacche, avevano più latte. E le galline, pur facendo le uova, volevano imitare i galli e cantavano come loro. E i ghiri entravano nelle case, a ballare sui tavoli delle cucine.

Quando appariva il cielo azzurro era così. Dal cielo azzurro arrivavano raggi di sole come spade, brillavano zappe, falci, vanghe e roncole. E giungevano i canti, voci da ogni lato del villaggio, si facevano feste di bel tempo e le famiglie si scambiavano il dono del miele. Tutto questo arrivava a braccetto con il sole. Tutto questo. Per le anime confinate lassù era tanto. Ma poteva darsi che durante le brevi pause estive di respiro arrivasse quell'ombra scura, che pareva un vento di terra, come se la notte si fosse staccata prima dalle lontane radici del cielo. Il cielo a quel punto diventava alto e duro, e si metteva di traverso a spruzzare polvere bianca sempre più fitta. Quella era la neve. Allora, se capitava d'estate, il luccichio degli attrezzi si spegneva come a soffiare sulle candele, e la gente correva a spostare gli imbuti di scorze di legno per proteggere gli alberi da frutta, a coprire con le tavole orti e campi.

Alle porte dell'inverno, una lunga notte di dolore era calata sui boschi e sulle anime del popolo freddo. Avevano case nuove, anche se non finite, ora s'apprestavano ad affrontare il dolore dei morti con le difficoltà dei vivi. Prima che calasse il buio, si radunavano sullo spiazzo al margine del bosco, due per volta, o a ciuffi di tre, quattro, o anche uno solo. Da quel campo d'osservazione, alzando gli occhi verso l'alto, potevano vedere il punto dove per tanti secoli era rimasto impiantato il paese. Il loro paese, quello che non esisteva più. Ogni sera rendevano omaggio in quel modo al nido scomparso. Un rito di preghiera che non abbandonarono mai.

Prima che cadesse altra neve, ci fu un miracolo. Si deve dire miracolo quel succedere di cose che arrivano quando servono, anche se forse è solo il caso. Comunque, loro dissero che era un miracolo. Verso metà novembre spuntarono due giorni di sole. Sole caldo mai sentito prima, che ispezionò da capo a fondo i resti della valanga già indurita di freddo. Quel sole inatteso la scongelò di nuovo e la massa di neve cominciò a fare crepe a monte, poi si rovesciò su se stessa come una vecchia che muore.

Laggiù, alle case nuove, gli uomini indaffarati a sfruttare il bel tempo sentirono quel *puf* che solo il disgelo sussurra. Allora in tre andarono a vedere. Misero il naso nel taglio del crollo e scoprirono tre crocefissi di legno senza braccia. La valanga li aveva mutilati, di loro era rimasta soltanto la radice del corpo con occhi tristi che guardavano lontano, e gambe peste e smagrite. Li raccolsero e li portarono giù tra la gente a farli vedere.

La gente disse che da quel giorno in poi i crocefissi dovevano essere scolpiti senza braccia. Così aveva voluto la valanga e così loro avevano deciso. E tutti gli intagliatori da quel momento scavarono dai tronchi Cristi senza braccia.

Un uomo si mise di traverso e domandò come poteva benedire il paese e le case e la gente un Cristo senza braccia. Gli rispose uno dei tre, dicendo che lo poteva fare con gli occhi, perché gli occhi sono meglio delle mani e delle braccia per benedire. Dio poteva farlo, loro no. A loro le braccia servivano. Soprattutto per lavorare, forzarsi a tenere in piedi la vita in quel posto desolato. A scultori e intagliatori d'ora innanzi le braccia sarebbero servite per scolpire Cristi senza braccia. E così fecero. Avevano davanti il lungo tempo della neve più alta, del gelo che spaccava gli alberi e del fuoco nelle stufe piene di caldo affettuoso. E legni a sufficienza per scolpire. Il resto era silenzio, silenzio e attesa.

Intanto ascoltavano le nevicate crepitare leggere nelle notti senza fine e lungo i giorni spossanti di fatiche. Qualche volta ascoltavano il vento, quella valanga di aria solida che premeva contro i muri delle case e voleva sfondar le porte, schiodar le scandole, e faceva suonare i pifferi di roccia fino a strozzarli. Era un mondo isolato, triste, pieno di silenzio e attesa. Ma anche di magia.

Tra le tante attese c'era quella che il bambino di otto anni, rimasto sette giorni e sette notti nella valanga, potesse ritrovare la voce e finalmente parlare, dire qualcosa, anche solo "ciao", o fare un canto, o un *chicchirichì* come un galletto sfuggito alle fauci della volpe. Invece taceva. Taceva e fissava quel punto lontano che vedeva solo lui, mentre la speranza di udire la sua voce si faceva sempre più remota. Lo tenevano in vita con buone erbe seccate, che si gonfiavano in acqua bollente, addolcite con sciroppo spremuto dagli aceri nel tempo di primavera e con pappe e minestrine e latte di capra che aveva il colore giallo dell'autunno. La gente non cedeva, pazientava e aspettava che il miracolo lo facesse parlare. Lassù aspettavano sempre miracoli. E ci credevano, perché le buone cose erano così rare in quel mondo sepolto che quando capitavano erano chiamate miracolo.

Anche quando la valanga cavò mezzo paese e uccise centodue persone ringraziarono Dio per il miracolo. Dissero che se non fosse intervenuto il buon miracolo, invece che mezzo paese sarebbe scomparso tutto, e i morti sarebbero stati quattrocentosei invece che centodue. Così ragionavano gli uomini delle nevi eterne, per questo erano sempre tranquilli e sereni. Proprio contenti forse no, piuttosto circondati di rassegnazione. Si sforzavano di vedere il bene dove altri avrebbero visto il male.

Alla fine il miracolo arrivò. Dopo dieci mesi di silenzio, il bambino reso muto dal bavaglio gelido della valanga parlò. Era un giorno di gennaio, da un cielo squarciato di tagli azzurri scendeva un po' di sole come polvere di seta. Pioveva sulle case questo pulviscolo pallido e raro e indorava tutto. Lentamente, come se volesse promettere qualcosa, magari di tornare più spesso, intiepidiva il mondo sommerso. Allora quelli che accudivano il bambino lo portarono fuori a sedere in una conca di legno scavato. Il bimbo guardava quel punto lontano che vedeva solo lui, mentre l'addetto imbracciando il martello di rame batteva sulla campana i dodici colpi del mezzodì. Le ore lassù le cercavano nel sole, più spesso nel cielo grigio del nulla. A volte cadevano sulla neve come uccelli feriti, a volte erano spine che si piantavano nel corpo della gente. Ma, a dirla tutta, quelli leggevano le ore qua e là, nei segni delle cose, delle eterne ombre in viaggio, nel volo delle api bianche, o sulla punta degli alberi che, a certe ore, voltavano la faccia da una parte o da un'altra. A turno facevano cantare i passi del tempo sulla campana di bronzo.

Anche quel giorno in cui il bambino stava seduto nella conca di legno, un uomo batté i dodici rintocchi. Era un uomo molto stanco e, quando finì di battere, mezzodì era già passato da un pezzo. Ma forse fu quel suono spezzato a spingere il miracolo ai piedi della panca. Non si sa, però, può darsi. Quelli pensarono che fosse stato il lento batter del martello a far arrivare il miracolo, che calò da un cielo chiaro, un cielo posato come un gufo sopra i monti di fronte, dove il bambino fissava il punto lontano. Lo fissava intensamente come solo si può guardare l'apparire della Madonna.

Il bambino senza voce iniziò ad abbassare lo sguardo ai rintocchi delle ore. A ogni colpo sul bronzo piegava un po' la testa, come se qualcuno da dietro la premesse con la mano. Finché, all'ultimo colpo del martello, fermò gli occhi sugli zoccoli di legno che aveva ai piedi e si chinò come a voler baciare la neve. Invece stava raccogliendo la sua voce, quella voce dispersa nel gelo. La succhiò come si beve da una polla d'acqua dopo mesi di sete e solitudine. Poi tornò a sedere e guardò quelli che aveva intorno. Senza che nessuno gli avesse chiesto niente iniziò a parlare. Si mise a raccontare le visioni che avevano accompagnato ogni suo respiro per sette giorni e sette notti, sepolto nel ventre della valanga. Ogni giorno trascorso là sotto gli aveva fatto vedere cent'anni di futuro e quando finì di parlare aveva rivelato quel che sarebbe successo lassù nel correre dei secoli, sotto i picchi desolati. Non i fatti giornalieri, quelli no, bensì le cose importanti che avrebbero deciso il destino di quella povera gente. Pian piano attorno a lui si radunarono in tanti e qualcuno si inginocchiava per rispetto al miracolo, e quando il bambino finì di parlare erano tutti in ginocchio con gli occhi congelati da lacrime dure come diamanti.

Ci vollero solo due ore per svuotare una scatola contenente secoli di futuro. Mentre il bimbo parlava non s'affacciò alcun rumore, come se attorno tutto fosse ibernato. Solo ogni tanto, nel silenzio sospeso, si udiva il *tic* di una lacrima che si staccava dal viso come un ghiacciolo dalla grondaia e cadeva sulla neve spaccandosi in due. Alla fine i *tic* erano tanti, come una pioggia di vetro.

Quel che aveva rivelato il bimbo non era allegro. Disse che avrebbero avuto patimenti e tribolazioni a non finire, e che avrebbe nevicato ancora a lungo nei secoli, ma sempre meno. Perché gli uomini delle pianure e delle città e delle terre lontane, coi loro animali di ferro e altre strane macchine fumanti, avrebbero forato la volta del cielo sgonfiandola, privandola del suo grande respiro fino a ridurla a un sacco vuoto. Ma, a quel punto, loro lassù non ci sarebbero più stati. Quelli avanzati alle disgrazie sarebbero rotolati sempre più in basso, come i sassi dei ghiaioni, perché la vita si sposta dall'alto verso il basso anche se molto lentamente, e un po' alla volta arriva laggiù, in fondo alla valle, dove tutto finisce. Non si può salire dall'altra parte con un'altra vita da impiantare come un albero, ne abbiamo solo una, per tutti è lo stesso. Così parlava il bambino. E seguitò, dicendo che dovevano guardarsi da quattro pericoli. Sarebbero scese le valanghe di neve e poi quelle di terra, e poi quelle di acqua e poi quelle di vento che non erano meno potenti delle altre. Anche se fatte di materiali diversi, tutte avrebbero premuto il pugno di ferro contro il paese. Sarebbero scivolate lungo i secoli, a colpire le case con la gente dentro e la gente fuori, gli alberi e gli orti e le api bianche e le formiche scure. E le stalle con gli animali, che le sentivano prima che partissero. Lassù si traduceva tutto in valanga, loro stessi erano rotolati in basso, fermandosi dentro le tane appena costruite del paese nuovo. E non era finita. Non s'illudessero che fosse finita, diceva il bambino. Altre vesciche gonfiate dal diavolo, piene di malvagità e disgrazie, avrebbero traversato il cielo come ombre minacciose e poi sarebbero scoppiate sul paese, lasciando cadere falci di dolore e di morte. Ogni tanto anche qualche novità sarebbe arrivata ad aiutare la sua gente appollaiata ai confini del cielo. Disse che non sarebbe più occorso il braccio di un uomo a battere le ore perché le ore avrebbero cantato da sole senza bisogno di nessuno. E poi disgrazie sarebbero state portate da uomini che venivano da lontano. Sarebbero arrivati prima a curiosare i posti, e poi a dire che avrebbero migliorato la vita di quella gente. Così dicendo avrebbero fermato il corso dei torrenti e dei ruscelli per rubare il bene più prezioso del mondo: l'acqua. Il bambino segnalò che bisognava guardarsi da quelli. Erano un pericolo più potente delle valanghe perché andavano piano, rosicchiavano un po' alla volta come i tarli, ma alla fine, sulla pelle della terra, sarebbero rimasti solo i lividi dei loro morsi. E ancora un'altra vescica di neve sarebbe venuta a sfasciarsi sulle case frantumandole come le galosce frantumavano i fiori di brina. Questo sarebbe capitato molti secoli dopo, ma di preciso non sapeva dire quando.

Il bambino andò avanti a elencare le cose viste nella gelida sepoltura della valanga finché si addormentò. S'accoccolò sulla panca come uno scricciolo nel palmo della mano. Prima di cadere nel sonno fece in tempo a parlare di una valanga di terra e una di acqua che si scontravano spingendosi a vicenda, picchiando le teste come due cervi che combattono. E di uomini che morivano di fame e di freddo perché non sapevano più adoperare le mani. E di altri che si uccidevano sparandosi addosso, e di altri ancora mangiati da topi grandi come gatti. Disse che un giorno sarebbe nato un bambino strambo che da grande sarebbe sembrato matto, ma a cui bisognava invece dare retta. Stava per dire il motivo per cui occorreva dargli retta, quando s'addormentò e non disse più niente.

Allora lo portarono dentro, ché non prendesse freddo. Dormì fino al giorno dopo, lo svegliò il martello di rame che batteva sulla campana per segnare il mezzodì. Siccome secondo alcuni il bambino non aveva rivelato tutto, lo portarono di nuovo nella conca di legno, perché parlasse e finisse la storia. Il tempo era ancora bello e invitarono tutti a radunarsi per sentire. Ma il bimbo non ricordava più nulla. Niente di niente tornò nella sua testa, nemmeno i bagliori della valanga, come se la torpida gomma del sonno avesse cancellato per sempre la sua vita e la sua storia. Allora la gente abbassò la testa e si accontentò di quel che aveva sentito. Lo riportarono al caldo e poi si ritirarono nelle case, con le mummie dei morti a seccare sulle graticole della memoria, sempre inumidite con la saliva dei canti nei vespri della sera.

Intanto i loro cervelli creavano altri fantasmi, nuovi spettri ballavano danze di morte sulla base di quel che aveva detto il bambino e nello stesso tempo con un rapido conto cercavano di disfare quei fantasmi come le vette affilate sbrindellavano le nebbie. Dal momento che le disgrazie previste dal fanciullo sarebbero arrivate nei secoli a venire, non serviva preoccuparsi più di tanto. Ma non tutte. Non tutte le disgrazie erano così lontane. Lo sentivano.

Conca di neve

La vita nel nuovo villaggio stentò a prender forma. Gli uomini avanzati alla valanga, premuti dalla neve e dai ricordi, valutavano la sorte riflettendo sull'accaduto. Pensavano al paese scomparso, quello che stava là sopra, dove erano nati e cresciuti. E chi non era ancora cresciuto, come i bambini, ricordava di esservi nato. E allora piangevano. Solo due pargoli di pochi mesi non ricordavano niente, ma piangevano anche loro, come gli altri. A una cert'ora fermavano le lacrime per dar voce ai canti della sera ed evocare la memoria di quel che era stato. Pianti, canti e fatiche, in quel momento era così. Non bastava a dar consolazione la certezza di aver rifatto le case come quelle distrutte. E nemmeno di aver spostato laggiù quelle risparmiate, montate tal quali una per una. Non bastava. Solo il tempo avrebbe asciugato il dolore. Ci voleva il trascorrere degli anni lungo le intemperie, scandito dal lavoro e dalle nevicate e dai rintocchi di lente ore, battute dal martello di un uomo stanco che faceva rimanere indietro il tempo guaritore.

Anche qualche secolo dopo sarebbe rimasto indietro l'orologio di uno strano campanile, costruito da un uomo strano come il campanile che non si stancava mai perché era pazzo, e i pazzi non sentono le fatiche. I suoi lavori erano incompleti, mancava sempre una parte. Ma è presto per dire di lui, occorre aspettare perché i secoli non sono giorni, o mesi. Un secolo sono cento anni, uno dopo l'altro, e scorrono lenti. Durante un anno può succedere di tutto, specie là dove la natura è più cattiva. Dire cattiva però è troppo. Anche se la natura non è cattiva, forse è soltanto severa. La natura è quello che è, non fa male a nessuno di proposito. Lassù lo sapevano, avevano capito e non se la prendevano con la natura. Se una mamma tiene in braccio un peso che non può sostenere, prima o poi apre le braccia e quel peso cade giù. Dicevano così: «Cade giù».

La natura era la loro madre e non aveva colpa se qualcuno le metteva in braccio tutte quelle intemperie, soprattutto la neve. Ogni tanto apriva le braccia e le lasciava cadere. Vuoi perché era stanca, vuoi perché doveva pettinarsi o grattarsi la schiena, alla fine lasciava andare le intemperie: vento, valanghe, pioggia, grandine, tempeste, sole. Dalle sue braccia aperte cadeva di tutto. Dava quello che aveva in grembo al momento, e la madre andava rispettata. E c'era sempre qualcuno sopra le nuvole pronto a riempire le braccia della madre. Le riempiva anche di figli. E a volte lei mollava giù anche quelli. Quanti uomini, giovani e vecchi, erano caduti dalle montagne, rotolati nei burroni, finiti sotto i tronchi, cancellati dal gelo o, come pochi mesi prima, triturati dalle valanghe? Tanti. Ma nessuno di quelli lassù si sarebbe sognato di chiamare assassina la sua montagna. Mai. Nemmeno parlavano mai di brutto tempo. Quando sorgeva il sole parlavano di vari tipi di bel tempo a seconda di come si mostrava e di ciò che gli stava vicino. A volte nascosto dietro la nebbia, oscurato dalle nubi o dalla notte o da quel mistero che poteva spegnerlo per diversi minuti in pieno giorno, era sempre il loro sole. Così ragionavano. Se nevicava dicevano "nevica", non dicevano "è brutto tempo". Se pioveva dicevano "piove", e così se tirava vento o se il cielo lanciava i sassi della grandine.

Quelli che avrebbero chiamato la montagna assassina sarebbero venuti secoli dopo e avrebbero detto così perché si erano perduti e non capivano più niente. Si erano staccati un po' alla volta dalla natura per isolarsi dentro macchine di ogni tipo, e da quel momento, se si pestavano un'unghia, davano colpa a lei. Alla natura. Se uno rotolava da un costone e si spaccava la testa, tutti a dire che la montagna era assassina, che era colpa sua. Non dicevano che quello aveva dimenticato come mettere giù i passi. Allora, vedendo la natura come assassina, avrebbero fatto di tutto per togliere di mezzo quel pericolo, senza accorgersi che segavano il ramo su cui stavano seduti. Si muovevano annusando il terreno come cani affamati, in cerca di qualcosa da disfare e col ricavato fabbricare le loro macchine. Per togliere armi alla natura assassina mettevano macchinari dappertutto. Come premio volevano dei fogli di carta con i quali compravano altre macchine di ferro da impiantare nella natura, che così arrugginiva.

Annusando, annusando, arrivarono anche lassù, nel paese delle nevi eterne. Ma è presto per dire queste cose. Devono ancora passare secoli. Secoli in cui gli umani produssero rovine, distruzioni e morte. A quel punto, d'importante, restava poco.

Gli uomini freddi lo dicevano già, nulla è importante, nemmeno la vita. Nemmeno la loro montagna che seppelliva di neve i giorni di ogni stagione era importante. Neppure quella. Eppure se la tenero da conto sempre, anche quando scivolarono in basso. Del resto, il destino era scritto nel peso delle cose: tutto quello che sta in alto prima o poi finirà in basso, tutto ciò che galleggia prima o poi andrà a fondo. Tutto ciò che vive prima o poi morirà.

Ci fu un tempo in cui un giovane proveniente da quei luoghi innevati rotolò in pianura e laggiù si sparò un colpo di pistola. Guardando verso i monti che non vedeva più, aveva capito che tutto quel che pesa va a finire in terra. Anche lui era finito laggiù, quindi era un peso. Aveva ragionato a lungo. L'unico rimedio sarebbe stato legare le cose per tenerle in alto, sospese nell'aria, ma così facendo avrebbe cambiato la natura, si sarebbe interrotto il viaggio verso il fondo di chi è destinato a cadere. Di chi pesa. Siccome anche lui era fatto di peso, un peso che lo schiacciava, aveva deciso di alleggerirsi. Tirandosi un colpo di pistola si tirò in parte dalla vita, diventò leggero. Così fece quel ragazzo.

Lassù nascevano uomini e donne intelligenti e sensibili, fragili e miti. Stavano vicini al cielo e la neve li manteneva freschi. Forse per questo non si lamentavano, amavano la natura e vedevano sempre bel tempo. E si facevano in disparte quando la gerla della vita pesava troppo. A volte quella gerla pesava anche a chi l'aveva appena raccolta.

Un giorno di novembre, dopo che la valanga aveva tagliato in due il villaggio, venne trovato un giovane dentro una buca di neve, morto con le mani sul petto. Era la conca dove tre settimane prima aveva fatto l'amore con la donna che voleva per sempre, che ormai credeva sua. Una donna malinconica, dai capelli come erbe d'autunno, gli occhi due nocciole profonde, alta e snella come i picchi sotto i quali era venuta al mondo vent'anni prima.

Il giorno del loro abbraccio la neve era una lastra di marmo, ma cedette per farli accomodare, formò una conca come la mano che accoglie l'acqua. La neve faceva gesti buoni nei confronti degli amanti senza nido. Si lasciava scaldare da quei corpi freddi che accendevano la luce dell'amore, si faceva tenera per dar loro un'alcova provvisoria, una conca sotto il cielo, una scodella bianca dove potessero accoccolarsi un poco. Soltanto il tempo necessario. Per quel tempo la neve diventava tiepida. Ma la ragazza dai capelli autunnali pareva stanca. Forse stufa. La valanga aveva scosso tutti. Ogni tanto qualcuno cedeva: piegava le gambe, incrociava le braccia e rotolava a valle. Fece fagotto anche lei. S'inabissò laggiù nelle pianure dove, nei vuoti giorni di limpidezza, si vedevano fumare misteriose città.

Di notte saliva di colpo un pallido giallore, come lo schizzo di una fonte selvatica, che poi pioveva di nuovo giù, sui tetti di queste città misteriose che forse nessuno di loro aveva visto. Verso sera fantasmi silenziosi di nebbie autunnali salivano lenti dal fondo di pianure lontane, così lontane che facevano dubitare della loro esistenza. Allora il fioco lucore delle città si allargava a circondarne i bordi, come la cornice irreale di un enorme quadro di forme confuse. La nebbia filtrava la luce, attorno a essa sorgeva l'alone rosso di una luna grande e sfatta che avanzava a passo lento deformandosi su ogni ostacolo finché arrivava lassù, nel paese della neve eterna, senza più luce, senza più alone, senza più forma, soltanto con la soffice presenza di bambagia raminga. Da lì entrava nelle vie, nei cortili, s'infilava dentro i portici e poi tra i boschi a impigliarsi con le ali nei rami degli alberi e finalmente fermarsi appesa come una colomba crocefissa. Stava lì a piangere tutta la notte e al mattino se ne andava disfacendosi nel nulla.

La ragazza dagli occhi nocciola era sparita come la nebbia, era rimasta laggiù, dove di notte ardeva il lucore di città lontane. Fuggita verso il basso, da dove partivano i viaggi delle foschie che andavano a disperdersi e morire nei boschi degli uomini freddi. Il giovane la cercò, ma fu come cercare quella nebbia del mattino. Non c'era, non esisteva più. Aveva lasciato soltanto la rugiada della sua presenza. Un profumo di muschio bagnato e morte e un ricordo di capelli biondi che lo soffocava. Gli dissero che era rotolata laggiù. Il giovane guardò verso quel punto. Non vide niente. Non c'era fantasma che saliva, vapore che fumava, né si udiva alcun rumore. Allora si voltò e cominciò a camminare. Dove sarebbe andato non lo sapevano. Però sembrava molto debole. Lui lo sapeva.

Lo trovarono una settimana dopo. Guardava il cielo con le mani sul petto, steso nella conca dove aveva fatto l'amore. Arricciati tra le dita alcuni capelli biondi. Li aveva notati, prigionieri del gelo, quando s'era inginocchiato a lasciarsi andare. Erano di lei. Li aveva pinzati con delicatezza per toglierli, senza tirare, senza strapparli. Allora la neve si scaldò e li lasciò liberi, che li prendesse. Li aveva imprigionati apposta, che il vento non venisse a disperderli chissà dove o impigliarli nei rami degli alberi, come le nebbie. Morire tenendo stretto un suo ricordo era quello che sperava. Lo aveva ottenuto, grazie alla neve. Non poteva andare avanti senza di lei, che se n'era andata e non l'aveva neanche salutato, si sentiva come un muro cui avessero cavato le fondamenta, o un campanile l'angolo portante. Viene giù tutto, muro e campanile.

La neve in cielo gli fece anche un favore. Non si lasciò cadere finché non lo trovarono. Non stava a lei seppellirlo. Dovevano farlo i genitori, gli amici, il paese. Quando fu sotterrato cadde abbondante, perché potessero fare anche a lui il pupazzo come prevedeva l'usanza. Al posto delle croci, sulle fosse innalzavano pupazzi, che duravano quel che duravano, come la vita. Poi si scioglievano e s'infilavano nella terra in forma di rigagnolo e andavano giù a raccontare al morto quel che continuava a succedere di fuori. Niente croci, nomi, né fiori o cera. Niente di niente. Da vivi gli uomini son tutti diversi, come fiocchi di neve. Da morti sono tutti uguali, badilate di terra da mischiare ad altra terra.

Un paese di voci

Al paese nuovo fu deciso di regolare l'orologio perché ormai rimaneva troppo indietro. Risultò un'impresa tutt'altro che facile. Al posto dell'uomo stanco, a battere le ore col martello fu messo un giovane magro e scaltro, che aveva sempre fretta. Picchiava sulla campana prima del dovuto, ché poi doveva fare altro. Parlava di impegni urgenti, che lo inseguivano, così se prima il tempo rimaneva indietro, adesso andava troppo avanti. Neanche a quel modo poteva funzionare. Allora decisero di pareggiare le lancette facendo battere un giorno il vecchio e un giorno il giovane e tutto tornò a bilancia. Con le ore in pari potevano riprendere a vivere recuperando il regolare passo del tempo. Ma non era così facile. C'erano i morti a cigolare, a far stridere l'antico ritmo dei giorni.

Il ritorno mansueto delle sere era dolore. Non bastava che il lavoro fosse scandito dal canto del torrente, che dal basso mandava la sua voce appesa al filo dell'aria. I morti lassù faticavano a raffreddarsi. Soprattutto nella testa dei rimasti. Quando qualcuno sulle rampe ostili sputava la vita e chiudeva i conti in terra, il suo corpo, che da vivo era gelido, diventava tiepido. Forse per questo i morti si mantenevano caldi per lungo tempo. Nella conca dei ricordi, coloro che restavano facevano brulicare i vermi della memoria. Il tepore dei morti tornava verso sera, entrava nelle case come un alito. Come un topolino di bosco s'infilava sotto i tavoli, nelle madie, nei cassoni. E rosicchiava, faceva rumore, un leggero ronzio, e produceva polvere di ricordi. E la polvere diventava presenza, lo scomparso appariva e girava nelle stanze. E dopo di lui un altro, e un altro ancora, finché formavano un gruppo, una squadra, una processione. Succedeva in tutte le case, verso sera. Dopo i canti, venivano i morti. La testa di chi era rimasto vivo produceva visioni di congiunti e amici per averli ancora vicino. E facevano la conta, a controllare chi mancava, chi era venuto, chi non si era fatto vedere. Se qualcuno non si presentava voleva dire che era morto un'altra volta. Lassù credevano che il mondo dei morti non fosse come quello dei vivi. Credevano che a un certo punto si morisse di nuovo. Ma solo di vecchiaia. Di là non c'erano incidenti o valanghe o cadute dai picchi rocciosi. Né morsi di vipera o tagli di scure. Niente di tutto questo. Di là si moriva la seconda volta per tempo scaduto. Ma poteva anche darsi che, quando non venivano nelle case, dormissero fuori o si fossero nascosti perché volevano star soli. Vallo a sapere cosa facevano i morti dall'altra parte. Allora coloro che li aspettavano masticavano ancora un po' di quella radice rossa strappata alla terra dalle valanghe e trascinata fino attorno al paese. A quel punto i morti che dormivano si svegliavano, quelli nascosti saltavano fuori e si presentavano all'appello serale. I parenti chiamavano i nomi. Chi, dopo tre chiamate, non varcava la porta, era morto per la seconda volta. E non lo chiamavano più.

Di sicuro era quella radice a tenerli sempre freddi ed energici e rallentare il battito del cuore come i colpi delle ore che batteva l'uomo stanco. E a far tornare i defunti. Qualche volta, però, gli uomini freddi si muovevano piano come se portassero un gran peso che gli piegava le spalle e li stancava. Forse in quei momenti non avevano la radice a portata di mano. Non si sa. Ma radice rossa ce n'era fin che volevano. Bastava andare là dove le valanghe deformavano il muso a prenderla. E poi ne tenevano in casa, sulle mensole dei camini. Non era la mancanza di radice a farli pesanti, ma i dolori e le malinconie. E se erano quelli, allora non esisteva radice né alcun rimedio. Forse i miracoli che aspettavano, quelli potevano far qualcosa, ma erano rari e venivano sempre meno.

A una certa ora i morti pareva ne avessero abbastanza e tornavano al cimitero e i pallidi abitanti delle terre estreme andavano a dormire. Ma dormivano poco, era gente che scorticava le ore nelle attese. Donne e bambini dormivano, gli uomini coi cani facevano la veglia. Questi uomini amavano riflettere nel buio delle stanze, le mani sotto la testa e gli occhi aperti. E poi ascoltare le voci che venivano da fuori, specie quando infuriavano le tormente che graffiavano i vetri con unghie affilate come roncole. E poi udivano sibilare il rasoio del vento, che potava rami secchi e spianava cespugli, e tagliava la neve da sotto, come la falce taglia l'erba. Le urla e le bestemmie delle tempeste si univano in folate cigolanti e intimorivano i cani. Arrivavano improvvise, con raffiche e scrosci che parevano sternuti di un gigante ubriaco. Sbattevano di qua e di là, infierivano sulle porte, che tremavano come spose intirizzite. Alla fine, dopo aver ballato per ore, i diavoli si stancavano di scrollare il paese e torcere i boschi e pigliare a badilate gli orti coperti di assi. Se ne andavano menando la coda, come lupi soddisfatti di aver scombussolato il gregge. Allora lassù, dove la vita pareva morta, dalle porte del cielo come cenere calda calava il silenzio del riposo. Dentro quel silenzio di pace frusciava tranquillo il crepitare della neve sulle costole della notte.

La veglia degli uomini fiutava il buio e loro si sgranchivano e tiravano un sospiro. Poi tornavano immobili, ad ascoltare il mistero della natura, inchiodati ai letti di tavole come pelli messe ad asciugare. Appesi alla vita come grappoli d'uva ai tralci, attendevano sereni il sorgere del giorno. Ogni tanto dormivano un poco perché era giusto che riposassero. Allora s'addormentavano anche le ore, come bambine spossate, pure se fuori c'erano tormente di neve e lampi e grandine di tempeste. Quando dormivano, la notte quieta di riposo e oblio s'addolciva e portava sogni nelle teste di quegli uomini perennemente in veglia. E loro al mattino li raccontavano in giro, come fossero storie.

Era arrivato marzo, a un anno dalla disgrazia. Le giornate si fecero lunghe, veniva chiaro presto e la sera scuriva più tardi. Gli uomini freddi si erano ormai abituati al paese basso. Un po' alla volta, come speravano, avevano preso confidenza col nuovo strumento.

Come il manico della scure diventa amico a suon di sputi sulle mani e pratica, il paese era diventato liscio, funzionava, non provocava più vesciche sull'anima come all'inizio, quando lo spirito di quei poveracci si piagava e soffriva all'uso del manico nuovo. Adesso no, era passato un anno, piaghe sull'anima poche o niente, ma la scure ancora non tagliava. Giorni colmi di speranza ne arrotavano il filo ogni mattina, lo tiravano fino, ma alla sera tornava a sbrecciarsi contro le acuminate pietre della malinconia e del ricordo. Pietre dure di un paese che non c'era più, ma che stavano nella memoria, serrate e nascoste come quei sassi imprigionati nel cuore degli alberi che rovinavano l'accetta ai boscaioli. In quel momento era così, bisognava aver pazienza. E ne avevano. Il dolore, le difficoltà, le nevi sempre in aria, il terreno aspro e ripido, anziché fiaccarli gli davano forza. Indicavano il sentiero per resistere. E poi c'era quella radice rossa che veniva con le valanghe. Anche lei aiutava molto. E ricresceva veloce, di anno in anno, pronta a farsi trascinare con la neve.

Quello nuovo fu un paese di voci. Solo voci nell'aria, voci passate che non avevano più un corpo da cui partire o una bocca che le buttasse fuori. Quelle voci vorticavano nell'aria, nel vento, nel pulviscolo dei pollini, nei fiocchi delle nevicate. Andavano e venivano per la montagna, spinte dai vortici, e poi finivano a sbattere contro le rocce, gli alberi, i costoni. E allora tornavano indietro come lanciate da una fionda. Perché non potevano fare altro. Le voci non scappavano da lì, non riuscivano a forare la volta del cielo o impiantarsi nella terra, o sbalzare le montagne e rotolare laggiù, dove fumavano le città, e al mattino partivano le nebbie. Allora, quando tornavano indietro, si potevano sentire come un'eco lontana. E giravano dentro la valle continuamente, nella caldera degli uomini freddi, fino a diventare solide come quando viene il burro nella zangola. A quel punto cadevano sul terreno con un *puf*, come uccelli morti. La neve le copriva perché nevicava sempre e le voci coperte non tornavano fino ai disgeli. Però ne venivano altre pronte a farsi sentire, a volare qua e là anche loro, a sbattere e tornare, per poi diventare pesanti e cadere.

La festa del miele

Quello nuovo fu un paese di echi. La gente si voleva bene, tutto rimbalzava e restava lì. Se battevano la falce, i colpi giravano intorno al giorno come bambini in cerchio. E si poteva udire il loro *din din* per le strade. Solo le ore non si muovevano. Quelle cantate dal martello stavano ferme vicino alla campana, a tenerle compagnia, tanto che se uno era un po' lontano non le sentiva nemmeno quando uscivano dal bronzo.

Le ore non si muovevano, ma il tempo sì. Il tempo passava senza darsi riposo, e la morte avanzava nelle giornate, nei mesi e negli anni. Per contrastare la morte ci voleva la vita e allora quelli si davano da fare per far nascere bambini. Bambini bianchi e delicati che appena dati alla luce parevano fiocchi di neve. E sembravano tutti uguali perché lassù non c'era ricambio di uomini e neanche di donne. Si somigliavano un po' tutti, perciò era come se non morisse mai nessuno perché quello appena sepolto lo si vedeva ancora in giro e si aveva l'impressione che il paese mostrasse sempre le stesse facce. Questo accadde per tanti anni, anzi si può dire per secoli.

Le cose un po' cambiarono quando le donne cominciarono a fare ogni tanto un viaggio laggiù, verso quel vuoto di nebbie dove fumavano le città lontane. Volevano vedere quei posti almeno una volta nella vita. E li vedevano. E dopo una o due settimane tornavano. E dopo tre o quattro mesi che avevano visto le città la loro pancia cresceva, si gonfiava, e poi venivano fuori quei bambini diversi. E lassù dicevano: «Finalmente». Però anche gli uomini freddi qualche volta andavano a vedere le città, e anche a qualche donna laggiù cresceva la pancia. Qualcuno provò a portarla con sé, nelle terre estreme, dove nevicava sempre. Di sicuro perché gli piaceva o forse l'amava, perché no? Ma lassù le donne delle città fumanti non duravano. Morivano subito. Nel giro di un mese si ammalavano, un giallo di arnica gli copriva la faccia e le braccia e le gambe e il corpo. E dopo un altro mese o poco più l'arnica veniva scura e a quel punto erano morte. Allora non ne portarono altre per non farle morire così.

I bambini, invece, quelli nati dal seme che le donne dei monti erano andate a prendersi laggiù, dove partivano le nebbie, vivevano. Venivano su sani e belli e robusti perché si adattavano bene alla vita grama delle altitudini e della neve. Come niente fosse s'alzavano alla vita accanto all'esperienza dei vecchi. Un albero appena nato sale dritto se gli piantiamo un palo vicino che lo tenga in linea. Allora s'appoggia e viene bene. Se invece cresce senza guida può storcersi e non si drizza più con niente. E nemmeno si adatta, quando è grande, a esser trapiantato da altre parti. Così capitava con le donne venute dalle città. Non si adattavano e morivano nel tentativo di farcela.

Ma questo succedeva molti anni dopo. Non bisogna correre, ci si deve voltare e chiamare indietro il tempo, camminando sul filo di anni che diventeranno secoli. Non si potranno mai raccontare completi i secoli che tennero in piedi gli uomini freddi. Anche sui monti pallidi era un ripetersi delle cose, come dappertutto, come nei luoghi lontani delle città fumanti. La differenza era che da nessuna parte nevicava come lassù. Allora si sapranno solo i fatti che saranno ritenuti importanti dopo, per la Storia, non per altro. E degli uomini freddi si ricorderà il tirare avanti a strappar la vita coi denti, così come strappavano le stelle alpine da portare alla Madonna.

Questo è da raccontare. Fino a quando nessuno dimenticherà più. Un giorno partorito dall'alba livida del male, un'alba d'inchiostro in un cielo tumefatto dal quale cadrà neve nera e pure le api diventeranno nere. E le formiche si faranno bianche di paura. E lui, il giorno, sporco di terra e neve come polvere di carbone, si presentò e guardò in faccia gli uomini freddi. E loro chinarono il capo e in quel momento capirono che qualcosa stava cambiando, iniziava a storcersi e rompersi per sempre. Qualcosa che era dietro l'angolo, nel sacco del destino, pronto a fare il balzo e venire all'aperto.

Le api bianche producevano miele di una bontà che non si trovava in nessun posto sulla terra. Il miele bianco come la neve e come loro stesse che si erano impallidite a stare lassù faceva miracoli. Su quei monti senza cuore, tutto impallidiva sotto il pennello del tempo imbianchino. Anche il sole, dopo le nevicate, perdeva il suo colore giallo, e ruotava bianco nel cielo come un cerchio di latte nella mastella del casaro. Quelli vivevano nel bianco leccando ciotole di miele bianco, il cibo che assieme alla radice rossa dava la forza di resistere e aiutava la decisione di restare appesi al ripido, e vedere il bello anche nelle avversità, al punto che, se si rompevano una gamba, ringraziavano Dio per non essersi rotti anche l'altra. E se le rompevano tutte e due, ringraziavano ancora per non aver rotto, assieme alle gambe, anche un braccio. E se anche finivano tutti fracassati, ringraziavano Dio che almeno erano ancora vivi. E se morivano, lo ringraziavano di più, per averli tolti finalmente dalla pena d'inferno che era la vita in quel paese. Ma le loro voci sarebbero tornate a farsi sentire, a correre per la valle, a sbattere contro il cielo e le rocce come un vento che viene da lontano, fino a cadere in terra come uccelli morti e venir sepolte dalla neve. Anche di questo ringraziavano. Poter tornare vestiti di suono era il premio del paradiso. Un paradiso su quella terra che da vivi era stata l'inferno.

La festa del miele la facevano a fine ottobre. Alle porte dell'inverno, quando le nebbie delle pianure partivano verso l'alto lasciando per strada lacrime di aria candida a inumidire il volto dei boschi e le facce degli uomini, si faceva la festa del miele. Tre giorni uniti al prezioso regalo delle api. E allora per tre giorni stavano assieme, e si può dire che il miele li teneva appiccicati gli uni agli altri come la colla dell'amore tiene incollati i sentimenti, che non cedano all'usura del tempo.

Apriva la festa la donna più vecchia, spaccando con l'ascia un cerchio di frassino. Il mangiare in quei tre giorni era a base di miele, unica cosa dolce lassù oltre allo sciroppo d'acero, ai bambini e alle notti smaltate di silenzio che facevano sognare gli uomini appena addormentati. Ma non era questa la cosa migliore. La vera festa non era mangiare miele bensì le giravolte dei riti, le rivelazioni che gli uomini facevano durante quei giorni. Per due che si volevano bene e non l'avevano mai detto a nessuno, i giorni del miele parevano fatti apposta perché lo rivelassero in pubblico, se lo credevano opportuno, altrimenti potevano tacere. Ma, se parlavano, dopo aver confessato il loro amore dovevano prendere una specie di comunione masticando gherigli di noce dell'anno prima, intinti nel miele. Glieli porgevano gli anziani su un piatto di legno scavato con le unghie, perché vivere insieme voleva dire pazienza e sacrificio oltre all'amore. Lei metteva in bocca a lui il frutto secco gocciolante miele e lui faceva lo stesso con lei per sette volte. Voleva dire che per sette anni dovevano amarsi con la dolcezza del miele e delle noci insieme. Perché due che si vogliono bene devono stare uniti per addolcirsi e non fare nessuna baruffa. Se litigavano e si veniva a sapere, erano costretti a spalar neve dalle strade e dai sentieri per tutto l'anno.

Ai tempi di questa storia una donna stanca di malinconia fuggì dalle nevi eterne per le città lontane, e il suo amante si lasciò morire sulla conca di neve. A quei tempi, un uomo e una donna badilavano neve da tre anni. Lei era alta e bionda, lui né alto né biondo, ma si volevano bene. Baruffavano spesso, a volte per motivi piccoli e pelosi come nespole. Per questo erano costretti a spalare neve. Ma anche mentre spalavano a volte facevano baruffa.

Un giorno lei gli tirò il badile sul di dietro e poi si mise a ridere. E allora si mise a ridere anche lui, perché di fronte a una risata non poteva far altro. Si volevano bene. Tanto. Più di quanto ne fossero coscienti loro stessi. Litigavano perché si amavano e avevano paura che il destino girasse dall'altra parte e venisse qualcosa a separarli. Per questo litigavano e tutti li sentivano. Allora a badilare! Le regole erano chiare. Quei due segretamente si volevano bene da molto tempo, ma solo tre anni prima, durante la festa del miele, avevano trovato il coraggio di dirlo a tutti. «Noi due ci amiamo» avevano detto, «ci amiamo così, semplicemente, e non ce ne frega niente di nessuno.» Allora erano stati invitati dagli anziani a fare il rito dei gherigli col miele e promettere di non baruffare per sette anni. Lei ne mangiò mezzo sacco, non solo sette, perché le piacevano, e mentre mangiava prometteva di non litigare per settant'anni senza immaginare che avrebbe litigato la sera stessa. Fece pace ridendo, ma si condannò a badilare.

Dopo il rito delle noci, i dichiaranti, quanti che fossero, dovevano levarsi i vestiti tenendo solo uno straccio in vita, e lasciarsi cospargere di miele dalla testa ai piedi. E poi accostarsi l'uno all'altra e stringersi come a rimanere appiccicati per tutta la vita. Qualcuno ci riusciva e l'unione finiva solo con la morte. Dopo gli strusci dovevano lavarsi con acqua calda. L'acqua addolcita dal miele lavato via dai corpi andava buttata ai piedi di un albero da frutta affinché sentisse per una volta il dolce delle cose e qualcuno gli volesse bene e non restasse mai solo. Salvo un sorso, che dovevano bere i dichiaranti, il resto andava all'albero. Le radici altro non chiedevano. Ricevevano un poco di quel che aveva dato un tempo l'albero stesso, quando a primavera fioriva e le api volavano intorno ai fiori e si posavano a rubare il nettare.

Lassù l'esistenza girava in cerchio, niente si perdeva perché il mondo era prezioso e rimaneva al suo posto. Tutto tornava da dove era partito per riapparire in paese rinnovato e fresco. Così era la vita. La neve si scioglieva, il ghiaccio anche, le valanghe marcivano come ricotte sfatte, diventavano acqua che scendeva verso le città fumanti. Da lì evaporava in nebbia e le nebbie camminavano a impregnarsi con l'odore di urina e di città, per tornare poi lassù, sui picchi soffiati dal vento, a purificarsi e farsi belle. Da lì ricadevano in basso in forma di neve e grandine, pioggia e valanghe.

Nei tre giorni della festa del miele ballavano e cantavano e facevano giochi, però sempre a toni bassi e moderati. Lassù nessuno urlava né sbraitava né faceva rumore alzando la voce. Dovevano e volevano ascoltare, più che farsi ascoltare. C'era intorno quella natura vigilante, che dormiva con un occhio solo, come un ghiro, pronta a sorprendere e scattare. Stava sospesa sopra e sotto, e parlava, cantava, sussurrava, urlava, a volte picchiava con la mazza. Allora occorreva ascoltare quella voce senza sovrapporvi acuti di altre voci. C'era la terra umida e buona, dove stavano impiantati i semi da proteggere e la neve da assaggiare come si assaggiava il miele, per capire il da farsi. E le fioriture degli alberi, da pesare con gli occhi per sapere quanta frutta avrebbero dato. Ascoltare il giro dei venti e dell'aria, se andavano a caricare gerle di neve o pioggia, per rovesciarle sul paese e sulle anime. Lassù c'era solo da ascoltare, nient'altro. Tendere l'orecchio giorno e notte per indovinare l'imminente, vedere un po' di futuro e comportarsi di conseguenza: anticipare per evitare. Dovevano fare così per sopravvivere, nelle terre estreme, dove cantava la voce eterna della natura. E lasciavano che cantasse.

Oltre dar loro le dritte di salvamento, la natura aveva una bella voce, e cantava canzoni di ogni sorta. Sussurrava quelle tenere e dolci, sputava quelle dure e brutali, tossiva quelle corte, sfiatava quelle lunghe. Non di rado, mentre ascoltavano, il cervello si paralizzava e il cuore picchiava contro le costole, tanto erano misteriose le canzoni. Non avevano paura, il cuore batteva di emozione, non di paura. Per questo rispettavano la norma del silenzio. Delegavano a parlare quel mondo che ignorava la lingua degli uomini e si esprimeva con la sua, che spesso era fatta di silenzi.

Lassù parlavano tutti poco. Erano convinti che le uniche parole degne di essere tramandate fossero quelle migliori del silenzio. Ce n'erano poche di quelle. È difficile che le parole possano competere col silenzio e averla vinta: dal silenzio non si esce indenni, come da una caduta dalle rocce. Allora si rassegnarono a tacere e ascoltare quello che avanzava e aveva dignità di restare, che tacendo parlava e poteva competere e vincere col silenzio: le parole della natura.

Ma c'era quella promessa antica: ricordare i fatti perché non si perdessero nelle dimore del tempo. E allora di sera, quando i fantasmi masticavano le loro vite e le sputavano nelle cucine, gli uomini freddi cantavano le storie del loro popolo, di quel che era successo, di quello che restava. In questo modo erano costretti a parlare, ma lo facevano piano, come facevano tutto, come sempre, com'era loro costume.

La festa del miele, dopo aver traversato il pianoro con baldorie e fatica come a pestare neve fresca, tra giochi e cibo e canti silenziosi, s'apprestava a chiudere i battenti col lungo girotondo del paese. Verso sera, tutti dovevano prendersi per mano e fare un grande cerchio, e girare intorno al paese nel senso in cui tramontava il sole. E tutti dovevano avere le mani impiastricciate di miele, come per rimanere incollati l'uno all'altro, e addolcirsi a vicenda, darsi nutrimento tramite le dita, come le radici lo danno all'albero. E non staccarsi mai, non andare via da lì, dove la terra era dura come pietra, e la neve cadeva per inumidirla un poco e renderla tenera, che buttasse qualche frutto e potesse esser scavata per seppellire i morti. La gente di lassù chiudeva con un cerchio umano quello che la donna più vecchia del paese aveva aperto tre giorni prima, spaccando con la scure un cerchio di frassino.

Prima del girotondo finale, tutti dovevano passare di fronte ai vecchi del villaggio e far vedere le mani impiastricciate di miele. Chi aveva le mani pulite sarebbe andato via da quel posto che considerava maledetto, dove i patimenti si susseguivano uno dopo l'altro, come i respiri. Per questo non se le era sporcate di miele: per non incollarsi simbolicamente agli altri come un innesto che non dava frutti. Allora nessuno se la prendeva o condannava il fuggitivo. Sapevano che andare via era un dolore, non infierivano. Anzi, lo aiutavano in ogni modo per agevolargli la partenza, dargli qualche viatico per il cammino, promettergli che se voleva tornare sarebbe stato il benvenuto. Le porte di neve che s'affacciavano sulla valle per lui sarebbero rimaste sempre aperte. Così facevano lassù.

La voce della donna muta

Una volta, durante la festa del miele, una donna alta, dai capelli come erbe d'autunno e gli occhi due nocciole profonde, si presentò al girotondo con le mani pulite. Mani sottili e bianche, le dita fredde e lunghe come i ghiaccioli che pendevano dalle grondaie di legno. Da quelle lingue di neve senza miele gli anziani capirono che voleva andarsene. E la lasciarono andare. Scivolò dalla montagna come una stella cadente e sparì.

Trent'anni dopo, quando si erano piantati bene nel paese nuovo, e avevano messo le salde radici dell'abitudine, e il ricordo della valanga era lontano anche se mai dimenticato e tanti erano morti e tanti erano nati, e la neve copriva ogni stagione di quelle anime solitarie, si sentì piovere una voce. Una voce di donna che piangeva. Era primavera e lei veniva ogni sera, calando dall'alto. Girava per le case e per le vie e per i boschi e le montagne a piangere cose perdute di un tempo lontano che non sarebbe più tornato. Per lei non sarebbe più tornato. Dissero che era una delle tante voci di quei morti che giravano il paese.

Nevicò. La neve seppellì le voci che volavano ogni sera. Ma non quella. Quella saltò fuori come una talpa a piangere ancora. Allora capirono che non era di un morto ma di un vivo. Di una viva: una donna che si era allontanata dalla sua voce e ora viveva muta da qualche parte, chissà dove, con la bocca incollata dalla resina del silenzio. Come quella che sgorga nei tagli dei larici e degli abeti feriti dalle pietre e dalle saette.

Pianse per sei mesi, la voce di donna. Lungo le vie e le case e i boschi e le montagne del paese si potevano vedere le lacrime del suo pianto. Sul verde degli orti e degli alberi e sui sentieri e sui tetti delle case c'erano le sue gocce. Se non veniva qualche nevicata a coprirle, si potevano vedere. Dapprima la gente credeva che fossero gocce di rugiada, poi s'accorsero che avevano un colore azzurro ed erano grosse, mentre la rugiada non è azzurra né grossa. E poi ebbero un'altra conferma, perché col freddo la rugiada congela e diventa brina, invece quelle gocce non gelavano né diventavano brina. Ecco perché erano sicuri che fossero lacrime. Ogni tanto quella voce s'impigliava nei cespugli di spine e allora piangeva crocefissa, appesa come i panni che le donne stendevano per farli asciugare.

Intanto laggiù, in una città lontana, dove s'alzavano i fumi e partivano le nebbie, una donna viveva senza voce. Da molto tempo non sentiva la spinta della vita sollevarla. Da qualche mese aveva chiuso anche le labbra, che non uscisse nulla da sembrare un lamento. Il suo corpo alto e sottile, sinuoso come un frassino, si stava sfacendo un po' alla volta, come le valanghe sui monti pallidi, sfaldate dalle piogge dell'autunno. Quelle potevano rifarsi il corpo e un viso nuovo, lassù nevicava in eterno, e avevano speranza. Per lei nessuna neve sarebbe venuta a rinnovare la vita e nemmeno a seppellire le piaghe del dolore. Il passato, come un tarlo, rosicchiava i suoi ultimi giorni. Aveva lo sguardo spento. Quel viso, una volta essenziale e fresco come una pietra lisciata dall'acqua, s'era ingrinzito di pieghe e solchi e segni di sgorbie di vario taglio a seconda dello scultore che aveva infierito. Ma, per quell'opera devastata dagli anni, da una vita fuori posto, corrosa dalle intemperie, butterata da grandine e temporali sconosciuti, non vi erano colpevoli. L'unica colpevole era lei, con la scelta di trent'anni prima.

Ogni tanto si guardava le mani. Quelle erano rimaste come un tempo, bianche e sottili, le dita lunghe e fredde come ghiaccioli di grondaia. Più che guardarle le univa come quando si prega, e una tastava l'altra per sentire se trovavano il miele che un giorno non aveva voluto spalmarsi per fare il girotondo. E se n'era andata laggiù, nelle città fumanti, a vendere il corpo. Il suo corpo alto, liscio, sinuoso e bello come un frassino era finito in mano a scultori rozzi, brutali e senza scrupoli che lo avevano deturpato, ridotto a un legno rosicchiato e cadente. Così era andata senza che fosse colpa di nessuno, era andata così. Erano passati trent'anni. Era scivolata via dal paese che ne aveva ventotto.

Un giorno sentì una voce provenire dall'interno, da molto in fondo. Le sussurrava di esser stanca, ma piano, come per non spaventarla. La voce diceva alla donna che non ne poteva più di quella malinconia, e di quel dolore, e di quella tristezza, e di quella città che aveva cementato di nebbia il suo cuore. «Io torno a casa» le aveva detto. «La vita da queste parti è un lago buio di acqua troppo alta e sporca e torbida, e una mano mi sta premendo sul fondo. Voglio tornare lassù dove alta è solo la neve, e l'acqua è pulita e corre cantando. Dove vedo una bambina che saltava e ballava nei boschi, e poi raccoglieva la legna e quando nevicava si faceva imbiancare dalla neve che la copriva come un pupazzo. E lei rideva. Questa bambina rideva con le braccia aperte, sotto la neve. Voglio tornare lassù, dove succedeva tutto questo, e la bambina cresceva e si faceva bella, dove le voci dei morti andavano per il paese. Io torno là.» Così disse.

La donna lasciò che partisse, lasciò che la voce della sua coscienza tornasse lassù, dov'era nata, a impigliarsi nei cespugli di spine, a piangere per le vie e i boschi e le case e le montagne lasciando in giro quelle lacrime azzurre che non gelavano mai. Da quel momento, senza la voce della sua coscienza, una voce triste, rassegnata al peggio, la donna non parlò più.

Era primavera, dappertutto le nevi gocciolavano nel disgelo mentre lassù ne cadevano di nuove. In questo modo si trascinavano i giorni legati alla catena degli eventi che scavavano solchi profondi e inguaribili nella vita di quella gente mite, come le valanghe scavavano i valloni fino a scoprirne le ossa.

Dopo sei mesi che la voce triste lamentava dolore e rimpianto lungo le vie del paese dove era nata, una vecchia, mollando un colpo d'ascia a un cerchio di frassino, dava inizio alla festa del miele. Per tre giorni il prezioso liquido bianco era protagonista di ogni mossa. Si aprivano i barili e i recipienti e i vasi più piccoli, per inventare cibi di fantasia il cui ingrediente principale era lui, quel denso liquido biancastro che colava sfacciato come lingue tirate fuori per far ridere. A fine ottobre il vento delle montagne era freddo, soffiava, e quando sputava i suoi sternuti spingeva in là le nuvole e per un po' restava il bel tempo. Infatti, sui tre giorni del miele non nevicò e ci fu un po' di sole, ma chissà perché tutti dicevano che non erano tanto contenti. Si sentivano addosso qualcosa, dicevano. A loro bastava che non nevicasse ed era già bel tempo, però le nuvole correvano sempre più veloci di qua e di là come se qualcuno le inseguisse. Dentro le pance che parevano vesciche portavano di tutto, anche la pazienza di quella gente che poi mandavano giù assieme ai fiocchi. Per questo resistevano. Con la neve gli cadeva addosso la manna della pazienza e stavano lì.

Era venuto il terzo e ultimo giorno della festa. Stavano per fare il girotondo con le mani impiastricciate di miele e stava per nevicare. Il vento aveva smesso di tossire, s'erano unite le nuvole e il cielo era alto e bianco come latte cagliato, quando si sentì un cane abbaiare. Il cane si lanciò giù per il sentiero, seguito da altri che abbaiavano anche loro e correvano verso una figura che saliva, finché arrivò al centro della piazza. I cani che la seguivano le facevano festa. Tutti videro che era una donna vecchia e stanca, ma nessuno la conosceva. Provarono a salutarla, dirle qualcosa, farle domande, ma la sua bocca pareva incollata e non lasciò uscire nessun suono. Ecco cosa avevano sentito gli uomini freddi, sentivano che sarebbe arrivato qualcuno.

La donna cominciò a girare per le vie e i sentieri in salita, e si capiva che non camminava sul ripido da tanti anni. Si aiutava premendo le mani sulle ginocchia che cigolavano e facevano *cric cric* come cardini arrugginiti. Si fermò davanti a una casa la cui porta era chiusa, piena di polvere e ragnatele, e una tettoia cadente appesa ai rovi dondolava e c'erano ortiche ed erbe secche nel cortile. Guardò quella casa per un po' a testa bassa, e qualcuno disse che forse stava piangendo, ma non si poteva esser sicuri perché non faceva nessun rumore. Pareva proprio che piangesse e molti furono convinti che era così. Poi si mise ancora a camminare per le vie, su e giù, come se andasse a casaccio. Intanto là intorno la gente cominciava a ficcar le mani nei barili per sporcarsele di miele e dare il via al girotondo dell'amicizia e dell'amore.

La donna seguitava i suoi giri tra le case alzando la testa senza parlare, come se attorno non vedesse nessuno o non ci fosse nessuno. Dondolava e si sbilanciava tanto da far pensare che stesse per cadere ogni momento. Pareva che non fosse più buona a fare i passi o a spingere avanti il corpo, come se quel corpo si fosse consumato e non avesse più alcuna forza. Però continuava a scrutare e annusare l'aria sul sentiero sporco di neve. Pareva cercasse qualcosa, ma forse non sapeva neanche lei cosa. Di sicuro quelli che la spiavano non lo sapevano.

A un certo punto si udì una voce, quella voce che piangeva lungo le vie del paese e attraversava le case e i boschi e le montagne. Era ancora lì. Stavolta veniva giù dall'alto, piano piano come una vecchietta che ha paura di scivolare. La donna la sentì e si fermò di colpo. Poteva darsi che avesse riconosciuto quella voce, o la voce avesse riconosciuto lei. Non si sa. Quello che si sa è che le due s'incontrarono proprio là, sul sentiero a curve chiazzato di bianco, che veniva in discesa, molle come un serpente, e scivolava tra gli orti e le case e la disperazione della donna. Sul bordo di un orto si sfiorarono, lei e la voce erano vicine quasi al punto di toccarsi. Reggendosi con la mano a un palo, la donna aprì le labbra, appena un poco, come quando era bambina e la mamma le masticava i bocconi come fanno gli uccelli coi pulcini. Bastò quel gesto e la voce, svelta come una lucertola che scappa nel buco, s'infilò dentro di lei e sparì. Allora non si udì più il pianto, ma al suo posto sortì una canzone. Si sentiva nell'aria una melodia dolce come un flauto sottile, e pareva venisse da mondi lontani, scomparsi e dimenticati. Era la donna che cantava. Cantava una nenia con quella bocca che non apriva più da mesi se non per mangiare un pochino. Aveva ritrovato la voce della coscienza recandosi lassù, dov'era nata e cresciuta e da dove era fuggita.

La coscienza torna dov'è stata bambina, torna per redimere i dispersi e i disperati, e allora, se uno non è morto o del tutto perduto, prima o dopo la segue. Lei la seguì. Adesso la sua voce era tornata a restituirle ciò che aveva perduto, dimenticato. Ricordi dell'infanzia che non sempre era stata bella, ma che ricordava con nostalgia.

Il ninnanante

Nel momento in cui la donna dai capelli dorati aveva ritrovato la voce della coscienza, le era venuta in mente l'antica filastrocca del ninnanante, un vecchio dotato di poteri magici che in paese aveva il compito di addormentare i bambini. Solo quello. Passava tra le case, una per una, alla sera, a vedere se c'era qualche bambino che stentava a prender sonno. Vuoi perché stava male, o aveva mal di pancia o era raffreddato, c'era sempre qualche bambino che non dormiva, e i genitori erano stanchi. Allora il ninnanante lo addormentava cantandogli una nenia.

Ce n'erano stati tanti lassù, di maghi addormenta bambini, e ognuno adoperava la sua canzone e tutte funzionavano perché quelli erano maghi e quando cantavano la nenia il bambino saltava nel sonno, come un ranocchio salta nel fosso e scompare. Quando moriva un ninnanante, ce n'era pronto un altro, perché dovevano esser vecchi e si davano il cambio, e si passavano la magia come le scandole sui tetti si passavano la pioggia. Qualche volta, però, i bambini non cedevano e resistevano alle nenie e allora il ninnanante, specie se era molto vecchio, chinava la testa e s'addormentava lui. Ma erano casi rari, e anche preoccupanti, perché quando succedeva significava che il sentiero del vecchio stava per finire e gli restava poco da vivere.

Lei ricordava la sua canzone, quella che il vecchio le cantava da piccola perché era una bambina piena di paure e per questo dormiva poco. E adesso la cantava perché era contenta. Era contenta di essere tornata a casa, ai suoi monti pieni di neve dov'era nata e da dove era fuggita. Con la mano appoggiata al palo dell'orto, guardando i monti, cantò a bassa voce. È difficile sapere se pronunciò una dopo l'altra le strofe della nenia che il vecchio le cantava cinquant'anni prima. È difficile ma si può dire che più o meno erano queste:

Dormi bambina nuova / che giovane sarai, / affidati alla luna, / in ogni luogo andrai. / Dormi bambina bella, / donna diventerai, / affidati alle stelle / e non ti perderai. / Dormi bambina cara, / per quello che farai / affidati alla pioggia / e non ti bagnerai. / Dormi bambina dolce, / l'amore apparirà, / affidati alla grandine, / non ti bastonerà. / Dormi bambina semplice, / per quello che accadrà / affidati alla neve, / non ti seppellirà. / Dormi bambina forte, / verrà molto dolore, / la strada che percorre / lo porta dritto al cuore. / Ma tu non disperare, / segui il cammin così, / le cose che fan male / verranno buone un dì. / E passerà la vita / col suo dolor crudele, / ma tu non ti lasciare, / distendi nuove vele. / Finché il tramonto appare / seguita a navigar / e quando l'onda è ultima / lasciati riposar. / Dormi bambina bella, / la vecchia che sarai / non avrà più paura, / tu l'addormenterai. / E quando chiudi gli occhi / a lungo dormirai, / ricorda queste sere / e il ninnanante mai.

La donna gorgogliava la canzone con voce debole e stanca come se non avesse più fiato e lo cercasse in alto. La filastrocca del ninnanante era tornata nel suo cuore, dove tornano per l'ultima volta le cose buone. E adesso veniva fuori d'improvviso, come uno scricciolo dal nido, a carezzare ancora i boschi e le montagne. La ninnananna era nata lassù e lassù vibrava di nuovo. Ma erano passati tanti anni e forse nessuno la ricordava. Così pensò la donna: se c'erano ancora ninnananti, di sicuro non cantavano quella.

Finito di cantare, la donna lasciò il serpente chiazzato di neve che era il sentiero e s'infilò nella piazza come la martora va nel cespuglio. Si stava formando il cerchio della vita con le mani unite, impiastricciate di miele. Lì vicino stava un barile di larice rosso. La donna vi tuffò le mani e se le imbrattò per bene e poi si presentò davanti agli altri con le mani alzate come una che si arrende e dice: "Sono qua". Il cerchio si aprì senza domande e lasciò che la nuova venuta entrasse, anche se nessuno sapeva chi fosse. La pecora smarrita giunta lassù da chissà quale sperduto gregge nessuno la conosceva. Unite alle altre, le mani sconosciute sentirono l'odore del passato e il grande cerchio di persone iniziò a girare adagio mentre dal cielo cadevano le ombre della sera.

La notte prima c'era la luna che splendeva. Una luna molto grande e tonda e piena di luce, tanto che si poteva vedere come di giorno. Ma la luna d'oro che brillava e illuminava il freddo fino a farlo diventare blu non tornò l'ultima sera del miele, e intanto che facevano il girotondo iniziò a nevicare.

Veniva giù a ventate di traverso, come un muro sibilante, una tormenta di farfalle bianche che andavano a morire sul terreno indurito dal gelo. Durante il girotondo cadevano folate di farfalle sempre più grandi e fitte, ma la gente non smise di girare. Dentro quel tempo circolare, la sconosciuta trovò la forza per dire chi era e raccontare di quando era partita trent'anni prima. E poi disse che era tornata perché laggiù stavano diventando feroci. Allora qualcuno che aveva la barba bianca si ricordò di quella giovane alta e bionda che al girotondo si era presentata con le mani pulite, perché voleva andare via da quel posto infame. Aveva ventotto anni e se n'era andata senza dir niente. A quel punto, molti di quelli che giravano ricordarono quella partenza. Però nessuno avrebbe detto che la donna smagrita e sfatta era la ragazza dal corpo di frassino fuggita trent'anni prima. Nessuno davvero l'avrebbe riconosciuta. Intanto seguitavano a cadere farfalle e la neve cresceva.

Quando il cerchio umano si sfaldò la festa del miele finì. Subito dopo, quella buona gente si premurò di aiutare la dolente creatura caduta in disgrazia. Così decisero di ospitarla a turno, nelle famiglie. Il primo novembre la neve era alta.

La donna frugò per le case a tastare la vita ritrovata e capire cos'era cambiato, cos'era entrato di nuovo nelle abitudini e chi era morto e chi era venuto al mondo nel paese che non vedeva da trent'anni. Domandò se esistevano ancora vecchi che addormentavano i bambini. Le dissero che l'usanza era presente come la neve, fresca e viva, e con lei era vivo un ninnanante di novantasei anni, ma non cantava più. Si limitava a guardare il cielo. Al suo posto era un altro a cantare, più giovane ma che aveva comunque ottant'anni.

La donna dagli occhi come due nocciole volle conoscere il destino del ragazzo che trent'anni prima aveva lasciato per fuggire nelle città lontane. Le dissero che venne trovato morto in una buca di neve, le mani sul petto e dei capelli biondi tra le dita. Ma ormai era una disgrazia lontana, la stavano dimenticando, spariva anche il volto del giovane, sbiadiva nella testa delle persone indaffarate a campare. Solo la sera tornava insieme agli altri morti dentro le case, quando, dopo i canti, li cercavano per fare la conta. E allora, se voleva, poteva percepirne la presenza.

Lei rispose che, se voleva davvero sentirlo, sarebbe rimasta con lui, quella volta che lo abbandonò. Poi le venne da piangere. Per scacciare quel dolore acuminato, si recò a cercare il vecchio ninnanante che non cantava più. Mentre lo cercava, notò due figure, un uomo e una donna, che badilavano neve. Di loro si ricordò, anche se erano passati tanti anni. Intuì in loro i fidanzati che litigavano sempre, e per questo dovevano pulire i sentieri dalla neve. Adesso li vedeva di nuovo col badile in mano, invecchiati, ma non poteva sbagliarsi, erano gli stessi. Siccome seguitavano a baruffare, dopo trent'anni seguitavano anche a spalar neve. Sembravano tranquilli e stavano insieme e questo rallegrò il cuore della donna. Pensò che anche in mezzo a tempeste e difficoltà, se due si vogliono bene possono restare uniti. Lei invece aveva lasciato il giovane per il miraggio delle città lontane. Forse non gli aveva voluto bene abbastanza. Adesso scopriva che sì, gli voleva bene, ma ormai era tardi. Allora, per non morire di crepacuore, andò a cercare il vecchio ninnanante.

Quando lo trovò stava immobile accanto a un gran fuoco di ceppi, seduto sulla panca che circondava il focolare. Il fumo gli vorticava intorno come i turbini delle nevicate intorno al campanile e le faville parevano fiocchi nel vento. Gli salivano fino alla barba, come per fargli solletico, e poi sparivano risucchiate dall'aria calda. A differenza della neve, invece di cadere andavano in su, lungo la cappa del camino, e uscivano all'aperto a vedere se c'era compagnia. Spesso fuori trovavano qualcuno, incontravano faville che venivano in forma di neve, oppure pioggia o grandine o vento. A volte solo il cielo azzurro e le nuvole che correvano e allungavano le mani per prendersi per i piedi. Lei trovò il ninnanante. Fissava il fuoco immobile, come se fosse un tronco poggiato là, in attesa di essere bruciato o portato via. Sembrava senza occhi, solo le palpebre pendevano avanti, però a guardarlo bene si capiva che li aveva, ma molto in fondo. E in quel fondo laggiù, ormai distanti da tutto, ardevano due braci vive. Pareva che ascoltasse storie raccontate dalle fiamme, perché stava molto attento. Ma forse si era soltanto addormentato.

La donna gli toccò una spalla e il vecchio sussultò. Gli disse che non l'avrebbe disturbato molto, solo quel tanto che bastava per sapere se ricordava una certa ninnananna. E iniziò a cantare le prime strofe, come le ricordava.

Dormi bambina nuova
che giovane sarai,
affidati alla luna,
in ogni luogo andrai...

Il vecchio si voltò. La guardò con quegli avanzi di occhi scappati laggiù, nel fondo della vita, per non vedere i particolari della fine. Fu come se qualcosa lo svegliasse e gli togliesse di dosso un gran peso. Ascoltò la seconda strofa, poi tirò un sospiro e andò avanti lui, fino al termine della canzone. Le parole gli uscivano fischiando dalla bocca come api dall'alveare e ronzavano un po' nell'aria prima che il fuoco bruciasse loro le ali e poi le incenerisse. La donna lo abbracciò commossa. Aveva trovato l'antico ninnanante. Lui la guardò stupito, come se gli fosse apparsa la Madonna. Non capiva il perché di quell'abbraccio però gli fece piacere, erano tanti anni che nessuno lo abbracciava. Sentì il calore di quelle mani più intenso delle fiamme che gli danzavano davanti. Stava per arrivare l'inverno, la terra era congelata, i boschi dormivano sotto la neve, i monti parevano molto lontani. La gente preparava la tana per affrontare il freddo più rigido. Il vecchio si lasciò abbracciare e appoggiò la testa sulla spalla della donna come un giovane innamorato. Forse si era innamorato davvero, così, di colpo, dopo tanto tempo. Forse era la prima volta. Chissà.

La donna gli chiese un piacere. Guardandola dal fondo delle orbite, il vecchio fece sì con la testa.

L'indomani non nevicava più. Quanto poteva durare la pausa? Nessuno lo sapeva, di certo non molto. Verso sera, come un'aria tiepida passò la donna col vecchio sottobraccio. Li videro tutti traversare il paese, diretti verso un punto preciso che la donna conosceva. Era appena dietro il cimitero, dentro il folto del bosco. Dentro un albero stava nascosto un dolore lungo trent'anni. Come un picchio solitario aveva scavato il tronco e si era rintanato nel suo nido, a vegliare un ricordo. C'era la neve e la luna che la illuminava e faceva quel chiaro che non serviva nemmeno una candela. La donna sedette ai piedi di un larice con la schiena poggiata al tronco. Il vecchio stava in piedi, avvolto nel tabarro. Il vento della sera gli muoveva la barba.

La donna fece un segno con la mano e il ninnanante attaccò l'antica melodia. La sibilò due volte con la sua voce a fischio. Le parole cadevano sulla neve una per una e sprofondavano, come piombo liquido. All'ultima parola la donna reclinò la testa e s'addormentò. Era una sera tranquilla, carezzata da un po' di vento e c'era quella luna che brillava sulla neve del giorno prima, e la barba del ninnanante pareva argento, e la conca dove era morto il giovane una mano che attendeva qualcuno. Al vecchio iniziarono a scricchiolare le ossa, un tremore lo faceva sussultare. Aveva freddo e voleva tornare, allora si avvicinò alla donna. Per svegliarla le tirò un braccio e il suo corpo si rovesciò nella neve come quando tiravano le volpi. Allora tornò in paese da solo, perché sapeva che non si sarebbe più svegliata e lui aveva il gelo nelle ossa. Era tanto che aveva il gelo nelle ossa, ma doveva fare ancora quello sforzo.

La donna aveva voluto il suo vecchio ninnanante perché l'addormentasse l'ultima volta. Era tornata a casa a pezzi per far rinascere la bambina di un tempo col suo corpo integro, e pulito. Era tornata la bambina con le paure, che non dormiva senza ninnanante. E lui l'aveva addormentata e forse adesso riposava in braccio a quella pace che non la cullò mai da viva.

I giorni bianchi

Questo e altro succedeva lassù, nella terra degli uomini freddi, che da molti anni davano calore al paese nuovo. E lì stavano bene, ormai, si erano assestati e rassegnati, avevano capito che l'esistenza è un continuo andare dall'alto verso il basso come le valanghe, fino a trovare il fondo e fermarsi per sempre. La donna venne seppellita vicino al ragazzo, il suo lontano, sfortunato amore, e adesso finalmente potevano dormire assieme. Qualcuno impastò sopra la tomba due pupazzi di neve. Abbracciati. Se la vita li aveva separati, la morte li aveva uniti e stavolta per sempre.

Lassù erano convinti che la morte non fosse separazione. Invece nelle città fumanti dicevano il contrario. La morte toglie i corpi dai sentieri, li sottrae ai vivi, ma non separa nessuno. La morte riunisce gli uomini in un solo boccone. E il tempo si mangia intero quel boccone di ricordi. Così pensavano sui monti pallidi. Questo non voleva dire che non provassero dolore alla scomparsa dei loro cari, però si consolavano sapendo che stavano in buona compagnia con tutti gli altri. E poi la sera, dopo i canti di ricordo, li evocavano e ogni famiglia contava i suoi morti. Adesso qualcuno doveva contare anche lei, la donna venuta a spegnersi sui monti, ma lei non aveva nessuno che la chiamasse. Lassù a stento ricordavano il suo nome. Allora tutti volevano adottare il suo fantasma e portarselo a casa. Ma la sua anima scartò tutti quanti e si presentava ogni sera al vecchio ninnanante, che non aveva nessuno neanche lui. Così ciascuno teneva compagnia all'altro e alla sua anima stanca, un vivo e una morta, accanto al fuoco del camino, mentre stava per venire un inverno che avrebbe lasciato il segno sulla pelle degli uomini e su quella degli alberi.

Il vecchio ninnanante ogni sera ripassava la sua vita. Con quella poca memoria che gli restava, faceva i conti e poi chiamava i morti, ma non veniva nessuno. I suoi erano già morti per la seconda volta e una terza non ci sarebbe stata. Però lei veniva a trovarlo. Il vecchio se ne accorgeva perché vedeva le fiamme che si dividevano di colpo a una certa ora della sera. Era lei, che andava a fargli visita e farsi addormentare, scombussolando l'aria. Quando entrava la sua ombra di morta, l'aria carezzava la casa, perché era morta in pace. E divideva le fiamme che però si riunivano subito, perché, come i due badilanti, non potevano vivere separate. Il fuoco degli amanti non arde senza la legna del perdono.

Una sera, stanca forse di viaggiare di notte, l'ombra della donna morta prese per mano l'anima del vecchio e se la portò via, nella sua casa che era dappertutto. Era là intorno, tra i boschi, nelle rocce, sulle cime dei monti, e tra le vie del paese. Allora, dopo che gli fu rubata l'anima, del vecchio ninnanante restò soltanto il corpo cavo, come un albero svuotato dalle formiche. Di lui rimase lo spessore della corteccia, lì, sulla panca, con dentro solo il suono di ciò che fu. Il suono di un cuore che aveva battuto per quasi un secolo allargando i cerchi degli anni, come l'esperienza si allarga nella vita dei giovani.

Quando soffia il vento, entra in questi alberi cavi e li graffia da parte a parte, e loro mandano una voce, come il lamento di chi si è pentito troppo tardi. Gli abitanti dei monti lo sapevano, imparavano dagli alberi a svuotarsi di tutto, e far passare il vento della sincerità che li facesse parlare e confessarsi. Così facevano. Le formiche svuotavano gli alberi e il vento li faceva piangere, allo stesso modo loro svuotavano se stessi, faticando in mezzo ai disagi, e si lasciavano attraversare dal canto della natura. E cercavano di restituire quel canto alla sera, rievocando le storie passate e rimanendo onesti. Il bozzolo del vecchio ninnanante fu trovato tre giorni dopo, secco e in pace.

Del paese distrutto dalla valanga non restavano che muri gonfi di umidità come occhi che piangono. E mozziconi di travi, che spuntavano ancora qua e là, come denti corrosi in una gengiva. I giovani, che al momento della disgrazia non erano ancora nei sogni dei genitori, andavano su a vedere. E segnando col dito ricostruivano i luoghi del paese così come avevano sentito dai vecchi. Ma non c'era dolore nei loro volti, perché non avevano visto il mondo di prima. Dove indicavano che c'erano state case e stalle e altre costruzioni, adesso crescevano erbacce e ortiche e alberi da frutto selvatici e scontrosi perché non erano belli.

Il vecchio cimitero aspettava la gente dietro una curva, sulla strada che menava fuori dal villaggio, verso i boschi, ed era stato risparmiato dalla valanga. Allora, per non fare un altro camposanto, e anche per tener compagnia agli altri, i morti del paese nuovo li portavano lassù, in quello vecchio, con gran fatica su per un sentiero ripido e storto come le corna dei camosci. E il dolore pesava più della cassa. Quando moriva qualcuno dicevano che era andato a nascondersi dietro la curva, perché dietro una curva non si vede più nessuno.

Il canto della natura lo conoscevano a memoria. Più che un canto era la scrittura di un mondo primitivo e severo che non perdonava errori. Uno spartito che andava letto e capito prima di essere cantato. Chi stonava per non aver visto le note, pagava caro. C'erano maestri di musica e direttori d'orchestra che brillavano negli occhi esperti degli anziani, ma prima o dopo uno doveva cavarsela da solo e la faccenda cambiava. Tutti ricordavano i morti caduti nel bosco intenti a tagliare alberi o scivolati dalle rocce mentre cercavano la cima come un paradiso, o i cristalli lucenti nel cuore della montagna. Tanti erano i morti per incidente. Da ognuno avevano imparato quel che poteva succedere e allora ne facevano tesoro traendone vantaggio. Con la morte degli altri allungavano la loro vita evitando l'errore che aveva tolto dal mondo quei poveri diavoli. Ma la natura, nel suo eterno stiracchiarsi e sbadigliare e tossire, aggiungeva note allo spartito, pericoli nuovi mai visti, e prima o dopo cantava canzoni che i secoli non avevano registrato. Una di queste fu la valanga che ne uccise centodue.

Per capire se veniva un inverno cattivo, leggevano le punte dei formicai che non sbagliavano. Se il formicaio aveva il culmine tondo come una testa rapata, voleva dire che l'inverno veniva buono e la neve giusta, mai troppo alta né pesante. Ne sarebbe caduta tanta ma un poco per volta, non a metri, tutta in un colpo, come succedeva quando i formicai avevano il vertice a punta. Le formiche vedevano in anticipo i denti affilati dell'inverno, sentivano prima il suo digrignare e sapevano come avrebbe morso lungo i mesi. Nevicate copiose, alte metri, schiacciavano i formicai se non avevano la punta come un fuso. Quella punta invece faceva scivolare la neve di qua e di là.

Quando gli abitanti notavano la forma a lancia si preparavano al peggio. Andavano in giro apposta, nei mesi dell'autunno, quando le sere diventavano lunghe e di notte fischiavano i venti, a cercare i castelli delle formiche per vedere come avevano la punta. E già che c'era, chi respirava male o aveva qualche malattia del freddo spaccava un lato del formicaio senza rovinarlo troppo. Da quello sbrego usciva un vapore caldo e umido come il fiato dalla bocca quando fa freddo. A quel punto, i malati infilavano i loro nasi gocciolanti nella fenditura e respiravano a fondo il vapore che pareva tagliare le narici. Era quasi impossibile resistere più di qualche secondo. Le unghiate di quell'acido fumante avevano una forza tale da torcere i polmoni e bloccare il respiro. Però, se uno ce la faceva a inalare per un po' le zaffate soffocanti del formicaio, tornava a casa guarito. Quel vapore veniva dall'invisibile sudore delle formiche che lavoravano e faticavano. Prese una per una il loro ansimare era niente, non esisteva e nemmeno aveva energia. Ma respirando tutte insieme, a milioni, soffiavano fuori quel vapore dalla potenza corrosiva che raspava la gola, uccidendo i nemici dei polmoni e le malattie del freddo.

Le formiche erano importanti per indicare gli inverni, guarire i malati e svuotare gli alberi, perché il vento li facesse piangere. L'esistenza svuotava gli uomini dei monti pallidi rendendoli essenziali e pazienti nel loro quieto vivere. Tutto lassù era stato modificato dal continuo raspare del tempo, e da quella polvere bianca che smaltava d'improvviso ogni cosa. Da secoli il popolo di neve stava impigliato nei rami intricati di quel luogo ostile come lana di pecora nei rovi. E nessun vento o tempesta era riuscito a strapparli via. Li avevano scossi, maltrattati e uccisi, ma non tolti da lì.

Siccome le continue intemperie li costringevano a rimanere in casa, dovevano fare qualcosa per limare il tempo. Il tempo lassù era lungo, a volte pareva fermo, e c'era quel silenzio che portava le magie. E lì, tra le magie, avevano imparato a fare tutto. Costruivano le forge per domare il ferro, e innalzavano carbonaie per ottenere il carbone da alimentare le forge per fare gli attrezzi con cui lavorare il legno, la pietra, attrezzi da taglio e per battere. Quel che veniva prima dava origine a quel che serviva dopo, come i gradini di una scala. E poi intagliavano oggetti di ogni tipo, forma, dimensione e per tutti gli usi. Galosce, letti, culle, cucchiai, fino a strumenti da cui cavare la musica e spanderla nella valle. Quelli sapevano far tutto. Migliaia di oggetti in legno uscivano dalle loro mani, ma prima forgiavano gli attrezzi per incidere quel legno. E prima ancora i mantici per le forge, con fogli sottili di acero bianco come latte e la pelle dei cervi intorno come una benda, per dare fiato ai polmoni dei mantici. E anche i cervi, prima di conciarne le pelli, servivano a sfamarsi, come tutta la selvaggina. Di quel che prendevano non buttavano via niente, nemmeno un osso. Dalle zampe di cervi e camosci toglievano le unghie e poi le aprivano col coltello, che diventassero più larghe. E poi le seccavano per attaccarle sotto le galosce dei cercatori di cristalli, così questi rimanevano incollati alle rocce. Però ogni tanto qualcuno cadeva lo stesso, anche con le unghie dei camosci e dei cervi sotto le galosce, e allora poteva succedere di sentire il suo urlo fino in paese, prima che si schiantasse sul terreno. E non c'era da farsi meraviglia, cadevano a volte anche i camosci e i cervi e i caprioli. Lassù cadevano tutti, perché era un posto ripido. E cadevano anche neve e valanghe, vento, grandine e pioggia, terra e sassi, perché era un luogo pieno di pesi. E i pesi devono cadere, andare in basso. E allora quelli accettavano la sorte in silenzio, buttandosi in braccio al destino come carta nel fuoco.

I cristalli di quelle montagne misteriose erano grossi, lunghi una spanna e anche oltre. Forse i più grandi che si trovavano in giro. Per questo erano molto ricercati. E rimanevano lì, nel grembo delle case, non li vendevano a nessuno. Li usavano per far chiaro. Messi davanti alle candele e ai lumi a petrolio, i cristalli rubavano la fiamma e la moltiplicavano nelle loro pance un gran numero di volte, e poi la restituivano e le facce della luce diventavano così numerose che la stanza era tutto un saltare di raggi qua e là. Ecco perché cercavano i cristalli: volevano illuminare il buio degli inverni e far splendere le case e la neve che seppelliva il viver quotidiano. Costruivano luce e la chiudevano dentro le stanze e le cucine e le camere da letto. Con quei fiori di cristallo, messi dritti come candele accese alla Madonna e ai santi, gli uomini freddi riscaldavano vivi e morti. E la loro solitudine buia: quegli uomini stavano all'ombra dei boschi come ai margini della vita, sempre con un piede alzato, pronti a metterlo di là, saltare oltre il bordo e sparire. Era il loro destino e lo sapevano. Per questo facevano chiaro. Per illuminare il cammino e perché un raggio di ricordo giungesse agli uomini nuovi, come la luce di un astro lontano dopo milioni di anni arriva alla Terra.

Il bambino scampato alla valanga lo aveva detto. La gente delle pianure e delle città, coi suoi progressi, avrebbe forato la volta del cielo, svuotandola del suo grande respiro. A quel punto, di loro lassù non ci sarebbe più stato nessuno. Disse così, il bambino: il pericolo veniva da quelli, uomini vuoti che andavano in giro a riempire la terra di cose inutili, producendo gran danno.

Alla fine, per maggior danno impiegarono operai d'acciaio, macchine prive d'anima e di scrupoli, che lavoravano giorno e notte senza fatica tanto che, alla fine, gli uomini di ossa e carne e mani e piedi non sapevano più adoperar le mani né camminare. Ma gli uomini freddi le mani le sapevano muovere.

La specialità di quegli artigiani erano gli strumenti musicali, soprattutto violini e flauti. E certi pifferi che, suonati di notte, facevano cantare le civette. Li avevano perfezionati pian piano, uno per volta, a furia di prove e tentativi protratti nei secoli. Volevano riprodurre le voci che venivano dalla natura, quei suoni che sentivano tutto l'anno. Non era facile, ma tentarono e insistettero e alla fine ci arrivarono vicino. Non erano proprio del tutto uguali, che la natura è impossibile da imitare, ma qualche bel suono era venuto fuori dai loro tentativi. Ascoltavano ogni voce e la mandavano a memoria e poi assemblavano strumenti e li provavano finché non davano il suono che avevano sentito. Allora, quando era pressappoco quello, imbalsamavano lo strumento e non veniva modificato più. Il procedimento veniva segnato col carbone su apposite tavole di acero, che è bianco. Se facevano venti o cinquanta prove le annotavano tutte, perché, durante il percorso, potevano imbroccare il suono giusto e se non lo avevano fissato chi ricordava cosa e come aveva fatto? E se per caso un artigiano, uno qualsiasi, riusciva a imprigionare il bel suono in qualche strumento, correva a rivelare il segreto agli altri affinché non perdessero tempo. Collaboravano tutti insieme, senza rivalità né invidie. Imprigionavano suoni nei legni che una volta toccati e soffiati o carezzati li rendevano all'aria e al piacere della gente che ascoltava. Lassù avevano poche cose per divertirsi e anche poco tempo. Una di queste erano i suoni. Ecco perché diventarono specialisti. Virtuosi di suoni senza voce. Loro stavano zitti, non facevano rumore e parlavano poco. Però ascoltavano. E quel che sentivano buono lo mettevano in quelle scatole di legno, fatte come il corpo di una donna, o in quei tubicini che parevano soffietti per il fuoco, o in quegli altri tubi con la bocca larga che sembravano ridere.

Eppure tutta la capacità delle loro mani non sarebbe servita a niente, o a ben poco, se non ci fosse stato un segreto. Un segreto che avevano scoperto lungo il tempo, con tenacia e pazienza e soprattutto ascoltando. Perché le cose prima o dopo mandano una voce, magari dopo secoli, magari tenue, e bisogna avere la fortuna di sentirla. E anche l'intelligenza di non far rumore, se si vuole sentirla quando appare. Per questo, forse, lassù tacevano. Preferivano ascoltare le voci. E riprodurle.

La notte dei suoni

Così andarono le cose. Ancora in età remote i primi uomini freddi si misero a costruire le strane scatole e i tubi di legno che con il tocco o il soffio del fiato producevano suoni. Quei suoni altro non erano che voci. Voci di angeli artigiani, buoni e pazienti, venuti sulla terra a comunicare con quella povera gente. Non per evitargli sofferenze e disagi, che servivano a migliorarli, ma per consegnar loro il sapere delle piccole cose, la divina capacità di elevarsi con le mani. Arte da tramandare: una candela formatasi goccia dopo goccia con la cera di esperienze millenarie, da accendere nei momenti giusti per segnare la via a coloro che, secoli dopo, privi ormai della capacità di fare qualcosa con le mani, avrebbero brancolato nel buio della confusione.

I boschi e le montagne e i luoghi remoti, lontani dal brulichio del mondo, erano scrigni di rumori, ricettacoli di bisbigli, mormorii notturni: voci di angeli che stimolavano a curiosare, inventare, credere in cose nuove e cercarle. Una volta che gli uomini le avevano trovate e rese accessibili a tutti, gli angeli avevano finito il loro compito e dovevano soltanto vegliare su di loro. I quali, a loro volta, dovevano domare e condurre le cose nuove con perizia e intelletto, come domavano i muli per metterli al loro servizio. Prima di arrivare a capire una voce e riprodurla impiegavano anni. Anni di attese e ascolti e prove e delusioni. E ancora pazienza.

Una volta, alcuni secoli prima, un giovane artigiano che costruiva violini, ghermito dal buio, non riuscì a rientrare dal bosco. Era il 21 di maggio e si rassegnò a dormire dentro la pancia scura della notte che pareva la caverna dei pipistrelli. Fu verso le tre che capitò il fatto, ma poteva essere prima o subito dopo, non si può sapere. Di sicuro si sa che era notte e non nevicava. Negli anni dopo, la notte del 21 maggio fu spesso riempita di neve, ma quello che successe allora si ripeté comunque ogni anno.

L'uomo, che era andato in cerca di un abete per i suoi violini, non poteva tornare a casa per via del buio. Allora, come aveva fatto più volte, si buttò su un cumulo di frasche in attesa che tornasse un po' di luce. A maggio veniva chiaro presto, non avrebbe atteso che poche ore. E neanche gli dispiaceva stare lì, ascoltare i rumori e i versi degli uccelli notturni e il muoversi delle fronde col vento, che era un verso anche quello, come di un fiato che va in salita. Ogni tanto il barbagianni rantolava come se reclamasse qualcosa, ma nessuno andava a domandargli cosa. Lo lasciavano lì, che si lamentasse pure. Al massimo gli rispondeva un altro, da lontano e anche lui sembrava reclamare contro qualcuno. Allora da qualche parte si sentiva rantolare un gufo, e poi ansimare più forte, come per segnalare che tutti avevano qualche dolore. Forse era la malinconia della notte a renderli così tristi, o chissà, i dispiaceri. Chi può dire che anche loro non avessero dei rimorsi o delle colpe, o subìto dei torti che di notte li facevano piangere?

L'uomo ascoltava tutto questo e sentiva poco lontano in sottofondo la voce del ruscello che faceva un *gru gru* continuo, come se sul suo corpo scivolasse una processione di ranocchi. L'uomo non dormiva, ascoltava. Ascoltava la pendola misteriosa della notte che batteva il suo *don don* di suoni e voci. Ogni tanto, nel cuore del buio, udiva improvviso uno schianto, come di un albero secco che si rompa, e poi un suono lungo, che filava verso il basso come una risata che non finisce. La montagna in quel momento sbadigliava la sua stanchezza, si stiracchiava, gonfiava il petto. Dal suo vestito si staccava un bottone e rotolava giù, fino in fondo ai ghiaioni, dove andava a colpire qualche pianta che accusava il colpo. Sentiva dolore, guardava la ferita e piangeva in silenzio. Laggiù, a scaldare i piedi ai ghiaioni, c'erano i boschi. Gli alberi tremavano quando sentivano i rimbombi delle pietre che arrivavano saltando come camosci e s'avvicinavano fino a spaccar loro le caviglie. Qualche volta gli spezzavano la vita in due, e a quel punto le piante morivano, di loro restava soltanto un mozzicone come croce. Dopo che s'era spento il rumore della roccia caduta, per qualche attimo sulla montagna calava il silenzio assoluto del nulla, come se tutto fosse morto di colpo, e gli animali e gli uccelli colti di sorpresa dai boati chiudessero la bocca impauriti.

Fu durante uno di quei silenzi che successe quel che successe. Un mistero destinato a ripetersi nel tempo e che pochi fortunati conoscono. L'uomo stava fermo accucciato sulle frasche. Nel silenzio profondo della notte udiva il suo cuore rullare come un tamburo e poi uscirgli dal petto e correre verso i monti e rimbalzare finché tornava indietro e rientrava al suo posto. *Totoc totoc*, il cuore gli batteva veloce, forse perché aveva già presentito quel che stava per succedere. Il cuore sente prima della testa le pulsioni del creato, come le formiche degli uomini pallidi sentivano in anticipo la neve alta.

A un certo punto, mentre la notte allungava il collo verso l'alba, ci fu un tremore seguito da uno scroscio leggero, pareva l'acqua quando trabocca dal mastello di pietra. L'uomo sentì nell'aria un frullar d'ali di uccelli in fuga che si faceva sempre più intenso. Le foglie degli alberi vibravano tutte insieme come scosse da un gran vento. Ma vento non ce n'era neanche un filo. Non c'era niente di niente se non il silenzio, e al centro del silenzio quel frullo continuo.

L'uomo udiva il terreno lamentarsi debolmente, come se un leggero terremoto lo urtasse da sotto e lui dicesse lasciami stare. Allora l'uomo si spaventò e allungò la mano per tenersi a un alberello grosso quanto il suo polso. Si era afferrato a lui per aver qualcuno vicino. Il giovane albero tremava come tutti gli alberi della terra in quel momento. L'uomo non sapeva quel che ballava nell'aria, ma lo avrebbe scoperto presto. L'agitazione dei boschi seguitava e andava via via aumentando. Le piante vibravano, scuotendo le foglie in una danza frenetica tanto che molte si staccarono e le inghiottì la notte prima ancora del terreno.

In quel preciso momento, l'uomo sentì l'alberello cantare. Era come se dalle sue fronde giovani e ancora tenere uscisse una melodia. E usciva: un suono dolce e tenue come di zufolo o flauto s'alzò nel cielo. Lo percepì nitidamente. Da quel piccolo albero era partito il canto dei boschi che si trasmise, pianta dopo pianta, a tutti gli alberi del pianeta. Per questo ci fu il lungo tremito come un leggero terremoto. Gli alberi di tutta la terra si erano messi a cantare, fremevano ed erano allegri e felici. Durò tutto soltanto il tempo di un respiro, ma bastò all'uomo per capire che il 21 maggio di quell'anno, in una notte memorabile, gli alberi avevano cantato. Poi tutto tornò come prima e fu un attimo. Gufi e barbagianni ripresero a lamentarsi, le civette a fare *quit*, qualche pietra a cadere dalle montagne e il vento a suonare i pifferi di roccia.

A dire la verità, i boschi del mondo avevano sempre cantato il 21 maggio. E continueranno a farlo. Ogni primavera, da quando esiste la natura, cala una notte magica nel mese del disgelo e gli alberi si svegliano liberando il loro canto silenzioso. Ma nessuno lo aveva mai sentito, perché gli uomini erano distratti e soprattutto non avevano l'orecchio attento. Allora quella notte, per una volta soltanto dal tempo della creazione, gli alberi alzarono il volume affinché un uomo solitario udisse il loro canto e lo spandesse nel mondo. E quell'uomo lo sentì. Era giovane, quasi un ragazzo, ma costruiva violini e l'orecchio per i suoni lo aveva buono.

Quella notte, scosso dalla paura, tenendosi abbrancato a un piccolo albero come a un fratello, intuì la verità che avrebbe cambiato la sua vita: se voleva far cantare gli strumenti con voce speciale, unica e non ripetibile nei secoli, doveva tagliare il legname quando cantava. Solo nel momento in cui tutti gli alberi della terra cantavano: il 21 di maggio dopo la mezzanotte.

E così fece. Prima che venisse il giorno, accese un fuoco e tagliò deciso un abete rosso e un paio di aceri. Li lasciò in terra, dopo averli sramati e denudati, con un ciuffo in punta che succhiasse la linfa dell'interno. Gli uccelli si erano messi a cantare, il cielo si liberava della notte facendo la faccia bianca come quando prometteva neve. Ma non nevicò. Il chiaro apparso in alto era la luce del primo mattino che rotolava verso valle come un sorriso.

Il giovane non indugiò oltre, ringraziò il luogo che gli aveva regalato la magia e partì. Sapeva che sarebbe tornato presto. S'avviò verso casa, arrivando in tempo a fermare gli uomini che si erano mossi per cercarlo. Da allora nella sua vita cambiarono molte cose. E cambiò anche lui. Non era uscito indenne dalla notte che gli aveva fatto udire il canto degli alberi. Ma bisogna andar per ordine.

Da quel momento, a primavera, il 21 di ogni maggio passava la notte nei boschi ad ascoltare il canto degli alberi. Ogni volta il fenomeno si ripeteva. Sentiva la terra vibrare, oltrepassare gli oceani e le montagne, fino alle soglie del cielo e ancora più in là. E poi la bella voce delle piante appariva come una melodia e le foglie tremavano come giovinette innamorate. Dopo un anno di stagionatura, col legno tagliato la notte dei canti il giovane costruì un violino. Era convinto di farlo bene. Il fondo, le fasce e la testa le aveva cavate dall'acero fiammato che a fissarlo pareva si muovesse. E poi scolpì la pancia nell'abete rosso, che a ogni colpo di sgorbia brontolava con la sua voce strana, come se avesse già la musica dentro e la voglia di cantare. Le corde le faceva con le budella dei gatti, come tutti i costruttori di violini usavano lassù. E la carne se la mangiavano prima, anche se non c'era carestia. Con la pelle conciata sotto il letame, durante la luna calante di marzo, confezionavano borse da tabacco. Quella pelle era l'unico materiale che conservava al tabacco la giusta umidità. Dalla pelle di altri animali, oltre ai vestiti, estraevano una colla speciale che univa qualsiasi tipo di legno. Quegli uomini costruivano l'esistenza con mani e testa, e la natura dava loro le materie prime per sbizzarrirsi e inventare. Rimanevano lassù, riconoscenti al poco. Solo ogni tanto, forse una volta o due all'anno, alcuni temerari scendevano nelle città fumanti coi muli a barattare i manufatti con sale, petrolio e altre mercanzie che sui picchi non venivano.

Fu durante uno di quei viaggi che l'esistenza del giovane liutaio cambiò. Nella sua vita, fino ad allora anonima e appartata, entrò la luce abbagliante della gloria come irrompe il sole sui monti dopo la notte.

Il giovane costruiva i violini completi di tutto. L'archetto lo faceva di maggiociondolo o nocciolo. Poi vi agganciava i crini dei cavalli o dei muli per far stridere le budella dei gatti e dar il suono. Dopo un mese di lavoro piegato sui legni tagliati quella notte, il giovane finì lo strumento e lo provò. Non volle dare un filo di vernice per rendersi conto di come parlavano i legni tagliati la notte magica e ora diventati violino. Appena lo toccò con l'archetto, un suono mai sentito prima percorse il villaggio, s'arrampicò sui monti, tornò giù, entrò nelle case, uscì, si alzò, sfiorò la punta del campanile e si disperse nel cielo che prometteva neve. Il violino mandava una voce di una bellezza straordinaria, che non sembrava di questa terra. Era come se venisse da altri mondi e fosse portata dagli angeli per alleggerire l'anima a quella povera gente.

Tutti gli artigiani costruttori di strumenti corsero estasiati a sentire quel suono irripetibile. E domandavano al giovane come fosse riuscito a cavare una voce simile da semplici pezzi di legno. Poi chiedevano che vernice avesse dato. Il ragazzo rispondeva che non aveva messo nessuna vernice, ma gli artigiani non gli credevano e andavano col muso a una spanna ad annusare il violino, per sentire se aveva qualche strano odore. Ma addosso non aveva niente, il legno era naturale e puro, non portava alcun vestito che lo facesse bello e cantare meglio. Era soltanto acero, abete rosso, maggiociondolo o nocciolo per l'archetto. E poi budella di gatto e crini di cavallo e basta.

Ma qualcosa c'era, pensavano gli artigiani, se il violino mandava una voce così bella, mai sentita prima. Pressato dalle domande, il giovane rispose che era la voce di tutti gli alberi della terra insieme a cantare così. E poi non disse altro, perché non voleva che altro sapessero.

Da lì in avanti, se un liutaio gli chiedeva in prestito qualche pezzo di legno perché era rimasto senza, il giovane rispondeva di no. Oppure che non ne aveva. Invece li aveva, ma nascosti sotto il fieno, perché erano tagliati il 21 maggio dopo mezzanotte. Tenevano imprigionata tra gli anelli degli anni la voce di miliardi di alberi sparsi sulla terra, che una notte di primavera s'erano dati un segnale per cantare tutti insieme. Aveva paura che glieli rubassero.

La vernice a quel punto non serviva più, però il giovane seguitava a metterla perché dava lucentezza al violino. Quello era il vestito vero dello strumento: la vernice, che lo rendeva rosso chiaro o rosso scuro, a seconda degli ingredienti impiegati. Di solito la preparava con cera d'api, essenza di pino, resina di larice e una speciale secrezione viola che le formiche lasciavano sui ciliegi quando, nei giorni di bel tempo, facevano le processioni su e giù. La prima formula gliel'aveva insegnata un anziano liutaio che poi morì nella valanga. Lui l'aveva modificata perché era un curioso che voleva sperimentare e non fermarsi a quello che dicevano i vecchi. Allora aggiungeva alla vernice piccole dosi di una resina speciale, un olio denso e trasparente estratto da minuscole bolle che punteggiavano la corteccia degli abeti bianchi. Bisognava forare queste bolle con una lesina sottile e curva, e una volta bucate davano sì e no due gocce di quell'olio chiamato occhi di lagrimo. Occorrevano mesi a bucare occhi per fare un dito di lagrimo da mischiare alla vernice. Ma il ragazzo aveva passione, pazienza e puntiglio, e non si tirava indietro. Voleva strumenti belli oltre che buoni. Poi ognuno usava la vernice che aveva inventato e si teneva dentro il segreto della formula, come le noci si tengono dentro il gheriglio.

Ma i violini degli altri non suonavano come quelli del giovane. Alla fine, sbadigliando di stanchezza, gli artigiani si convinsero che era proprio una questione di vernice. Così, per toglierseli di torno e sviare qualche sospetto, il ragazzo confermò che era proprio la vernice a dare voce unica ai suoi violini. E per fare il generoso rivelò gli ingredienti della magica mistura. Tutti si misero a raccogliere occhi di lagrimo e bava di formiche. Ma, lo stesso, gli strumenti neppure s'accostavano alla voce che distingueva i suoi.

A quel punto si rassegnarono seguitando a fare violini e basta. Però capitò una cosa che li fece riflettere. Successe che quando il giovane provava i violini, venivano le volpi a ballare tra le vie del paese e le martore anche e, assieme a loro, scoiattoli, caprioli e cervi e camosci. Perfino le talpe con gli occhi spenti e la figura triste bucavano la terra e andavano a fare i girotondi. E tutti gli uccelli cantavano e i corvi imperiali facevano *cra*. Quel suono portava il bosco in mezzo al paese e gli animali andavano al bosco, come la neve va al terreno. Ecco perché si radunavano. Se era inverno, i ghiri e i tassi e le bestie in letargo si svegliavano e andavano in paese anche loro a ballare. E allora artigiani e liutai sospettarono che il segreto del bel suono nei violini venisse dal bosco e non dalle vernici. Ma si fermarono lì, perché altro non seppero cavare dal girotondo degli animali e dal canto degli uccelli.

Vi erano anche animali che disertavano la voce portentosa dei violini. Al contrario degli altri, fuggivano a gambe levate, pieni di paura, miagolando disperati e sbattendo il muso contro gli ostacoli. Riconoscevano il pianto degli sfortunati amici, loro simili, con pance tagliate, carni arrostite e budella tese a dar canto ai violini. I gatti scappavano lamentandosi al suono del ricordo, della tragedia dei loro simili che un tempo catturavano i topi e ora facevano ballare gli animali con le loro viscere.

Il giovane non sopportava la fuga dei gatti, si ripromise perciò di provare altre budella per dar voce ai violini. E ci riuscì. Usò quelle di agnello, che gli uomini freddi macellavano per sopravvivere e che lassù tenevano a greggi numerosi anche se la neve spesso li faceva soffrire o li decimava. Perché la montagna era sì una specie di paradiso terrestre, ma ogni tanto diventava un inferno senza fuoco. Al posto del fuoco brillava la neve delle stagioni e i diavoli erano gli elementi scatenati che soffiavano sul fuoco bianco disagi e sofferenze.

Un giorno di fine maggio, dopo aver tagliato i legni del suono nella notte in cui gli alberi cantavano, il giovane domandò al mulattiere se lo portava con lui in uno dei viaggi nelle città fumanti.

Il mulattiere disse che poteva aggregarsi, sarebbero partiti ai primi di giugno con quattro muli e un aiutante. Lo avvertì che ci volevano quindici giorni tra andata e ritorno, prendesse le robe essenziali e basta. Il ragazzo rispose che portava solo un violino per cercare di venderlo. Così partirono il 2 giugno. Si sa che era il 2 perché il ragazzo, negli anni a venire, segnò quel giorno su ogni strumento che terminava. Finché non morì, a novantatré anni, incise sempre quella data. "Partii il 2 giugno 1666." Così scriveva.

La bottega dei violini

Quando lasciò il paese della neve aveva ventidue anni. Aveva imparato a far violini intorno ai dieci. A tredici li faceva perfetti. Gli aveva insegnato un vecchio liutaio di nome Astamati, con la speranza che il ragazzo fosse buon erede della sua arte. Un inverno, il vecchio morì e non poté sapere che l'allievo lo avrebbe superato con montagne di bravura tali da renderlo immortale.

Partirono dal paese delle penitenze quel 2 giugno 1666. Erano in sette: quattro muli, il mulattiere, il suo aiutante e il ragazzo liutaio che teneva nel sacco uno dei violini costruiti coi legni tagliati il 21 maggio. Lungo il cammino si unì a loro una donna meravigliosa che cantava ninnenanne. Camminarono quattro giorni. Di notte, prima di addormentarsi, il giovane tirava fuori lo strumento e suonava. Una musica senza tempo invadeva il luogo di sosta e una voce mai udita usciva dal violino: era quella la signora meraviglia che cantava ninnenanne, la musica misteriosa che li accompagnò nelle sere prima del riposo. Ma solo all'andata. A quel suono il mulattiere e l'aiutante s'addormentavano e i muli, riconosciuta la voce dei crini tesi, si sdraiavano per terra e chiudevano gli occhi. Forse dormivano o forse piangevano, non si può sapere. Ma è più facile che piangessero. Poi magari s'addormentavano.

Alla fine giunsero in una di quelle città che fumavano sempre e, d'autunno, mandavano le nebbie fin sui monti. Sistemati i muli e trovata una taverna, il mulattiere e l'aiutante si dispersero con l'elenco delle cose da comprare. Il giovane andò in cerca di una bottega che vendesse strumenti musicali per proporre il suo violino. Si sarebbero trovati dopo una settimana. Chi arrivava prima aspettava gli altri, così restarono d'accordo, ma dopo i sette giorni il giovane non si presentò alla taverna.

I compagni di viaggio aspettarono per due giorni invano. Allora si misero a cercarlo. Pensavano si fosse fatto ammazzare in qualche rissa. O magari si era ubriacato coi soldi guadagnati vendendo il violino, e aveva smarrito la strada. O si stava intrattenendo con donnacce che gli prosciugavano il conto in tasca. Chissà, tutto poteva essere. Allora girarono in lungo e in largo quella città caotica, piena di rumori e carri e carrozze e cavalli e gente che pareva spinta da dietro tanto si muoveva veloce. Ma non lo trovarono, finché giunsero a una piazza piena di gente col naso per aria che ascoltava. In cima ai gradini di una scala, sotto un loggiato, il giovane stava suonando il violino e tutti erano incatenati a quel suono. Vicino al ragazzo, un uomo sui sessanta, ben vestito e agitato, raccontava a gran voce alla folla muta l'incredibile magia di quel violino, e la bellezza mai sentita del suono che mandava. Diceva che si era di fronte a un miracolo di strumento che avrebbe reso ridicoli tutti i violini della terra. E lo aveva costruito, diceva, quel ragazzo lì che ora stava suonando. L'uomo spiegò che aveva comprato il violino dal giovane apparso nella sua bottega. Una volta udito il suono, lo aveva pagato dieci volte il prezzo di uno di quelli già di per sé pregiati. Ora il venditore voleva che tutti udissero quel suono e conoscessero l'autore, perché da lì in avanti il genio che veniva dai monti si sarebbe fermato in città a costruire quelle meraviglie e diventare ricco e famoso.

E così fu. Ma il ragazzo non si fermò subito nella città fumante. Tornò sui picchi dove nevicava sempre assieme ai muli, il mulattiere e l'aiutante. La signora delle ninnenanne invece, quella musica divina, non risalì con loro. Rimase prigioniera del negoziante che la fece conoscere a tutta la città. Nelle sue mani girò teatri e chiese, e tutti l'applaudivano.

Lungo i giorni del ritorno, i muli diventarono tristi e gli uomini non s'addormentarono beati e sereni. Mancava lei, la musica unica, quel suono che non avrebbero più sentito. Il giovane tornò lassù soltanto per organizzare il trasloco: attrezzi da lavoro e materiali dovevano andare nella città lontana, dove il negoziante gli aveva trovato una casa per impiantare la bottega. Ma soprattutto, laggiù, doveva finire il tavolame canterino tagliato ogni anno il 21 maggio. Erano quei legni a mandare la voce speciale, non le vernici o la perizia manuale del giovane. Ma questo nessuno lo sapeva. E ancora oggi, che gli uomini toccano le ciglia alla luna e scrivono lettere che arrivano in due secondi, nessuno sa che a cantare sono i legni del grande liutaio, non la vernice. Invece tutto il mondo degli addetti ai lavori continua a studiare la vernice. L'hanno grattata, indagata, capita, scoperta e fatta uguale, però i violini non suonano come i suoi. Semplicemente perché non è la vernice.

Una volta tornato al paese dei monti, il giovane organizzò la partenza. Con un po' dei soldi guadagnati vendendo il violino pagò due mulattieri per spostare il tavolame. Un terzo mulattiere doveva caricare gli attrezzi e gli oggetti personali necessari. Il resto lo lasciò lì, nella casa, che tutti si servissero. Era orfano, non aveva eredi né affetti, nemmeno una fidanzata. Nessuno avrebbe pianto la sua partenza. Anche il vecchio liutaio, che gli voleva bene, era morto da tempo: ora poteva andare. Solo una spina lo forava dalla parte del cuore. Gli doleva abbandonare la neve che cadeva sempre e i coltelli acuminati delle montagne con le punte che bucavano il cielo. E le api bianche e le formiche ostinate che non volevano cambiare colore. E gli alberi che ogni 21 maggio cantavano su tutta la terra. Ma voleva diventare famoso e ricco. Aveva capito di aver in mano il mistero dei suoni, il fiato segreto dei boschi, la voce degli angeli nascosti nelle piante, nelle vette, nella neve. Voleva farla conoscere al mondo, quella voce, e guadagnarci ricchezza e gloria. Per ottenere questo non gli restava che rotolare in città.

Una volta laggiù, nella città che mandava le nebbie ai monti, impiantò la bottega e si mise a far violini. Ancora non sapeva che i tronchi, tagliati dove nevicava sempre e dove le api erano bianche, tenevano stretta la voce negli anelli degli anni ma che in città avrebbero perso per sempre lo spirito. Quella essenza misteriosa che il maestro del suono Vicente Astamati chiamava anima. Il vecchio liutaio sapeva che, tolti dal luogo d'origine, uomini e alberi come tutte le cose del mondo conservano il disegno esteriore ma perdono la vita interiore che è l'entusiasmo, l'allegria, l'accontentarsi di stare al mondo. Astamati diceva che l'anima era semplicemente la voglia di vita e di pace sulla terra, e la sentiva solo nel posto dove era nato. Per questo non si era mai mosso dal paese delle nevi: voleva salvare l'anima, farla cantare e ridere nel luogo sfortunato dove la natura era meno propensa a far cantare e ridere gli uomini. Lassù si erano liberati dal desiderio di felicità e perfino dalla speranza, perciò vivevano in pace e tranquilli, avevano cioè trovato la felicità. Ma loro non lo sapevano e campavano così. Lassù gli alberi erano alti e la terra era scura e le api erano bianche e nevicava sui campi di pannocchie e sui frutteti senza distruggere nulla.

Molti anni dopo, ma proprio tanti, si venne a sapere, tramite testimonianze trovate incise sulla pietra di una grotta, che il violino era stato inventato quasi due secoli prima, sui monti della neve. Lo aveva costruito per primo un certo Gasparo da Salò, fuggito dalla città perché rincorso da sicari che volevano farlo fuori. Intorno al 1570 questo Gaspare andò a rifugiarsi nel regno dei nascosti dove nevicava sempre e dove poteva stare al sicuro: non ci va nessuno in un posto in cui vivere è quasi impossibile. Lassù, per passare il tempo, ideò e diede forma un po' alla volta allo strumento, modificando ogni esemplare con curve e fianchi nuovi finché gli parve di aver trovato l'equilibrio giusto. E tale restò. Ma fu lui a non restare. Dopo alcuni anni tornò là, nella città da cui era fuggito, lasciando l'insegnamento. Per questo nel paese delle nevi eterne era tradizione costruire violini. Quasi tutti gli abitanti facevano violini. Ma solo il giovane allievo del maestro Astamati riuscì a farli suonare in modo inimitabile. Aveva udito il canto dei boschi, ne aveva scoperto il segreto, rubato la voce agli alberi e messa negli strumenti. A dire il vero non l'aveva rubata, soltanto spostata dal tronco alla cassa armonica, e il legno scolpito aveva conservato il suono ma non l'anima. Nessuno conserva il proprio essere se divelto dal luogo natio. Nemmeno se abbandona il posto di sua volontà. L'anima rimane dove è nata, per sempre, e il commiato di chi l'abbandona è ogni volta straziante.

Anche il giovane soffrì l'addio, ma il desiderio di far soldi e diventare famoso fu più forte del richiamo dell'anima. E così andò laggiù, nella città lontana, a fare violini e venderli.

Erano strumenti unici che non avevano rivali e li comprava gente coi soldi. Impiegò parecchi anni per raggiungere ricchezza e fama, ma non fece mai pesare a nessuno la posizione raggiunta. Non tornò più sui monti desolati, anche se ogni tanto li ricordava con nostalgia. I legni se li procurava ogni due anni, il 21 maggio, andava a tagliarli in un bosco chiamato del Cansiglio. Quando lo prendeva il ricordo del villaggio, gli durava diversi giorni e allora lo strumento costruito in quel periodo aveva una voce malinconica. Forse il dolore lo faceva incidere con meno forza, la sgorbia premeva più leggera, forse il legno percepiva la tristezza dell'uomo. Non si sa. Quel che si sa è che il violino mandava un suono delicato e struggente come se fosse l'ultimo, pur mantenendo sempre una voce meravigliosa e irripetibile, la voce dei boschi.

Mano a mano che passavano gli anni, l'uomo ricordò sempre meno il suo paese finché lo dimenticò e i violini non cantarono più con voce triste. Lavorò di continuo per settantacinque dei novantaquattro anni in cui visse. Costruì mille, milleduecento strumenti, forse qualcuno in più, di ogni forma e dimensione. Ebbe clienti illustri e pieni di soldi.

Verso la fine del Seicento cominciarono a conoscerlo francesi e inglesi e poi i suoi violini andarono dappertutto in Europa. Chiedeva per un violino quattro luigi d'oro, oppure dieci o quindici fiorini gigliati. A Ferdinando de' Medici fece cinque strumenti, tra cui due viole nel 1690. Gli inglesi pagavano in sterline e ne sborsavano fino a quindici per un violino dei suoi.

Così l'allievo di Vicente Astamati diventò immortale, ma si spense col pensiero rivolto ai monti lontani. Lo testimoniarono i figli che gli erano vicini. Poco prima di spirare lo sentirono dire che voleva vedere la neve. Era il 18 dicembre 1737. Laggiù, nella città resa famosa dai suoi violini, la neve non cadeva mai. Camminava per le vie soltanto una nebbia grigia che bagnava i volti e li ingrigiva come aria di cenere.

Questa è solo una delle storie prodotte da quella gente strana e geniale che abitò le nevicate per dieci secoli, da quel popolo laborioso e inerme che aveva eletto stenti, fatiche e intemperie a unica felicità. Felicità era accettare ogni sorte e cogliere dal peggio la parte di luce e insegnamento che emanava. Così facevano. Intanto passavano gli anni e la neve cresceva e calava, come le esistenze, e i vecchi morivano e i nuovi nascevano e vivevano per andare a morire. La vita lassù, dicevano gli uomini freddi, era come la neve: cadeva senza esser richiesta e poi si sporcava di passi e voci e letame delle stalle. E veniva badilata, accumulata, messa in disparte. Infine un po' di sole la scioglieva e spariva dentro la terra, e di lei rimaneva il ricordo, finché non arrivava la nuova a sostituire quella scomparsa, che nel suo passaggio aveva fatto del bene e del male. Del bene proteggendo il terreno, scaldandolo con la sua coperta, bagnando campi e prati. Del male quando era troppa e sfondava qualche tetto o si univa in valanga a spaccare i boschi, raspare le rocce e spaventare la gente se non ucciderla.

Così erano le esistenze degli uomini, e non solo lassù. Uomini di ogni razza calano sulla terra come fiocchi di neve e finché la morte non li scioglie fanno del bene e del male. Ogni tanto appare qualcuno che li spala via dalla vita provocando valanghe che sono guerre, faide, rivoluzioni, risse. La neve è la faccia degli uomini, una faccia di dolore. Lassù avevano imparato a tenerselo, il dolore. Non cercavano di attenuarlo né dimenticarlo. Lo lavoravano a caldo, così come tempravano le punte dei cercatori di cristalli. Lo scaldavano sulla forgia, ché diventasse tenero come l'argilla, per modellarlo alla rassegnazione. Ma quando si raffreddava tornava duro, acuminato. E scalfiva le loro anime come gli scalpelli dei tagliapietra, dei cercatori di cristalli, o le sgorbie degli sbozzatori. Lavorando di punta il dolore modificava, creava anime silenziose, e tali rimanevano finché le rendevano a Dio. Rendevano a Dio quel che restava. Il continuo lavorio del dolore sull'albero dell'anima aveva reso tutto essenziale, minuto, silenzioso.

Il cercatore di cristalli

Una mattina i due innamorati, che baruffavano spesso e perciò erano costretti a sbadilare la neve, tenendosi per mano si diressero verso l'uscita del paese a pulire il sentiero e ascoltare le valanghe. Dovevano liberare un lungo tratto di strada alla fine del quale c'era un vallone incassato e ripido che veniva giù dai monti più alti, tagliandoli in due come un colpo d'ascia. In quel budello, dopo le nevicate ma pure durante, correvano i treni bianchi delle valanghe. Le montagne d'intorno le vomitavano tutte lì, da qualsiasi parte si staccassero, e passavano rombando, sputando pezzi di tronchi, alberi, pietrame e ruggiti impressionanti.

I due avevano baruffato come al solito e allora dovevano togliere la neve dal sentiero che menava al vallone. Sui bordi le valanghe lasciavano intricati grovigli di legna e bisognava fare avanti e indietro per raccoglierla. Era legna buona, spellata e disossata, che una volta secca diventava dura come ghisa rendendo calore tre volte più di un tronco normale.

Si misero a spalare il sentiero. Era la metà di marzo, qua e là, sotto i rami carichi di neve, cantavano gli uccelli. Nonostante ciò, aveva nevicato tre giorni e tre notti, si percepiva nell'aria l'odore di risveglio come si sente l'odore del fumo, anche se il fuoco è ancora distante. Lassù la bella stagione era lontana come quel fuoco e si può quasi dire non arrivasse mai. Appena metteva fuori il naso, compariva la neve a farla ritrarre, come le corna delle lumache quando qualcuno le tocca. Eppure la vita reggeva e sopportava le intemperie. I giorni si trasformavano in anni, la terra, sorvegliata e accudita dagli uomini, dava i suoi frutti. Stagione dopo stagione, i granai si riempivano di viveri, le legnaie di legna, il cimitero di morti, le ossa di fatiche, le stanze di strumenti e crocefissi senza braccia. E gli occhi delle persone si riempivano di una luce dolorosa, quando mancava qualcuno. E qualcuno mancò quella notte.

I due amanti, rissosi e spalatori per amore, non fecero ritorno in paese. Alla sera nessuno li vide rientrare col badile in spalla e mano nella mano. Di solito si palesavano così, uniti, abbracciati e brontolanti. Lui accusava lei di rompergli la pace delle giornate con una gelosia frantumosa e iraconda come le valanghe che scuotevano i boschi. Lei accusava lui di trascurarla a favore dei suoi interessi che erano la liuteria, la scultura e la ricerca di cristalli. Insomma, rimproverava all'uomo il suo egoismo smisurato che lo portava a voler primeggiare dappertutto, a ogni costo, a scapito del loro amore. Per questo litigavano: perché si volevano bene.

Venne sera e i due non tornarono al villaggio. Qualcuno andò a chiamarli sotto casa ma non risposero, né trapelava un suono e nemmeno pioveva dalle finestre la fioca luce di qualche candela. Niente, lì non c'erano. Allora, un po' di persone accesero lumi e torce di resina e si diressero al canalone per cercarli o almeno capire cosa fosse successo. Il buio si poteva tagliare con l'accetta, scuro e tetro come inchiostro. Gli uomini respiravano con l'affanno e facevano *fuff* come la neve quando si stacca, e poi si fermavano perché le valanghe erano già partite. Queste fette di neve che crollavano, percorrevano solo pochi metri ma intanto tiravano quei soffi che erano il respiro notturno della montagna, pesante di neve come una matrona. Arrivati al canalone chiamarono, urlarono, illuminarono le valanghe coi fanali, ma dei due non c'era nessuna traccia. A quel punto furono sicuri che erano stati travolti, risucchiati dal vortice. Allora dissero che non c'era più speranza e bisognava aspettare l'estate per tirarli fuori e seppellirli come occorreva.

Dopo aver lasciato due candele accese sulla valanga, tornarono al paese. Qualcuno alzò il fanale e disse agli altri di osservare come gli amanti brontoloni avessero pulito bene il sentiero. Erano diligenti e volenterosi, facevano le cose come si deve e tutti gli volevano bene.

Il villaggio intero attese con ansia che venisse luglio. Aspettavano che il fronte delle valanghe si frollasse, marcisse e crollasse a fette per scrutare se apparivano i corpi degli amanti. Ma la neve non sputò nient'altro se non monconi di alberi, terriccio e erba sporca. Neppure spalando tutta la zona venne alla luce altro. Allora pensarono che gli amanti fossero fuggiti laggiù nelle pianure lontane quella notte stessa, per una vita migliore, una vita diversa, quantomeno senza badile in mano, e, forse, senza baruffe. Anno dopo anno, gli amanti brontoloni vennero dimenticati da tutti. Solo qualche vecchio ancora li ricordava. E allora ogni tanto si chiedeva con un sospiro che ne era stato di loro. Nessuno li vide più né seppe dove fossero finiti. Né i loro corpi né le loro anime apparvero mai.

Novantasette anni dopo la misteriosa scomparsa dei due, nel paese della neve niente era cambiato. I giorni cadevano uno dopo l'altro, come le ore e le gocce del disgelo. La vita di quella gente si dipanava tranquilla tra fatiche e intemperie, nessuno si lamentava, né perdeva tempo sperando che cambiasse qualcosa. Coltivavano la terra e coltivavano il torrente seminando sulle rive mulini e segherie. Costruivano violini e pifferi, cercavano cristalli, discutendo con la luna e la neve. L'acqua era la forza motrice, l'energia che faceva muovere tutto, compreso l'entusiasmo. Quando si recavano laggiù, sulle sponde, a lavorare, guardavano l'acqua scorrere come una transumanza di anime. Dal versante dove moriva il sole, le anime se ne andavano lontano, come memorie perdute. Ma dall'altro, dove sorgeva l'astro, le anime tornavano, resuscitate e vive, in cerca dei loro padroni. Vi era in quel vivere la pace del mondo contadino e delle terre nascoste.

Per pochi anni abitò lassù un giovane orfano, il cercatore di cristalli più bravo di tutti. Ce n'erano stati tanti sulle spalle dei secoli, ma nessuno era come lui. Saliva le montagne con ogni tipo di roccia, anche quelle che solo a guardarle facevano tremare le ginocchia. Lui non tremava, andava su e basta. Strappava le pietre di luce da posti desolati e difficili, alti da far spavento, si sporgeva sulle cenge nel vuoto, a scrutare il basso come i corvi imperiali.

Aveva ventisette anni. Quando era piccolo rampicava sopra tutto quel che era più alto di lui. Dalle sedie, ai tavoli, ai muri, agli alberi. Andare verso l'alto era un richiamo che aveva nel sangue. Perfino a casa non entrava dalla porta, scalava la finestra del primo piano dove viveva. Così era questo giovane. Uno che voleva rimanere in aria, sospeso nel pericolo, perché stava comodo lì, sul vuoto, dove non arrivava nessuno, dove tutti facevano dietrofront anche con gli occhi per non vedere rupi arcigne e vuoti da vertigine. E così arrivava a mettere le mani dove altri nemmeno in sogno potevano arrivare.

Un giorno il sole, forse per divertirsi o per avvisarlo, buttò sulla roccia una luce speciale e il giovane adocchiò una bocca che sbadigliava a metà parete del Bus dal Diaul, il monte più ripido del mondo. Non l'aveva mai vista. Senza quel sole, al momento giusto, quel tratto gli era parso sempre tutto piatto e uniforme, invece c'era un buco che mandava lampi e bagliori lucenti. Chissà quanti l'avevano visto quando i raggi battevano sul vuoto a quell'ora. Il buco stava lì e luceva, con le fauci spalancate sulla valle, come aspettasse qualche essere volante per ingoiarlo.

Fu lo sbadiglio di un attimo, come batter le ciglia, poi il sole andò più in là, a fare il suo giro, e la grotta si spense e scomparve. Ma ormai si era rivelata, il giovane sapeva che in quel punto, sospeso tra le rocce come un nido d'aquila, c'era un antro pieno di cristalli che aspettava. Quel che non sapeva era che il budello aveva già mangiato il suo boccone volante.

Una mattina il giovane si decise, infilò le galosce speciali fatte di legno tenero con le unghie di camoscio incollate a mo' di suola. Partì all'ora in cui gli uccelli cominciavano a cantare. Vicino alla rupe veniva chiaro. Fu una salita difficile. Solo la forza e l'agilità del ragazzo impedirono che venisse giù a sfracellarsi. E il coraggio. Tante volte si trovò a non poter andare più né avanti né indietro. In quei momenti occorreva decidere velocemente e muoversi altrettanto in fretta. E allora via verso l'alto, con quattro bracciate come a nuotare sul mare di roccia verticale. Era anche il vento che tirava e lo spingeva di qua e di là, a mettergli fatica nelle braccia. Doveva tenersi forte sotto i colpi improvvisi che venivano a batterlo da una parte e dall'altra. A tratti pareva una bandiera, il vento lo sballottava, lo tirava all'esterno. Era lì che le dita si facevano artigli ingrappati alle fessure e nelle crepe come ganci di ferro. E le galosce tenevano, perfette, e si incollavano alle crode.

Quando trovava una lista di traverso larga due spanne, si fermava a riposare. Ogni tanto, da lontano, come voce di minaccia, rotolava un tuono. Anche se c'era il sole, si sentiva il tuono. Poteva venir la neve all'improvviso, lassù, e d'estate la neve si annunciava coi tuoni, come fosse un temporale. Chissà da dove partivano quei rombi, forse dalle città lontane, laggiù, ai margini delle pianure.

Il ragazzo ogni tanto guardava l'orizzonte ma non vedeva altro che un mare di fumo grigio, chiaro e basso, che camminava lento rasoterra ed era quasi trasparente. Tutto si teneva nascosto, laggiù, come se non volesse farsi scoprire. Il giovane pensava di veder qualcosa standо così in alto, invece ogni cosa era coperta da quei fumi pallidi e prostrati come un esercito di anime in penitenza. Allora capì che le cose, per vederle, vanno cercate da vicino e trovate. Come i cristalli. Questo capì. Da lontano non si percepisce nulla, solo il cielo sopra la testa.

Andò ancora su finché, guardando per trovare appigli, venne orbato da una luce che gli piovve addosso come una cascata d'oro. Il sole stava passando davanti alla grotta e aveva incendiato i cristalli. Questi si misero a sputare luce da ogni parte e il ragazzo si rese conto di esser vicino alla meta. Aveva l'antro a poca distanza. Aspettò che il bagliore si spegnesse ché così, accecato dall'aria d'oro sugli occhi, non vedeva niente e non proseguiva. Poi il sole andò più in là e l'intesa con la luce morì. Allora il giovane prese a salire di nuovo verso la grotta, che sentiva poco sopra.

Pian piano la raggiunse. Si abbrancò al bordo, tirò su le gambe, fece una giravolta sulla schiena come i muli quando si rotolano, ed entrò. Fece un sospiro e ringraziò il cielo che non l'aveva spinto giù. Tiratosi in piedi, guardò il posto: era finito in paradiso. Si trovava in un nido di cristalli, erano incastrati dappertutto, per lungo e di traverso, come gli stecchi che formano i nidi. Ce n'erano di grossi quanto un polso e sottili come unghie di scricciolo, ma tutti lucevano e mandavano lampi come ciglia che battono.

Preso da quello spettacolo non ci fece caso subito. Poi li vide. Due badili sul fondo della grotta. Arrugginiti, incrostati di escrementi di corvo, coperti dalla polvere del tempo, ma erano due badili. Lì accanto stavano seduti due scheletri umani, abbracciati come se si fossero stretti forte prima di morire. Il giovane restò fulminato. Chi erano quei due? Da che parte venivano? E peggio, come erano finiti lassù, nel cuore del monte più ripido che c'era? Non lo sapeva. Allora fece per prendere uno di quei badili, ma appena lo ebbe toccato il manico si sbriciolò come fosse di cenere. Capì che erano lì da molti anni, forse qualche secolo, chissà. Il ragazzo non vedeva più i fasci di cristalli che lo circondavano. Guardava quei due che si abbracciavano ed era attraversato da mille domande. Però i cristalli si misero a luccicare come a dirgli: "Siamo qui anche noi", e allora si guardò intorno.

A destra, nascosto da una scafa, c'era un nido con dentro un uccello che covava. La femmina del corvo imperiale covava le uova quando, all'improvviso, il maschio gli arrivò dietro le spalle e fece *cra*. Il giovane, frastornato da quelle visioni, si mise vicino agli scheletri, come per fermarsi un po' con loro, a fargli compagnia. Sentiva un pacifico benessere a star vicino a quelle ossa abbracciate e piene di polvere, e a una corva nel nido che scaldava le uova per dare forma ai suoi pulcini. Il maschio era venuto a vedere chi fosse lo strano uccello senza ali, giunto lassù sfiorando la roccia, muovendo zampe prive di penne, come quelle lucertole che ogni tanto prendeva nel becco e portava ai piccoli quando nascevano. Ma aveva anche paura di quell'essere strano, che somigliava agli altri laggiù, sempre sepolti dalla neve. Aveva paura che facesse del male alla sua corva, e poi alle uova, ché dentro battevano già i cuori dei suoi piccoli. Allora era venuto a tener d'occhio l'intruso, se necessario lo avrebbe bucato a colpi di becco. Ma non fu necessario. Quel giovane era buono. Il corvo lo capì da come guardava il nido, gli scheletri abbracciati e i cristalli che illuminavano la grotta. Aveva occhi buoni. Anche i corvi imperiali hanno gli occhi buoni, però neri e fermi, a volte nascosti dietro un velo come mirtilli dietro una foglia. Sono misteriosi e fondi da far paura. Così sono gli occhi dei corvi imperiali, che si tengono per sempre la stessa compagna. Vivono cento e passa anni, fanno l'amore e le loro baruffe, ma stanno insieme e niente, se non la morte, li separa.

Il giovane scrutò la grotta per più di un'ora, poi s'accorse che veniva tardi, doveva tornar giù. Restare intrappolato dal buio non era uno scherzo, scendere non era semplice. Si levò in piedi e, col martello che teneva legato in vita, sradicò tre cristalli vicino ai due scheletri. Erano i più grossi che avesse mai visto. Mentre li infilava nel sacco, vide che la luce nella grotta veniva meno. Togliendo cristalli la luce calava. Allora capì che gli altri doveva lasciarli al loro posto, che scaldassero e illuminassero per sempre i poveri resti.

Decise di scendere cercando di calare sulla roccia al contrario di com'era salito. Non ci fu verso, su quelle asperità non era possibile. Provò verso l'alto, forzando la volta della grotta. Peggio del peggio, nemmeno di lì passava. Allora gli prese la paura. Paura di restare lassù e diventare scheletro anche lui. Oppure tentare una discesa disperata e sfracellarsi alla base della montagna. Nessuno sarebbe apparso a salvarlo, nessuno ne sarebbe stato capace. Nessuno sapeva nemmeno dove si era intanato. Gli venne quella paura che tiene per mano la tristezza, di chi non ha più speranza. Stava per mettersi a piangere, ma si fermò. Raccolse briciole di calma e decise di passare la notte lassù, in quel buco d'aria, assieme a un fascio d'ossa abbracciate e un corvo dagli occhi come mirtilli neri che osservava la compagna covare i pulcini. Poteva darsi che l'indomani il vento gli portasse la forza e il coraggio di scalare al contrario e tornare giù. Però poteva anche nevicare. Chissà. Come sarebbe finita non lo sapeva. Forse sarebbe morto presto, era quasi sicuro che sarebbe morto. Di fame o per una caduta, in ogni modo sarebbe finita. In alto o in basso non importava. Forse meglio laggiù, così faceva presto.

Dalla volta di pietra gli venne addosso la malinconia dei disperati, uno sconforto che lo costrinse a sedere sulla polvere della grotta. Una cipria bianca caduta dai secoli, portata dal vento, candida come neve, soffice come piuma. Faceva spessore e lo isolava dalle punte dei cristalli. Così accucciato aspettò la notte, che arrivò mentre il giovane fissava gli scheletri e si chiedeva ancora chi fossero e come erano finiti lassù con due badili.

La luna comparve in anticipo sulla notte, come per far la gara a chi arrivava prima. La grotta tornò chiara. I cristalli s'incendiarono come canne di vetro con dentro una candela. Era tutto un baluginare di lampi e scatti e fiammate bianche, poi la luce si stabilì nella pancia dei cristalli e si calmò. Girava piano per la caverna seguendo il cammino della luna che era di fronte, laggiù, sul lontano chiarore del cielo, dove comparivano sagome inquietanti di alte montagne sconosciute. Gli scheletri, carezzati da quella luce pallida e mite, un po' diventavano bianchi e un po' color dell'oro, come se la morte lontana che li aveva colpiti volesse cambiare il vestito a quei poveri resti.

Era una notte di marzo e faceva freddo. Il giovane non poteva vedersi, ma la luce della luna riflessa nei cristalli aveva indorato anche lui. Gli scheletri stavano immobili come un cumulo di rami secchi, avanzi di antico fuoco. A volte pareva che si muovessero come a voler cambiare posizione per l'infinita stanchezza. Forse si giravano davvero su un fianco, poi sull'altro per sgranchirsi. Senza mai sciogliere l'abbraccio, sgranchivano le loro vecchie ossa coperte dalla polvere del tempo. La polvere bianca del silenzio e della neve. Con quella visione addosso si addormentò.

Lontano nella valle, un picchio disperato, privo del sonno, iniziò a trapanare un albero. Faceva il rumore antico del mistero: un gracidio di rana di altri mondi. Una rana di legno: *trrr trrr*. Così faceva il picchio nottambulo. Andò avanti col suo battere fino all'alba, quando il corvo si annunciò col suo *cra* per tre volte. Il giovane dormiva e allo stesso tempo udiva il coltello affilato del picchio sul corpo malato dell'albero. Forse non dormiva, forse sognava. Non seppe mai se davvero sognò quella storia o se gli venne raccontata. Però quella notte udì una storia: nel fondo della notte, il teschio a sinistra aprì la bocca senza spostarsi un millimetro e iniziò a parlare. Aveva una voce maschile triste e malinconica. Raccontava.

Venne a sapere che i due un tempo erano fidanzati, si volevano bene ma litigavano spesso. Laggiù, nel paese delle nevi eterne, i baruffanti venivano puniti con l'obbligo di spalar neve da strade e sentieri. Loro due badilavano sempre. Però erano anime sensibili e buone, che ascoltavano i rumori della natura. Gli piaceva sentire i boschi sbuffare sotto il peso della neve, lo scroscio dei temporali, il crepitio delle nevicate, una sull'altra, gli ululati del vento che soffiava nei flauti di roccia, il rombo delle valanghe e mille altri rumori provenienti dal creato. Questo diceva il primo teschio.

«Ci piaceva ascoltare i rumori della natura» proseguì, «il creato ha una voce sua, grande e misteriosa. Il creato ha mille voci che spesso fanno paura. Ma tante volte sono belle e a noi aiutavano a dormire. Stavamo abbracciati fin che veniva il sonno. Il ticchettare della neve era una di queste voci. Quando nevicava, ci si metteva accanto al fuoco uniti e stretti, fermi così, ad ascoltare quella polvere che cadeva e cresceva, e crescendo faceva un rumore sempre più debole come il respiro della martora. Di notte, le bestie vagavano affamate dentro i boschi sepolti di bianco. Gridavano al mondo la loro fame col muso in aria. Anche quelle erano voci che si ascoltavano. Voci disperate di animali presi da freddo e difficoltà. In primavera, quando la neve si fermava qualche tempo nelle lontane radici del cielo, con un po' di attenzione si potevano sentire i fiori che spuntavano e le talpe premere e aprirsi le gemme con piccoli scoppi, che facevano *puf*. E poi il frusciare dell'acqua nei ruscelli sotterranei. Quante voci si udivano in quelle brevi primavere! Poi veniva ancora la neve, è vero, ma intanto avevamo sentito. Noi due ci volevamo bene, nessuno può negare che ci volevamo bene. Si litigava, a volte anche per niente. Più che altro si litigava a causa delle nostre paure. Avevamo delle paure! Allora il villaggio ci metteva a badilare neve perché lì la legge era quella. Era una buona regola, almeno chi veniva punito si rendeva utile. Io e lei badilavamo quasi sempre, per noi era così, era il nostro destino spalare neve.

Una voce speciale che ci piaceva e intimoriva veniva dalla bocca delle valanghe. Ne cadeva dappertutto. Valanghe di ogni grandezza e potenza scivolavano di qua e di là, come fiumi bianchi, e noi si andava fuori ad ascoltare quel rombo improvviso che metteva i brividi e poi rotolava tramutandosi nel boato che spaccava le orecchie e stringeva l'anima. Fu per sentire quel rumore che scrivemmo il nostro destino.

Era una mattina verso la metà di marzo, aveva nevicato tre giorni e tre notti, ce n'era tanta da far paura. E a noi due toccava spalare il sentiero che menava al vallone grande, quello che divide le montagne come un colpo d'ascia. Era facile che quel giorno corressero valanghe mai viste per tragitto e dimensioni. Era facile tutto, quel giorno, anche il ritorno di qualche disgrazia. Però non si immaginava che la disgrazia capitasse proprio a noi. Quello no. Tre giorni e tre notti di neve che vorticava come fosse matta e pareva più spessa che mai. Quando cessò, prendemmo i badili e andammo a spalare il sentiero dell'intaglio. Perché spalare era il nostro destino. E anche perché volevamo ascoltare il rombo delle valanghe. Nient'altro. E infatti lo sentimmo. Una volta arrivati in fondo pulendo davanti a noi, si staccò la prima valanga e passò un po' lontana ululando come un mostro. La seconda, invece, fu il castigo del cielo. Può darsi per le nostre baruffe.

Venne in basso tutta la montagna, forse erano due insieme. Si voleva sentire il suono stando vicini, col badile in una mano. Con un braccio ci si stringeva. Quando ci accorgemmo che veniva troppo vicina, ormai era tardi. Arrivò la fine del mondo con l'urlo di un vento che pareva di pietra e ci sollevò a spallate come due fili d'erba secca in mezzo all'uragano. Quando sentimmo che eravamo in aria, ci stringemmo più forte senza mollare i badili. Non capivamo niente, sentivamo solo il rombo della valanga e quel vento che ci teneva su. Poi, dopo un tempo che non potemmo calcolare, quel vento solido come roccia ci depositò in una grotta sulla montagna. Questa grotta era tempestata di cristalli e io che li cercavo da sempre rimasi accecato. Ma non era tempo di pensare ai cristalli, quello. Dopo esserci un po' ripresi dai colpi, tentammo di scendere, ma sotto era tutto a piombo e verticale, allora ci sedemmo nella grotta a decidere qualcosa. E lì morimmo un po' alla volta di fame e di freddo.

Prima di morire passammo una penitenza difficile da raccontare. Seppur pieni di botte e spellature, eravamo ancora coscienti quando il vento ci buttò nella spelonca. Allora, prima uno alla volta, poi tutti e due insieme, ci mettemmo a urlare che qualcuno ci sentisse e venisse a tirarci giù. Ma la distanza era tanta e il paese troppo lontano, nessuno ci avrebbe mai sentito. In giro non c'era anima viva, solo qualche verso di animale e il gracchiare lugubre dei corvi. Con tutta quella neve chi sarebbe venuto fin lassù? Dopo due giorni a gridare per farci sentire, ci mancò il fiato e poi la voce e anche la forza per insistere. Allora, senza più aprir bocca, decidemmo di morire tenendoci abbracciati. Ci sembrò per la prima volta di essere in pace. Non so quanto ci mettemmo a morire, non mi ricordo. Mi ricordo una cosa, le ultime parole prima di addormentarmi per sempre. Tenendomi stretto a lei, le dissi: "Vedi che non serviva litigare? È tutto niente". Lei rispose di sì, che non serviva. Furono le sue ultime parole e anch'io non parlai più, né sentii altro. Successe un secolo fa, sì, più o meno un secolo fa.»

«Novantasette anni» corresse il teschio di destra. «Sono novantasette anni che stiamo abbracciati in questo antro sospeso in aria e non abbiamo più baruffato né badilato neve, ma tanta ne abbiamo vista cadere.»

Il teschio che parlava adesso aveva voce di donna. La voce di una donna triste e stanca. Seguitò a dire: «Tanti inverni ci sono passati davanti e primavere e autunni dopo le estati. Quanto ha nevicato solo il cielo lo sa. Si alzava la neve fin sopra i larici e le montagne sparivano e poi tremavano e partivano le valanghe. E noi si ascoltava ancora il rombo che ci piaceva da vivi e che ci rubò la vita. La primavera portava il canto degli uccelli e i boschi fiorivano parlando tra di loro. A me piaceva la primavera, ero nata il 12 aprile, e lui una volta mi costruì un cerchietto di rame da portare come bracciale. A marzo venivano due corvi neri e grandi a fare il nido qui, e mentre lei covava lui andava a procurare da mangiare. Quando erano nati i piccoli, volavano tutti e due in cerca di mangiare. Ogni primavera sistemavano il nido sopra le nostre teste, e lo fanno ancora, ma non sappiamo se sono sempre gli stessi. Forse saranno i figli o i nipoti. Per quasi un secolo, l'unica compagnia per noi sono stati i corvi e la neve che cade sempre. Aquile niente, ci passavano davanti ma non venivano dentro. A primavera sentivamo le gemme dei boschi aprirsi e fare *puf*. Era bello sentirle! Poi arrivava l'estate e il sole cominciava presto a far luccicare i cristalli che ci fanno da tomba. Qui d'estate è uno splendore di luce, come l'acqua che salta e rimbalza e gioca con l'aria e illumina tutto. Anche quando nevica. A dir la verità, c'è sempre la luce buona dei cristalli che rende chiaro questo antro, ma nelle altre stagioni è più debole. Tutto nelle altre stagioni è un po' più debole, tranne la neve che cade sempre. Quella è soffice ma forte. L'autunno pareva arrivasse da sopra. Si vedevano gli alberi in alto cambiare colore e farsi rossi e gialli e marroni. Col passare dei giorni, i colori scivolavano verso le valli, verso il paese e tutto pareva arrugginirsi come quelle vacche rosse che avevamo nelle stalle. Cominciava a soffiare il vento dell'autunno, un vento diverso dagli altri. Freddo e tagliente come una falce, veniva per tirar via le foglie colorate. E poi qualche volta arrivava la pioggia d'autunno, che strappava più foglie del vento, anche quella diversa da tutte. Spessa e tanta e veloce, e poi cedeva di colpo per far posto alla neve. La neve non faceva rumore, era silenziosa ma voleva farsi largo e alla fine vinceva lei. Sempre. Mandava via il sole, la pioggia, le nebbie, il vento e dominava tutto l'anno. Qualche volta si combinava col vento e allora erano guai. Il vento la faceva alzare, la spostava per metri in certi punti, in altri la pelava facendo tornare fuori le erbe secche e i sassi. E noi quassù eravamo ormai morti da anni, ma le nostre anime vedevano tutto. Guardavano le stagioni, osservavano quel che faceva il tempo. I nostri corpi all'inizio vennero beccati dai corvi, finché non ci fu più niente da beccare. Ci beccavano per mangiare. E ci mangiarono, ma non riuscirono a separarci dall'abbraccio. Ci mangiarono in meno di un mese. Nuvole di corvi calavano su di noi, fino a lasciarci solo le ossa, pulite e lustre come questi cristalli. Almeno da morti siamo serviti a qualcosa. È facile servire a qualcosa, da morti. Si serve a far contenti invidiosi e amici, che ce n'è sempre. Ma noi siamo fortunati. Il vento della valanga ci ha portati quassù, tirati via da cattiverie e sogni, nascosti per sempre ai dolori del mondo. Morti finalmente in pace. E tu ricordati una cosa, non venire più qui, per il tuo bene stai lontano da questo posto».

Il corvo fece *cra* due volte svegliando il giovane. Si guardò intorno. Gli scheletri stavano al loro posto, muti e immobili, sigillati alla roccia come i cristalli. Pensò di aver vissuto un sogno, di aver sognato quella storia triste, ma il picchio trapanava ancora e lo aveva sentito per tutto il racconto. Allora poteva darsi che le ossa si fossero mosse davvero, e i teschi avessero parlato raccontando il loro destino. Privo di certezze, le paure presero a parlargli. Una aveva la voce degli scheletri, l'altra era quella che gli diceva che non sarebbe tornato in fondo alla montagna, al paese, tra la sua gente. Che sarebbe crepato di fame lassù, nella grotta lucente, e diventato ossa coperte di muffa e muschio verde. Che dopo cento anni sarebbero state pulite e candide come quelle che ora vedeva, sbiancate dal tempo e dalle intemperie. Osservò il suo scheletro nel fondo della spelonca, dove aveva deciso di sedersi a morire. Si ricordò che gli mancava un dente, spezzato in una lontana caduta a quindici anni. Lo notò nel teschio immaginato e fu la terza paura: guardare il suo teschio senza il dente. Ormai si vedeva morto, pensò che sarebbe stato più veloce buttarsi di sotto, senza aspettare la fine seduto in fondo alla grotta. Ma forse era meglio aspettare lì dentro, circondato da cristalli, luce e paura, in compagnia degli amanti sfortunati che gli avevano raccontato la loro storia.

Il giovane s'affacciò allo strapiombo e guardò giù. Veniva su quel vento che portava voci e urla di morti e l'odore del paese lontano. Si rese conto di nuovo che di là non sarebbe mai sceso.

Intanto era entrato il sole, la grotta prese fuoco, e gli scheletri si fecero d'argento. Il corvo cominciò a fare *cra*, s'avvicinava al disperso e si allontanava come lo invitasse a seguirlo. Ma dove? Non c'erano sentieri da quelle parti. Il corvo insisteva, faceva avanti e indietro e ancora *cra cra*, puntando a sinistra della spelonca. Forse il giovane intuì qualcosa, chissà. L'uccello zampillava in aria come a dirgli: "Vieni di qua". La femmina covava i pulcini, un occhio guardava e uno dormiva.

Il ragazzo si spostò oltre lo spigolo della grotta, cercando sulla croda prese buone per le mani e appoggi per i piedi. Il corvo lì vicino lo invitava a seguirlo, e lui lo seguì. Artigliò le dita sui primi appigli, puntò le galosce su piccole gobbe che sporgevano e partì. Varcò così la soglia sul vuoto.

Subito l'aria gli soffiò da sotto, come a tirarlo giù, ma il ragazzo era sicuro dei suoi muscoli. Aveva scalato tante rocce. Non con difficoltà simili, ma il vuoto lo conosceva, non lo spaventava. Prima di scantonare guardò gli amanti e in cuor suo promise che, nonostante il loro consiglio, sarebbe tornato presto a trovarli, a tener loro un po' di compagnia e ammirare quei cristalli unici al mondo. Dopo qualche metro, il giovane trovò difficoltà, non era in grado di proseguire. Il corvo allora gli volava accanto, si posava sulla roccia per fargli vedere i punti dove stavano gli appigli buoni, quelli a scodella. Il ragazzo li trovava e proseguiva.

Così, passo passo, una spanna alla volta, salendo in obliquo la schiena di un lungo strapiombo, si trovò fuori dal difficile. Impiegò diverse ore a togliersi dalle rogne, ma era assistito da una guida speciale: il corvo con gli occhi scuri lo cavò dal pericolo, riconsegnandolo alla vita. Il giovane rotolò a valle e corse in paese a mettere tranquilli quelli che ormai si muovevano a cercarlo. Poi raccontò la storia. A tutti raccontò quel che aveva visto nella grotta tacendo sulla quantità e le dimensioni dei cristalli che conteneva. Allora la gente cominciò a porsi domande. Chi erano i due trovati nella spelonca? Che facce avevano un tempo gli scheletri? Come erano finiti lassù, dove solo i corvi e un giovane con le zampe di ragno potevano arrivare? Perché avevano con loro due pale da neve? Nessuno sapeva niente, ma il giovane sapeva.

C'era un vecchio di centosette anni, che doveva essere imbeccato come un uccellino nel nido per vivere. Indurito e secco, pareva fatto di corame ed era contorto e scuro come una radice cavata dalla terra. Ma aveva conservato intatta la memoria. Può sembrare impossibile a quella età, invece ricordava ogni cosa, raccontava, e di tutto parlava con sapienza. Rammentò che, quasi un secolo prima, la gente perse la pace chiedendosi dove fossero finiti due giovani amanti che sempre baruffavano. Erano scomparsi. Per questo baruffare li mettevano a spalar neve, ma non erano malvagi e di sicuro non fu a causa di quelle punizioni se un giorno di marzo non li videro più. E non scoprirono mai dove si erano rifugiati. Poi pian piano li dimenticarono. Il tempo che passa, quando diventa lungo, fa dimenticare uomini e cose. Il vecchio disse che forse quei due scheletri erano loro. Il giovane confermò che poteva darsi fossero proprio loro. Non rivelò quel che aveva saputo lassù, nel sogno della grotta lucente. Né in seguito l'avrebbe palesato a qualcuno.

Due mesi dopo, verso la metà di maggio, volle tornare nel ventre della grotta a vedere ardere i cristalli di luce e gli scheletri pennellarsi d'oro. Nel frattempo aveva nevicato, la gente era corsa a proteggere le gemme degli alberi da frutto con i grandi imbuti di cortecce. Il giovane con le galosce scalò di nuovo la montagna. Sentiva quella roccia appartenergli perché nessuno, tranne lui, s'arrischiava a salire di là. Per tutta la valle e i monti risuonava il canto degli uccelli, i cuculi si davano il cambio coi loro *cucù*. I boschi gocciolavano, sciogliendo in lacrime le trecce di neve, i rami facevano lunghi pianti.

Stentò più della prima volta ad arrivare all'antro. Non trovava il passo buono, aveva paura, gli pareva che la roccia si sfaldasse per sputarlo di sotto. Aspettava il momento di sdraiarsi sul fondo della spelonca e tirare il fiato come si aspetta lo spegnersi di un dolore. Gli scheletri gli avrebbero infuso coraggio, aiutato a riprendere forza. Tutti gli uomini avevano paura delle ossa dei morti, le schivavano il più possibile. Lui non vedeva l'ora di vederle. Vedere le ossa della grotta significava essere per un poco al sicuro. Poi non si sa, ma intanto sarebbe stato sul buono, poteva pensare.

Perché era tornato lassù? Di preciso non lo sapeva. Quel che sapeva era che sentiva il destino nella testa come una voce che lo chiamava, gli diceva: "Vieni su". Pensava che il destino si manifesta a volte in modo palese e spinge gli uomini dove vuole lui, come il vento le foglie, e gli fa fare quello che vuole fino all'ultimo gesto e anche dopo. Allora si dice che è stato destino, ma finché non diventa reale il destino non esiste. L'esistenza si forma attimo dopo attimo. E allora ogni fatto, dentro ogni attimo che passa, diventa destino. Così il giovane pensava. E seguendo il proprio destino entrò nella grotta per la seconda volta.

Gli scheletri stavano sempre abbracciati al loro posto, ma ebbe l'impressione che si stringessero più forte. Fu contento di vederli come incontrasse vecchi amici. Mancavano invece i corvi. Guardò di qua e guardò di là senza trovarli. Allora spiò nel nido scoprendo che era vuoto. I piccoli erano cresciuti e volati via incontro alla loro vita e i genitori avevano abbandonato la grotta. Non era piacevole stare lì dentro senza i pulcini e gli scheletri erano stanchi e molto tristi.

Il sole di maggio trapanò un lenzuolo di nuvole cariche di pensieri. I raggi sparpagliati caddero sulla terra remota e nascosta degli uomini freddi. Uno di quei raggi lasciò il gregge come un agnello ribelle e andò dritto a infilarsi nella spelonca. I cristalli aprirono le bocche e lo inghiottirono e, poiché erano da tempo a pancia vuota, presero a dare scintille. Un fuoco di luce illuminò la grotta, l'aria dello strapiombo si mise a tremolare, gli scheletri scricchiolarono come scossi da un brivido. Il giovane sedette nello stesso punto della prima volta e pensò. Voleva portare in paese un po' di cristalli, dar luce alle case e far qualcosa di buono e utile. Ma si rendeva conto che così avrebbe rovinato quel posto magico, sospeso tra cielo e terra, contenente due poveri amanti ridotti a scheletro e quei vetri lucenti impiantati nella roccia. No, i cristalli non li avrebbe toccati, dovevano rimanere intatti nel loro nido per sempre. Poi si fece pensieroso. Doveva risalire senza l'aiuto del corvo. Cercò mentalmente di vedere il percorso scoprendo che non lo ricordava tutto. Si rabbuiò ancora di più. Sperò che, una volta ripresa la scalata, l'amico si sarebbe fatto vivo a indicargli le prese, ma poi decise di non pensare ancora alla salita, si contentò di studiare la grotta e osservare meglio gli scheletri.

In quel buco sospeso stava bene, sentiva la pace girargli attorno. Isolato dalle voci dei suoi simili, circondato da quelle di uccelli e animali e dal respiro solenne dei monti, aveva trovato il posto ideale per capire che l'esistenza non è che un mucchio di ossa e di dolore con qualche momento di contentezza, come forse avranno vissuto i due amanti, finiti lassù cavalcando per disgrazia il fiato possente di una valanga. Guardò attentamente gli scheletri senza toccarli. Non voleva che toccandoli si disfacessero, crollassero uno sull'altro sciogliendosi dall'abbraccio centenario. Però stavolta li studiò a fondo.

S'accorse che lo scheletro a destra, quello più piccolo, aveva un segno color verderame che fasciava l'osso alla caviglia. Un cerchio sottile, piatto, con inciso qualcosa intorno. Stando in ginocchio, vi soffiò sopra. La polvere degli anni si levò di una spanna, girò attorno all'osso e ricadde estenuata al suo posto. Voleva stare lì. Delicatamente il giovane pulì con la punta del dito il cerchietto. Apparvero dei fiori. Fiorellini timidi, coltivati da un secolo di silenzi, bagnati dal fiato della neve, incisi da una mano semplice, la mano dell'amore. Volevano indicare la primavera e vi erano riusciti. Novantotto primavere ormai erano entrate nella grotta a visitare i poveri amanti. Attirate dai fiorellini di rame e spinte dal ciclo perenne delle stagioni, entravano nell'antro. Entravano anche l'estate, l'autunno e l'inverno, ma la preferita era la primavera, che la donna si teneva stretta al petto come stringeva le ossa del suo amato. Quando era viva le piacevano i mesi di aprile e maggio. Tra le braccia di aprile era nata, forse per questo le piaceva tanto. Lo aspettava trepidante, e al suo arrivo, dopo l'inverno di penitenza, si godeva ogni attimo. E poi si godeva maggio con le sue dolcezze e nevicate improvvise. Per la donna che cullava i mesi timidi, il fidanzato aveva battuto un cerchietto di rame e poi lo aveva cosparso di fiori incisi a bulino, messo attorno alla caviglia e chiuso per sempre con un gancio speciale. Da lì nessuno l'avrebbe rimosso se non tranciandolo a colpi di scalpello o segando la gamba.

Per un attimo il giovane fu tentato di togliere il cerchietto spostando adagio l'osso del piede. Voleva tenerlo per ricordo e magari, chissà, poteva darlo alla donna che aveva scelto, regalarlo a lei dopo averlo lucidato con cenere e urina di vitello. Ebbe per un istante tale pensiero. Guardò ancora gli amanti rannicchiati nel bozzolo remoto del tempo. Quelle ossa di solitudine che s'abbracciavano da un secolo gli chiusero il cuore nel groppo del rimorso. Disse: «No». Non avrebbe portato via la striscia di rame coi fiori di primavera. Guardando la donna nelle orbite vuote del teschio, ricordò le parole che aveva udito. Gli aveva detto di non tornare più nell'antro, per il suo bene. Invece era tornato e adesso era lì che la guardava.

Dal salto dello strapiombo, come un fiato tiepido, veniva su l'aria di maggio. Era carica di profumi e suoni e canti di uccelli che salivano con lei, a vedere il mondo dall'alto. E poi queste voci si spegnevano, cadevano di nuovo a terra, sui boschi e sui coltivi come le piogge e le nevicate. Era un mondo di voci e silenzi, scosso da soffi e valanghe, urli d'aquile e altro ancora. Un mondo isolato, freddo, serrato tra mandibole di monti altissimi, dentati come una tagliola.

Il paese solitario vegliava i suoi anni disperati con una zampa imprigionata tra le ganasce di quella tagliola. Con le altre trascinava le fatiche dei giorni, in quel luogo senza pietà, sepolto nel bianco perenne delle nevi.

Dopo un tempo che non sapeva dire, il ragazzo sbirciò dalla spelonca. Tirava vento e il cielo cagliava come latte andato a male. Stava per buttare neve. Decise che era ora di salire in cima, lungo la via che gli aveva segnato il corvo. Si mosse adagio, come l'altra volta, cercando di ricordare i punti dove l'amico dagli occhi scuri gli aveva indicato appigli e appoggi. Ma quel giorno il corvo non c'era a segnargli la via e se ne accorse presto. Tenere in testa il percorso, dopo due mesi, gli fu impossibile. In quel mare duro e verticale smarrì ogni riferimento, finché iniziò a procedere a caso. E a caso non andò lontano. Si fermò sotto una sporgenza e da lì non riuscì a proseguire né su né giù. Guardò il cielo per cercare l'amico, invece trovò la neve. I primi fiocchi gli caddero sulle ciglia e sentì che bruciavano come cenere ardente. Quelle folische erano paura. Tra i fiocchi scendeva la paura e si posava sulle ciglia. Allora le chiuse strette, come per non sentirla, ma ormai ce l'aveva nel cuore. Rimase lì, inchiodato alla montagna, finché incominciò a tremare. Guardò in basso. Laggiù c'erano i boschi pacifici e i fiocchi già imbiancavano le foglie. Gli alberi giovani tremavano, ma non di paura. Tremavano di freddo per la carezza della neve di maggio. Avevano pochi anni, non erano abituati alle improvvise sfuriate del tempo. Così tremolavano in silenzio, senza cantare come avrebbero fatto di lì a poco, il 21 di quel mese balordo. Il giovane cominciò a sentire la stanchezza, le braccia si indurivano, le gambe pure. Intanto da lontano, come un'ombra tra i fiocchi, avanzava la coperta scura della sera. Decise di resistere fino a notte, così mentre cadeva non avrebbe visto il salto né il vuoto che lo risucchiava come il vento inghiotte una foglia.

Prima che venisse buio, guardò ancora una volta i boschi laggiù, nella valle lontana. Avevano le chiome ormai candide, come uomini imbiancati di colpo. Sentì il dolore delle cose perdute. Era tanto che non provava un dolore così profondo. Lo ricordava solo da bambino, quando sua madre era morta di crepacuore. Il padre era morto un anno avanti e lei lo aveva seguito. Lassù, in mezzo alla neve, capitava che un cuore delicato si rompesse. Era così, e forse non solo lassù. La malinconia accompagnò a lungo il bambino. Era rimasto senza luce, allora aveva cominciato a scalare le montagne in cerca di cristalli, in cerca della luce. In alto la trovava. Adesso la montagna spegneva tutto. Sarebbe tornato al buio come vent'anni prima, e stavolta per sempre. Questo pensò. E poi pensò che non era bello morire senza tentare un balzo. Cadere per stanchezza quando le mani si sarebbero aperte diventava un'attesa inutile. Anche se breve, era inutile. La coperta del buio s'avvicinava, gli restava poco tempo. Guardò ancora una volta oltre lo strapiombo. Nevicava. Nevicava come sempre sulle montagne degli uomini freddi. Ma non gli importava più. Si raggomitolò come facevano i gatti prima di balzare sugli uccelli o acchiappare i topi. Fissò il bordo della pancia rocciosa, caricò le ultime forze e scattò. Poteva darsi che più in alto ci fosse una maniglia, un buco, qualcosa per tenersi. Magari anche una cengia o una piazzola per sdraiarsi. Chissà. Non si poteva dire.

Non trovò niente, solo aria e fiocchi di neve. Mentre cadeva, ricordò ancora una volta le parole del teschio. La donna di sole ossa era stata chiara: «Per il tuo bene non tornare più in questo posto». Così gli aveva detto: «Per il tuo bene».

Come sperava, non vide il salto, né il vuoto avvicinarsi. Laggiù sui boschi ormai era la notte, il vento gli fischiava nelle orecchie, il nevischio lo pungeva in faccia. Durò poco. Morì così. Restò tra i mughi, gli occhi al cielo, nascosto da due grandi sassi che gli facevano da candele. Nessuno passò là intorno, né vicino a quel posto, per dieci anni. Ancora una volta la gente del paese pensò che se ne fosse andato, o fosse morto da qualche parte, come i badilanti dell'amore.

Era lì, sotto le crode, e un giorno lo trovarono. Furono due uomini cui era stato rubato il sentiero dalle nebbie. Si erano persi in quel latte denso e umido e quando si diradò si resero conto che stavano seduti accanto a uno scheletro. Era ottobre, se non nevicava pioveva e le piogge scioglievano la neve, svaporavano facendo alzare le nebbie. Guardarono quello scheletro con le ossa bianche. A stare sempre sotto la neve era diventato bianco come lei. Non lo collegarono subito al giovane scomparso dieci anni prima. Poi uno s'accorse che gli mancava un dente e ricordò. Le coste del giovane apparivano tutte fracassate e anche le gambe. Era morto per quelle rotture, visto che il teschio li guardava intatto. Gli mancava il dente che aveva spaccato a quindici anni in una caduta. Delicatamente, per non rompere anche le altre ossa, gli misero sopra delle pietre, a coprirlo, che le intemperie non infierissero più su di lui. Formarono un gran cumulo e uno dei due incastrò fra i sassi una scheggia di larice spaccato dalla saetta e poi s'avviarono. Non avevano più niente da fare, inoltre era facile che tornassero le nebbie a intrappolarli di nuovo. E andarono senza voltarsi né dire preghiere.

Giù in paese raccontarono di aver trovato il giovane e di averlo lasciato lì, coperto di sassi. Da vivo gli piaceva stare solo, all'aria aperta, sarebbe stato bene, lassù. Gli avevano fatto un cumulo di pietre, a recitare il requiem avrebbero pensato il canto del vento, il ticchettio della neve, il soffio delle valanghe e gli scrosci delle piogge. Quanto a visite, non doveva preoccuparsi di nulla, sarebbero passati animali e uccelli a salutarlo, e gli bastava.

E così, con la sua morte, il mistero della grotta di cristalli fu sigillato per sempre. A meno che non fosse spuntato all'orizzonte un altro giovane appassionato cercatore di cristalli, bravo quanto lui. Era difficile ne comparisse un altro simile, era molto difficile. Eppure, duecento anni dopo, i cristalli furono scoperti. Si recarono loro a farsi trovare dagli uomini. Ma occorre andare per ordine, fare un passo alla volta.

Quando morì, il giovane viveva solo ma aveva da poco trovato una compagna, annusando un albero. In quel paese di nevi eterne, per trovare un maschio che le accompagnasse nella vita e qualche volta nella morte, le donne a primavera si sfregavano contro gli alberi lasciando il loro odore. Gli uomini annusavano gli alberi e quando sentivano l'odore giusto si agitavano: voleva dire che sul tronco si era sfregata quella buona. A quel punto la cercavano annusando come cani in traccia finché la stanavano. Poi si proponevano. Allora la donna annusava il pretendente sul collo, perché doveva anche lei sentire l'odore giusto. Se non c'era, si allontanava. Era la donna a decidere chi scegliere di quelli che avevano messo il naso sul tronco. Anche ai tempi remoti la donna si prendeva l'uomo e, se vogliamo dirla tutta, niente è cambiato ma, se succede questo, di sicuro va bene così.

Il giovane, dopo aver annusato un frassino, si recò in paese dove sentì lo stesso odore in una ragazza che gli passò vicino. Allora la chiamò e andarono a camminare insieme, e furono subito d'accordo. Ma non fecero in tempo a godersi un po' di vita. Il giovane si staccò dalla montagna e cadde poco dopo aver lasciato i cristalli e gli scheletri nell'antro misterioso.

Vita degli uomini freddi

Giorni tribolati da cavare i muscoli diventavano mesi e anni e secoli sotto la neve, che pareva sempre giovane, perché la mandava il cielo, mentre loro, anche appena nati, parevano vecchi. Invecchiavano che erano già vecchi e morivano consunti, perché li mandava la terra e la terra lassù era vecchia come una radice secca e stanca come un vento finito, e piena di penitenze.

Rassegnati a quella terra vecchia e umida come una pelle di rana, avevano imparato a voler bene a tutte le cose, e valutare in positivo quelle meno allegre. Prima di buttarsi nel sonno, sfioravano le labbra sugli oggetti che reputavano belli per dar loro il saluto di buonanotte. Poteva essere un violino, un flauto, una ciotola o un altro lavoro fatto a mano purché riuscito bene. Prima baciavano i crocefissi senza braccia che ogni famiglia teneva in casa. Ne avevano sempre più di uno, li scolpivano i vecchi, gli uomini e anche i bambini. A tarda ora facevano un inchino al fuoco e poi lo coprivano con la cenere per trovare ancora le braci vive e palpitanti all'alba del giorno dopo. Quando s'alzavano scrutavano il cielo e davano inizio alle faccende.

Ogni tanto, ai tempi antichi, dalle città lontane veniva qualcuno mandato apposta a istruirli sul mistero di Dio, del Cristo sulla croce, della fede e dell'amore. Facevano quel che potevano e duravano poco. Le intemperie li uccidevano. Strambi ministri del Signore venivano spediti lassù dai superiori, uomini potenti e corrotti, grassi e infidi, che facevano fare agli altri quel che loro non avevano mai fatto e che avrebbero dovuto fare. Pian piano, col passar dei secoli e l'aiuto di questi disgraziati, la gente della terra estrema imparò quel che era Dio e soprattutto quello che non era. A tal punto che non vollero più nessun tirapiedi. Per il loro bene, cominciarono a mandarli via e passarsi a voce, di nonno in padre e di padre in figlio, il mistero della fede. Andò così. Furono istruiti all'inizio, poi s'affrettarono ad aggiustare le cose. Modificarono un Dio che non gli garbava del tutto. Quello che andava bene a loro non castigava né mandava all'inferno, né spaventava nessuno. Era buono, non s'impicciava e loro non gli chiedevano niente. Né miracoli, né una grazia, né benessere, né salute e nemmeno il paradiso: facesse lui quel che voleva. Quel che mandava, bene o male che fosse, era accettato da tutti, compresa la neve e le disgrazie. Avevano questa fede e finché durarono durò anche lei. Sparì quando sparirono loro. La fede rimase nelle città, ma era una fede presa a calci, professata da ministri pieni di arroganza e bugie, e privi di Spirito Santo. Per fortuna non tutti erano così, qualcuno si salvava. Ma questa è un'altra faccenda.

Quando decidevano di far festa, gli uomini freddi andavano fino in fondo, diventando spesso esagerati. Esageravano per entusiasmo, non perché fossero gradassi o maleducati. Era un modo di ringraziare Dio, quel Dio pacifico e buono come loro, che non castigava né buttava all'inferno la gente. All'inferno, per quello, ci stavano già. L'inferno era lì, tra le fiamme gelide della neve, dove trascinavano i giorni coi denti, fino a sfinire i muscoli. Un inferno che a loro sembrava paradiso.

La notte di Natale mettevano un bimbo vero nella paglia e lo poggiavano sulla neve. Poi gli giravano intorno per fargli onore e festa. Questo bambino piangeva perché aveva freddo. Anche se era gente abituata al gelo, una razza speciale resistente al freddo, a stare ore nella neve un bambino tribolava. Allora andavano a scaldarlo e intanto ne mettevano un altro. Se per caso non ce n'era un altro, tornavano a mettere quello di prima, bello caldo e asciutto. E quello, dopo un po', riprendeva a piangere, perché non era ancora abituato al freddo delle nevi eterne. Poi però, piano piano, mentre cresceva, si abituava a non aver più freddo né speranze e a quel punto non poteva più fare nemmeno Gesù Bambino.

Della neve conoscevano le facce, ne cadeva di ogni tipo, e la chiamavano per nome. Lassù cadeva la neve Boltina, sciami di pallini duri, sottili e fitti che pungevano il viso come api. E poi la Soltrigia, o Nivasca, rada e mista a pioggia. Di solito veniva al tempo delle rane di marzo e aveva una faccia umida come una bimba piangente. Con quella neve lì si camminava sempre nella poltiglia, la Soltrigia appunto. Veniva usata per mandar giù i tronchi dai canaloni che scivolavano come sul sapone. E poi veniva la Belfa, una sorta di cipria fina, bella e delicata come un viso giovane. Cadeva esalando un sospiro come quello degli animali prima di dormire. Era buona per buttarci il letame, che lo assorbiva spingendolo nella terra. E ancora la Cressa, neve farfallona e allegra, a falde larghe. Cadeva danzando come foglie d'autunno e cresceva in fretta come gli uccelli nel nido. Quella l'adoperavano per tener giù e frollare le patate della semina. Verso l'estate, quando veniva improvvisa la nevicata, era la Fedosa a coprire tutto, chiamata così perché somigliava a lana di pecora e lassù la pecora era la feda. Andava bene per ammorbidire il legno di nocciolo per fare gerle e ceste in modo che a piegarlo non si rompesse. In ultima cadeva Molfana, neve particolare a fiocchi fitti, stretti uno all'altro come fili d'erba. Era bella, austera e dura. Veniva col vento dei mesi freddi, gennaio e febbraio, e proprio perché la portava il vento si calcava subito, induriva e gli uomini potevano camminarci sopra senza affondare.

Sulle altre nevi quella gente galleggiava come oche nello stagno. Fissavano sotto le galosce tavole di legno leggero, per esempio tiglio, opportunamente forate a seconda della neve che dovevano solcare. In questo modo ci navigavano sopra senza sprofondare. Insomma, quelli la neve non la maledivano, l'adoperavano come fosse un attrezzo. Allo stesso modo in cui l'acqua del torrente li aiutava a far girare mulini, segherie e battiferro, l'acqua solida della neve lavorava per loro. Calcava le patate appena piantate, premeva il letame, faceva correre i tronchi, irrigava la terra, la scaldava, inteneriva i virgulti per piegarli senza che facessero *crac*.

Un'altra cosa occorre dire: gli uomini freddi conoscevano le medicine naturali come nessuno. Per esempio guarivano lividi e colpi con impacchi di neve ed erbe pestate. In dosi giuste tutto faceva bene alla salute e non c'era elemento in natura che non fosse un rimedio per guarire. I prodotti della terra, mescolati alla neve che non mancava, mettevano a posto i corpi. In quanto alle anime era faccenda personale, ognuno la condannava all'inferno a modo suo e non esisteva medicina che la potesse salvare. Vi era però un posto di pensiero, un luogo dove la gente andava a meditare: un costone molto in alto, dove si recavano quando c'era un po' di bel tempo e la neve non bolliva l'aria, e non mulinava il vento, e il gelo non tappava le persone in casa come martore nella tana. Da lassù guardavano lontano, scrutavano l'orizzonte verso le città invisibili, che non c'erano ma le immaginavano. Da lì mandavano un pensiero di saluto e perdono a coloro che erano andati via per non tornare più. Evocavano il ricordo di tutti, anche del giovane che scappò per imporre i suoi violini nel mondo. Perdonavano quelli che nei secoli avevano abbandonato la neve per le nebbie delle città. Volevano cercare, vedere, immaginare il remoto mondo sconosciuto dove erano finiti quelli che avevano sbagliato. Così definivano i fuggiaschi del luogo perduto: gli uomini che avevano sbagliato.

Quel costone si chiamava Chiarescòn, il chiaro nascosto. Il sole in quel punto faceva il giro come una voltola di fumo nel camino, e quando il paese già stava in ombra, lassù c'era ancora luce. Il costone pareva un rasoio, da una parte arrugginito e dall'altra lucente. Il sole, di là, si sedeva un poco a riposare pennellando quel chiaro che non si vedeva. Dicevano che in quel posto dimorassero pace e serenità ma si fermavano poco, il tempo che durava il sole. Allora, quando c'era il sole, occorreva fare presto e andare lassù a trovare pace e serenità e averle un poco sottomano e pensare agli uomini che avevano lasciato il nido. Al Chiarescòn si andava quando c'era la luce. Lassù funzionava così e nessuno ambiva o cercava di cambiare niente.

Gli anni passavano, saltando nella gerla del tempo uno sull'altro, finché era colma e formava un secolo. E poi ancora uno. Quando era piena, la svuotavano nella valle della memoria, ricordando tutto quel che era stato importante nei cento anni passati. E poi lo scrivevano in una caverna, incidendo il sasso con gli scalpelli, in una lingua misteriosa che usavano solo loro. Affinché rimanesse per sempre, scalpellavano l'esistenza passata nell'eternità della pietra, che nessuno di loro la dimenticasse e nessun foresto in futuro la potesse leggere. Per questo scrivevano in lingua misteriosa.

I bambini intorno ai sette, otto anni venivano allenati alla fatica, alla volontà e alla resistenza in modo piuttosto aspro. Affinché un giorno lavorassero senza lamentarsi, preparavano i loro corpi e le loro teste fino a modificarli. Fino ad accettare le condizioni di vita più dure. Quando c'era neve fresca e alta, li fornivano di galosce ferrate e ghette fatte con pelle di pecora alte sul ginocchio. Poi li mandavano su per il costone infinito del Chiarescòn. A *folare*. Così dicevano. *Folare* significava aprire la pista con la neve fino alla pancia. E poi scendere e risalire ancora lungo una linea nuova. Quattro, cinque volte, sempre a fendere la neve vergine. In ultima crollavano sfiniti. In quel momento doveva entrare in azione la testa. Fin lì era stato il corpo a premere. Ma a quel punto toccava al cervello. Li forzavano a concentrarsi sull'idea che fossero leggeri come piume d'uccello. E poi che fossero un uccello e poi che volassero sopra la neve, come gli uccelli sul bosco. Dopo un po', da quel sogno forzato a occhi aperti, i bambini esausti uscivano rinati, si alzavano e facevano ancora un giro come niente fosse. Ecco perché da grandi erano tenaci. Allenavano la testa a ogni sofferenza e poi la testa faceva fare al corpo quello che voleva.

Per gli uomini freddi, il paradiso stava nello spazio, dove andava a finire l'invisibile, la bava di ragno, tutto ciò che gli uomini in vita avevano pensato. Nel bene e nel male, il pensiero finiva lassù, per l'eternità.

Il pensiero è l'unica cosa al mondo che non si consuma né si corrompe, né termina mai. È leggero e va in alto, sale e s'accuccia negli spazi insondabili delle galassie, silenzioso e fermo. Infinito come le galassie stesse, inesauribile come i remoti confini del cielo, confini che non esistono. Tutto il pensiero per loro era anima. Ciò che gli uomini avevano pensato da vivi, dopo morti diventava anima e si rifugiava lassù. Come i badilanti delle tarde ore rimasti abbracciati anche dopo la tragica fine, lassù, nella grotta dei cristalli, per l'eternità. I secoli forse avrebbero dissolto gli scheletri, forse no. Comunque andasse, se di loro non fosse rimasta traccia, neppure un segno di materia, un osso o nemmeno la polvere delle ossa, o il ricordo tra la gente, l'abbraccio dei due innamorati rimaneva nell'aria, nel cielo, nell'immenso vuoto siderale di mondi lontani, dove riposa solenne e pacifico tutto quello che è stato. E lassù s'apriva spazio per tutti e per sempre. Quello era il paradiso, dicevano. Perciò non temevano punizioni divine o castighi, né s'aspettavano premi. Cercavano invece di avere pensieri positivi, allegri, sereni, affinché di loro salisse in alto qualcosa di buono, per non avere poi di che vergognarsi. Su, nel buio senza fine del cielo, il pensiero delle vite diventava palese, si poteva vedere, sentire, toccare come un albero, palpare come neve. Lassù non era come sulla terra, dove uno non sa cosa pensa o trama un altro. Lassù tutto diventava chiaro, si rivelava. Allora, se punizione doveva esserci, consisteva nella vergogna di far scoprire a tutti quel che ciascuno aveva pensato in vita senza rivelarlo a nessuno: da morto l'avrebbero saputo tutti. Ecco come vedevano il destino dell'anima gli uomini freddi.

Quello del corpo, invece, lo decidevano da soli. Avevano modo di proteggerlo, curarlo, aiutarlo con l'unica medicina a disposizione: la natura. A volte erano loro stessi a tenere addosso medicine pronte all'uso. Se prendevano una scottatura alle mani o sulle dita, le passavano più volte tra i capelli fino alla cute, e quello era il primo intervento. Il dolore si attenuava. Poi spalmavano un intruglio con sego di maiale misto a occhio di lagrimo, miele e *vitasalba*, che è la pappa reale. Ma la prima cura se la facevano con quello che avevano addosso. Spesso guarivano dolori alle articolazioni premendo forte il pollice poco sopra o sotto al punto del dolore. Dove non arrivavano, si facevano premere da qualcun altro. Allo stesso modo dei cani, adoperavano la saliva leccandosi a lungo ferite, piaghe o tagli che stentavano a guarire. Può darsi che davvero copiassero i cani. Vivevano in un mondo a parte, isolato e nascosto. Loro stessi erano gente a parte, uguali a nessuno. Vivevano da soli, si ammalavano e guarivano, nascevano e morivano da soli. Questo era il loro destino. O meglio, doveva essere il loro destino. Ma così non fu.

L'uomo a tre facce

Erano passati un paio di secoli dal giorno in cui la valanga spazzò il paese. Da allora molti fatti erano accaduti, alcuni resuscitati nei canti della sera, riversati nella valle della memoria, scalpellati uno per uno nella caverna dei ricordi. La spelonca, piena di storia, raccontava gli uomini freddi, quel che era accaduto alla loro gente. Soprattutto quel che loro avevano fatto accadere. Ciò che succede, a volte, succede perché l'uomo ci mette l'acqua per farlo fiorire. Salvo pentirsi quando non c'è più tempo e mettersi a piangere. Quelli, invece, non si pentivano mai di nulla. Erano a sufficienza saggi, rassegnati e miti per non avere malinconie da pentimento. Tenevano in sacro rispetto le azioni altrui. Soprattutto non le criticavano. Al contrario, carezzavano e lodavano quelle buone e utili alla comunità. Se erano sbagliate o cattive facevano silenzio, evitando commenti o critiche. Così funzionava nel paese della neve perenne.

Ci fu un tempo in cui nevicò più del solito. Una donna sfregava il suo corpo sugli alberi e forse il suo odore era l'universo, perché attraeva tutti gli uomini come i camosci a novembre. E i maschi correvano. Ormai non la cercavano annusando, ma saltavano là dove vedevano la cima di un albero dondolare. A volte era solo un cervo che si grattava. Allora se ne andavano scornati. Ma spesso era lei che si strusciava. E i camosci a due gambe correvano. Tanti. Così tanti che a volte si trovavano in quattro o cinque tutti attorno alla donna, pronti ad averla. E si spintonavano, proprio come i camosci, però senza farsi male, mentre i camosci e i cervi si tagliano la pancia a cornate. Anche galli forcelli e cedroni e gli altri animali si fanno male. Tutti baruffano per la femmina. In maniera meno violenta, anche gli uomini freddi. Niente cambia sulla terra, la donna muove il mondo.

La Conteona era alta due metri e aveva un odore speciale che chiamava gli uomini come il miele gli orsi. A lei piacevano gli uomini, ma non li riceveva, li tirava dentro interi. Così dicevano. E forse era così. La nominarono Conteona per la sua stazza e perché si credeva fosse figlia di un conte. Sua madre era andata una volta in città, una di quelle città lontane da dove si vedevano salire le nebbie. Dopo un mese era tornata con lei nella pancia. Anche se era come un girino, stava già lì, dentro la pancia di sua madre. E dopo nove mesi saltò fuori ed era già grande. Tanto grande che nel farla nascere sua mamma morì. Fece in tempo a dire che suo padre era un conte di quella città laggiù. E basta. Non disse il nome. Forse non lo sapeva. Così tutto il paese s'indaffarò a tirar su la bambina. Anche se non fosse stata di un conte, l'avrebbero aiutata lo stesso.

La piccola mangiava per quattro. Le donne che avevano latte si davano i turni per attaccarla alle mammelle. E lei succhiava. Da una donna passava all'altra e succhiava e cresceva. Diventò alta due metri e bella e soda come un blocco di roccia, e cominciò a sfregarsi sugli alberi. Gli uomini la sentivano e correvano. A lei andavano bene tutti e lasciava fare. Come nei branchi di camosci, i pretendenti più grossi cacciavano i più piccoli e si prendevano la Conteona. Dài e dài, alla fine saltò fuori un bambino. Lo partorì in agosto, forse il 9 ma non si può dire di preciso. Si può dire però che nevicava senza paura di sbagliare.

Il bambino crebbe con quella montagna di mamma accanto, ma non diventò né grande né grosso. Lui venne su normale, anzi, a dirla giusta, un po' meno alto del normale. Però aveva una testa grossa, piena di idee strambe. Idee che funzionavano. Il bambino diventò un abile artigiano, intorno ai vent'anni sapeva fare di tutto, tanto che lo invitavano di qua e di là, a lavorare, più per curiosità che per necessità. Lassù tutti sapevano fare i lavori manuali, di certo non avevano bisogno di lui. Ma lui era speciale. Tutti gli oggetti che costruiva avevano tre parti anziché quattro. Gli erano rimasti impressi i tre chiodi con cui era stato crocefisso Cristo. Finché restò viva, la Conteona seguitò a parlargli del Cristo e di come l'avevano ammazzato attaccandolo con tre chiodi. Era quel che aveva sentito lei, crescendo di casa in casa, di famiglia in famiglia. Si cresce tutti con qualche fissazione, lui aveva questa. Diceva che tre era il numero esatto e dove era possibile quel numero doveva apparire. Così, per esempio, costruiva tavoli, sedie e sgabelli con tre piedi. Faceva violini con tre corde, e quando decise di farsi una casetta le stanze avevano solo tre pareti e il tetto era triangolare. Disegnava e scolpiva fiori con tre petali, perfino le stelle alpine. E le stelle alpine, vanitose, rimasero offese e brontolarono. Sotto le galosce metteva tre chiodi, come quelli di Cristo, due davanti e uno dietro. Funzionavano meglio di quelle con otto chiodi ed erano più leggere, e gli altri le copiarono. Le casse da morto diventarono triangolari. Il fondo piatto e i lati che si univano in alto. E due chiusure. Cinque tavole al posto di sei. Si risparmiava.

Non si può elencare tutto quel che il giovane costruiva, però bisogna dire che pure alla slitta mise tre pattini. Andava che era un piacere. Quando un pattino si trovava sul vuoto, perché la strada stringeva i fianchi, quello in centro teneva il peso e la slitta non si ribaltava. Andò a finire che prima lo credettero strambo, poi copiarono quel che inventava. Il matto apriva le vie che poi percorrevano i savi.

Perfino gli alveari costruì con tre lati, molto più grandi dei normali. Lì dentro le api parevano meno nervose, meno agitate, e ancora pareva facessero più miele. Un po' di miele in più non guastava su quei monti desolati e freddi.

Gli riuscì anche un'impresa difficile: il letto con tre gambe, mettendo come testata una tavola portante della stessa larghezza del letto e sul retro i due piedi. E così andò avanti, anno dopo anno, sempre a tre, tanto che alla fine lo chiamarono l'uomo a tre facce.

Era un uomo adulto, ormai, quando trovò quella che, sfregando i fianchi sul frassino vicino al paese, lo incatenò. Era bella al punto che di lei si innamorò anche il frassino. Raccontavano che, quando ci passava vicino, la punta dell'albero dondolava. Anche senza vento e stava scritto nella spelonca. Lo scoprirono secoli dopo uomini eruditi, decifrando le scritte sui blocchi di roccia.

Era una donna tanto bella quanto difficile e si rendeva la vita difficile. La chiamavano *thancanéra* perché era mancina, lavorava a *man thànscia,* che è la sinistra. Portava dentro il dolore dei boschi percossi dalle valanghe. Le tormente che non aveva rimosso se le trascinava dietro, come gli uomini trascinavano i tronchi, senza mai dire niente. Se diceva qualcosa lo faceva con gli occhi, sua lingua segreta. Il figlio della Conteona capiva, ma non sempre. Quando non capiva, taceva. Aspettava che la donna illuminasse gli occhi, li facesse parlare, ripetesse la richiesta. Allora capiva. Imparava la sua lingua.

Nel paese dei monti pallidi, quando due sentivano di essere lo stampo e il controstampo uno dell'altra, allora l'uomo le regalava un anello. Un cerchietto speciale cavato dalla base dei rami di susino. Il susino è un albero che loro definivano *legiadíth,* cioè che lega, tiene stretto, ha legno tenace, duro ma elastico, si torce senza rompersi. Ecco perché adoperavano quello per fare gli anelli. Teneva uniti gli amori. Finché duravano.

Si sa, anche lassù tanto le cose belle che quelle brutte finivano, come dappertutto. Ma c'erano amori che non chiudevano le finestre se non con la morte.

Una volta l'uomo a tre facce litigò con la bella dagli occhi parlanti e furono messi a spalar neve. Baruffò perché aveva scolpito un anello col ramo di susino, ma quando glielo porse lei lo rifiutò. Non era un anello tondo bensì triangolare e lei non voleva mettere un oggetto strampalato. Lui le brontolò che non capiva niente. Le disse che duecento anni dopo forse quegli anelli sarebbero stati sulle dita di tutte le donne e lei poteva essere la prima. Rispose che non le interessava essere la prima, né tantomeno ricordata come colei che, due secoli avanti, portava un anello triangolare. Al contrario, voleva essere dimenticata, come gran parte degli esseri umani. Per questo fecero il litigio che li condannò a spalar neve. Poi lei si pentì. Era una donna dolce. Alla fine mise al dito l'anello triangolare scolpito da quell'uomo strano, che non viveva come gli altri e faceva le cose a modo suo.

Una mattina andarono alle lingue di neve per cercare il radicchio che premeva il muso fuori dalle valanghe come talpe dal prato. Nei rari momenti di quiete, al tiepido sole d'aprile andavano lassù alle lingue di neve. In uno slargo finivano la corsa cinque valanghe, che s'aprivano come le dita della mano e lì cresceva il radicchio. Le chiamavano così perché da sotto parevano lingue che uscivano dalla montagna e si allungavano a leccare le rocce e i pini mughi squassati dal vento. In quel posto spuntava un radicchio buono che veniva condito con lardo fritto. Quando versavano il fritto di lardo rovente, il radicchio sfrigolava come se qualcuno lo uccidesse pian piano. Si ritirava diventando piccolo e rattrappito come un'erba secca. A loro piaceva quel radicchio lì, scottato dal fuoco come il loro amore: un amore che si stringeva per aiutarsi nei momenti difficili. Stavano seduti su una pietra, uno accanto all'altra, con mezza gerla di radicchio cavato a coltello.

Un po' di sole pioveva sulla radura dove dall'inizio del mondo lingue di valanghe si fermavano a leccare i sassi come i cani leccano i padroni. Quel sole amaro cercava di scaldare la terra, il sole d'aprile, pallido e volenteroso, si dava da fare e intiepidiva il muso alle valanghe che, spossate dall'improvviso tepore, si sfaldavano in blocchi che cadendo facevano *puf*. Uno di questi blocchi si staccò d'improvviso e rotolò verso una pietra affilata che lo divise in due parti. I ragazzi le videro scivolare ai lati riunendosi poco sotto. Il giovane pensò che l'amore è come un blocco di neve, puro e candido ma fragile, che può venire meno e cadere. Qualcosa nella caduta lo potrebbe separare, ma se è forte si riunirà di lì a poco. Questo pensò il giovane osservando la fetta di neve e lo disse alla sua bella, la quale rispose che meglio sarebbe non scivolare, né farsi dividere da nulla e nessuno. Ma riuscirci era difficile, lo sapeva bene. Questo disse, che lo sapeva bene. Rimasero in silenzio.

Poi iniziarono a scendere sotto i pallidi raggi del sole d'aprile, lui con la gerla del radicchio, lei con un fiore in mano. Alle loro spalle le valanghe si sfaldavano, la montagna ritirava le lingue disfatte dal tepore, mentre blocchi si staccavano con un *puf*.

Tornarono al paese a rattrappire il radicchio per la cena con il lardo fritto, bollente come il loro amore, esuberante come la spuma delle valanghe. L'uomo pensò che l'amore spesso viene diviso dallo spigolo tagliente del destino sul quale prima o dopo sbatterà il muso. Ma sarà uno stacco momentaneo, alla fine, da qualche parte, forse nel cielo, tornerà unito e finalmente lassù nessuno interverrà a dividere gli amanti e spedirli in opposte direzioni.

La seconda

Passò qualche anno. La neve seguitava a cadere in ogni stagione, uomini e donne controllavano gli eventi studiando le formiche. Il giovane seguitò a lavorare attorno alle sue invenzioni a tre lati. Aveva quarant'anni quella volta che, a inizio anno, nevicò come non nevicava da due secoli. Da quando il paese era stato spazzato dalla valanga non c'era mai più stata tanta neve così. Era gennaio. Nevicò una catasta sopra l'altra, per cinque giorni e cinque notti. Montagne di neve seppellivano la terra degli uomini freddi. In autunno le formiche avevano costruito le punte dei formicai più alte del solito, bastava per essere un segnale. Di sera, nelle cucine, le famiglie ascoltavano il respiro della natura mentre udivano andare e venire il loro respiro ansioso. Quel carico bianco premeva sui boschi e le montagne fino a soffocarle e si faceva così pesante da schiacciare il mondo. Lungo notti interminabili, seduti accanto al fuoco, vecchi senza sonno montavano la guardia, se così si può dire, al diluvio universale di polvere e buio. La neve stava sommergendo la terra. Non c'era da stare allegri ma nemmeno da preoccuparsi: il paese, nato al sicuro, non era a tiro di valanghe. Duecento anni prima lo avevano costruito laggiù apposta, più in basso di quello travolto dalla valanga. Là in fondo le valanghe non arrivavano, non erano mai arrivate né lo avrebbero fatto in seguito. Così pensavano. Però i vecchi stavano in silenzio, forse temevano qualcosa, per questo ascoltavano senza parlare. E sentivano. Nella fonda malinconia delle notti senza fine, sentivano esplodere gli alberi spaccati dal peso della neve. Udivano queste fucilate secche e improvvise che squarciavano il buio, interrompendo per qualche secondo il lungo, monotono crepitio della neve. Altri rumori non ce n'erano. Nulla se non i colpi dei tronchi fracassati e quel fruscio di polvere che si accumulava a metri sul fiato sospeso degli uomini.

Nel cuore della terza notte partirono le valanghe. Fu come un segnale, come si fossero dette andiamo. Una chiamava l'altra come le donne al torrente che si davano la voce. Bastava un soffio per muovere la massa di ricotta tremolante appoggiata sul pendio.

Durante il giorno, un vecchio che pareva fatto di neve raccontava quel che era capitato due secoli prima, mentre raccomandava di star calmi: stavolta non sarebbe andata così. Tutti sapevano la storia della valanga assassina, anche i bambini. Lassù niente doveva essere dimenticato, nemmeno un morto o un chicco di grandine o la fioritura di un melo sotto la neve. Ma coloro che non erano tranquilli dicevano al vecchio di stare zitto e di non tirare in ballo certe storie sepolte dai secoli. Almeno in quelle notti eterne trascorse con l'orecchio teso non era il caso di chiamare disgrazie, evocando la tragica memoria della valanga che due secoli innanzi aveva ucciso centodue persone. E prima ancora, all'inizio della vita sui picchi desolati, la massa di acqua e terra che aveva fatto a pezzi quarantadue di loro. Anche se adesso erano al sicuro, non volevano sentire discorsi che incutevano paura. Allora il vecchio con la barba e i capelli di neve *s'intrasentò* di colpo, si zittì offeso e non disse più nulla. Intanto seguitava a nevicare come se tutto dovesse finire in quei giorni. Come se il mondo degli uomini freddi dovesse esser cancellato per sempre e lasciare soltanto le pagine vuote di un libro mai scritto. Pagine bianche fatte di neve, gelo e solitudine, in un luogo esistente che non esisteva più, sepolto in una tomba di marmo soffice alto decine di metri.

La quarta notte una valanga si staccò dal monte d'Oro, una gobba ossuta con la testa di pietra, i fianchi di boschi e i piedi d'erba fina che poteva crescere fra una tormenta e l'altra. La sentirono soffiare e poi ruggire e poi fare piazza pulita di tutto quel che trovava lungo il percorso. La notte rotolava nella valanga e lanciava lontano il fragore degli alberi schiantati. L'indomani, la gente mise il naso fuori aprendo sentieri tra le case con le pale per vedere la scia del treno bianco. Ma nevicava troppo e non apparve niente. Allora tornarono alle cucine, al caldo, in attesa del bel tempo o almeno di una schiarita per rendersi conto. Pensavano che una valanga simile avrebbe trascinato un bel po' di legna, visto che lì non erano mai cadute valanghe e il bosco era vergine come un prato incolto.

Il quarto giorno nevicò peggio dei tre passati. La polvere del cielo pareva avere voce. Era un soffio vorticoso e continuo come un ronzio di vespe che ormai aveva assunto un tono di minaccia. Di sicuro non era vero, ma la gente lo sentiva così, sentiva il pericolo. E poteva essere normale, dopo quattro giorni e quattro notti di neve, che la gente percepisse una minaccia. Anche se erano trascorsi oltre due secoli, durante le grandi nevicate tutti andavano con la mente alla disgrazia del tempo remoto, quando il treno bianco deragliò e corse a raspare il paese e distruggere e uccidere. "Non si sa mai" pensavano. Poi si rassegnavano all'idea di aspettare. Gli antenati scampati alla morte avevano rifatto il villaggio in grembo a quella radura là in fondo, dove non arrivava nemmeno il soffio delle valanghe, per stare tranquilli. Ma, dopo il quarto giorno di neve, tranquilli non lo erano più. E allora invocavano almeno una sosta. Intanto tendevano l'orecchio per ricevere segnali, avvisi, tonfi. Registravano tutto quello che avveniva, se qualcosa si muoveva o stava partendo. Ma lassù partivano solo valanghe. Qua e là, da ogni angolo dei monti, soffiavano e rombavano slavine di ogni grandezza e lunghezza. E correvano, andavano giù come cani arrabbiati, con le fauci spalancate, a mordere piante, levigare sassi, cavare zolle, disossare la terra raspandola fin dentro l'anima.

Furono giorni e notti cagliati dall'ansia, sospesi nel turbine bianco della neve, illuminati appena da una fioca luce di speranza. Le notti senza fine portavano domande. "Quando finirà?", "Come finirà?", "Perché ci ostiniamo a resistere in questo pezzo d'inferno?", "Perché ancora?" si chiedevano di notte in silenzio gli abitanti del mondo perduto. La risposta era una: "Siamo nati qui, questo è il nostro luogo e vogliamo viverci e morire". Così rispondevano. Nient'altro che questo.

La quinta notte fu lunga e priva di domande. Gli uomini stavano all'erta senza poter fare niente. Quando fu passata, s'affacciò un'alba livida, piena di pensieri tristi. La neve cadeva ancora e non accennava a smettere. Era il 20 gennaio, giorno di san Sebastiano in cui, di solito, la gente cercava una viola, la viola del santo. Era tradizione che ogni anno, il 20 gennaio, gli abitanti si sparpagliassero lungo i pendii al sole dove crescevano i noccioli, per trovare una viola. Chi la trovava sarebbe stato tutto l'anno pieno di salute e amore. Scavavano la neve alla base dei noccioli e, quando avevano fortuna, trovavano la viola. A volte era solo un bocciolino, però c'era e allora dovevano gridare le parole del rito:

Santo Bastiano con la viola in mano,
santo Bastianino, ti porterò un violino,
santo del candore,
risparmiami le pene e lasciami l'amore.

Qualcuno trovava la viola, molti altri no. Comunque, quasi sempre, il 20 gennaio la fiorellina dalle guance blu stava nascosta da qualche parte, prima o dopo metteva fuori il naso. Ma quel 20 gennaio non potevano trovarla. Non potevano trovare niente, quel giorno. Erano sepolti nel fondo dell'inverno, dentro una malta bianca che li bloccava, sotto la nevicata più lunga che memoria ricordasse dai tempi della grande valanga. E aspettavano. Aspettavano sperando che smettesse, ma non smetteva. Allora si rassegnarono a quel che poteva capitare e non sperarono più.

Capitò verso le undici. L'orario fu decifrato dagli esperti, nei resti della grotta della memoria, un secolo e mezzo dopo. Alle undici di mattina la montagna tremò. Si rovesciò verso il paese, là in fondo. Non ne poteva più di reggere il peso. Così come le donne rovesciavano la gerla del letame nei campi, la montagna rovesciò la sua gerla di neve. Una gerla immane, alta e larga chilometri, piena di neve fresca e pesante. La gente sentì e disse: «Eccola». Tante valanghe erano cadute in quei giorni, ma la gente temeva quella e quella arrivò. Fu come se, a furia di pensare che partisse, l'avessero fatta muovere loro stessi. In pratica l'avevano chiamata. E quella li aveva ascoltati.

Prima arrivò il fiato, come al solito, uno sbadiglio gelido che anticipava il colpo di tosse. Calò un vento circolare, un turbine che spazzò l'intera montagna. Poi il rombo la sradicò e fece ballare la terra. Fino al termine del fragore, la gente aveva quasi la certezza che si sarebbe fermata. Che non avrebbe nemmeno sfiorato il villaggio. A raccontarlo furono quelli rimasti vivi. Novantasette persone, invece, non avrebbero potuto dire più niente.

Dopo duecento e più anni, un'altra valanga aveva traversato il confine della vita e raggiunto il villaggio. Spostarsi più in basso non era servito. O meglio, era servito per due secoli. Ma il tempo, nel suo eterno giro, va a prendere le cose lontane e le riporta a casa. Prima o dopo le riporta là da dove erano partite. Il tempo va a cercare gli emigrati lontani e li riporta in patria. Questo succede. E succederà sempre. È che gli uomini lo dimenticano e fanno di testa loro. Ecco cos'è. Dicono che tanto non succederà più, invece quel che è stato prima o poi torna. Magari dopo mille anni, ma torna. Così anche la valanga tornò. E passò come un vento sui resti dell'antico paese per andare laggiù a prendersi quello ricostruito al sicuro. Morirono ventisette bambini, anime nuove, pronte alla vita, cementate nella malta bianca dell'inverno. Che per fortuna aveva colpito il paese solo di striscio. Con l'artiglio gelido afferrò la chiesa, il campanile e molte case, dove stavano in ascolto quelle novantasette persone che morirono. Stavolta non ci furono miracoli, nessuno fu cavato vivo dalla neve. Non ci provarono nemmeno, muoversi era impossibile. Alla fine, quando fecero la conta, quelli che risposero erano vivi, gli altri erano tutti morti. Ecco quello che fu. Scavare non servì per salvare nessuno, solo per disseppellire i corpi dalla neve e metterli nella terra. Ma non subito. Subito non si poteva. C'era troppa neve, troppe valanghe, troppo maltempo, troppa stanchezza. C'era troppo di tutto in quel momento. Per cavare i morti bisognava aspettare primavera, o meglio la piccola primavera, quella fugace bambina pallida che andava e veniva tra le nevicate. Una lunga e calda primavera lassù non esisteva. Non era mai esistita. Per recuperare i morti decisero di attendere almeno due mesi, che la natura si stancasse d'infierire e riposasse un poco. Intanto, lì sotto, si sarebbero conservati e nessuna bestia della montagna li avrebbe raggiunti per mangiarli.

Cessò di nevicare al settimo giorno, come quando Dio finì di creare il mondo. Al posto della neve si fece avanti il freddo più duro, che serrò la natura nella sua morsa d'acciaio. Non rimaneva che aspettare che un filo di tepore spaccasse quel marmo bianco. Allora restarono chiusi in casa a scolpire tronchi, pregare per i morti e piangere. Altro non potevano fare. Intanto, qua e là, scivolava ancora qualche valanga, però sempre meno, finché un po' alla volta tutto si chetò.

Passarono febbraio e marzo. Con l'arrivo del cuculo, spuntò un sole pallido e muto come la malinconia. Allora si misero a cercare i morti. Li trovarono e li cavarono uno per uno, come avevano fatto gli antenati due secoli prima. Recuperarono oggetti, legni, tavolame e crocefissi senza braccia. Tolsero dalla neve tutto quel che ancora poteva servire, da usare o come ricordo. Seppellirono i morti senza nomi né croci nelle fosse a tre pareti che aveva inventato l'uomo a tre facce. Lui ne scavò una da solo, nel bosco, lontana da tutte.

Poi ripresero a vivere, senza molte speranze né troppe disperazioni. Ma esisteva un'altra minaccia e la vedevano chiara. Sulla destra del monte d'Oro, una montagna di neve alta fino al cielo si sporgeva in fuori. La sua pancia cresceva ogni dì, come quella di una donna gravida. Per non si sa quale miracolo stava ancora appesa al pendio, ma si gonfiava giorno dopo giorno come una vescica tesa. Prima o dopo sarebbe crollata. La gente faticava a capire come mai non era caduta durante la nevicata. Forse perché in basso poggiava i piedi sulla fronte di un bosco dalle ciglia folte. Adesso, però, il sole d'aprile la carezzava, la massa addolcita di tepore si faceva sempre più bombata, finché partì. Venne giù una mattina limpida, così limpida che tutti poterono vederla. Ne avevano viste tante di valanghe, ma non così. Soffiava e ruggiva e rombava come facevano le altre, però cresceva e crescendo latrava come un cane feroce. Quando videro che s'ingrossava e non si fermava, fuggirono di lato: veniva verso il paese, quella parte di paese risparmiata due mesi prima. La massa nevosa passò accanto a quella che aveva fatto i morti, puntando verso le prime case. Quando stava per raggiungerle si arrestò, come se avesse sbattuto il muso contro la montagna o una mano possente l'avesse bloccata, o un ordine perentorio le avesse dato l'alt. Si fermò a pochi metri dalle abitazioni, con sussulti e scarti come se da sotto qualcuno la scuotesse. Le case tremarono di paura, ma forse era il terreno che vibrava. Il sollievo dei fuggiaschi si udì per tutta la valle. Fu un grande respiro. Poi piano piano, uno alla volta, gli uomini freddi rientrarono al villaggio.

Era andata bene. Così pensarono. Però capirono che il paese era a rischio. Anche laggiù le valanghe erano venute a spargere morte e paura. Decisero che andava spostato ancora più in giù.

«Ancora una volta verso il basso» dissero. E così fecero. Piano piano, per la seconda volta nell'arco di due secoli, spostarono le loro esistenze più a valle, convinti che laggiù non sarebbe mai arrivata nessuna valanga.

Fu allora che intervenne l'uomo a tre facce. Dal giorno della valanga parlava di rado. Disse che era inutile scappare sempre. Là in fondo c'era il torrente che non aveva mai cambiato posto, viveva lì dall'inizio del mondo e accettava le batoste, al massimo facendo qualche curva nuova. Potevano calare fino al torrente, ma le valanghe, prima o dopo, sarebbero arrivate anche laggiù. Allora qualcuno propose di traversare il torrente e andare a vivere sul lato opposto della valle, impiantare il paese di là. L'uomo a tre facce fece notare che anche dall'altra parte cadevano valanghe e che, da vivi, sicuri non si era in nessun posto. Però si poteva andare nelle grotte, se volevano, e stare là, come volpi nelle tane. Ma nessuno voleva vivere in una grotta. Allora l'uomo a tre facce disse di costruire il paese nuovo e di farla finita con le chiacchiere.

In questo modo cominciarono. A lui e la sua squadra venne affidato il compito di costruire la chiesa e il campanile, distrutti pochi mesi prima. Agli altri, tutto il resto. Un po' alla volta, quando la neve dava tregua, smontarono il paese e lo trasferirono più in basso. Laggiù avevano già alzato muri di pietra sui quali impiantare le parti di legno e gli interni, con tutti gli utensili e gli oggetti del vivere quotidiano. Ci misero un anno a finire, da primavera a primavera, senza fermarsi un minuto.

Il paese nuovo era lontano dalla corsa delle valanghe. Era quasi sul torrente, in una conca circondata da alberi e fiori di ogni sorta. Quando ebbero terminato la ricostruzione, qualcuno saltò fuori e disse che adesso potevano ricominciare da capo ad aspettare che trascorresse qualche secolo e arrivasse un'altra valanga ad accopparne altri. L'uomo a tre facce si sforzò ancora di parlare. Disse che poteva arrivarne una anche subito, di valanga, o solo dopo un anno, o due. Non servivano secoli: la natura non ha scadenze né orari, può star ferma mille anni prima di mandare una disgrazia, oppure farlo ogni giorno. Quindi, sussurrò l'uomo a testa bassa, occorreva far bene i lavori e dopo rassegnarsi al destino, senza stare a pensarci su. Non serviva a niente. Pensare a quel che poteva accadere duecento anni dopo era tempo buttato via. Duecento anni dopo, di loro, non sarebbe rimasta nemmeno la traccia di un ricordo. E se ricordo doveva esserci, lo si poteva leggere nella spelonca della memoria. A meno che, nel frattempo, un terremoto non l'avesse fatta crollare. Questo era.

L'uomo a tre facce lavorò alla chiesa e al campanile secondo il suo pensiero e nessuno s'azzardò a contraddirlo. Parlava poco, dava ordini a cenni e faticava. Raccolte una per una le pietre delle macerie, costruì un campanile triangolare, con tre facce. Lo tirò su insieme alla squadra, che ubbidiva ai suoi ordini senza battere ciglio. Collocò il campanile in alto, a dominare il paese che stava poco sotto. Alla fine guardò il lavoro e disse che non bastava. C'era ancora una cosa da fare.

Molti anni prima, l'uomo era andato laggiù, dove partivano i fumi di nebbie, a vedere le città lontane. Era partito con due muli e tornò con tre, che portavano tre sacchi. Non aveva mai fatto vedere a nessuno cosa contenessero, ma ora andò a casa e portò uno per volta i tre sacchi. Cominciò a trafficare cavando rotelle e perni e ingranaggi e corde, e nel giro di tre giorni sul campanile apparve il primo orologio nella vita di quella gente. L'aveva comprato laggiù, in una delle città che mandavano le nebbie. Il fabbricante lo aveva istruito a montarlo, e lui adesso lo aveva messo lassù, e batteva le ore senza più bisogno che qualcuno picchiasse la campana col martello di rame.

Una volta finito, alzò gli occhi al cielo mentre l'orologio batteva le ore. Le scandiva a casaccio, ancora non era regolato. Per tararlo occorreva aspettare che il sole passasse in un punto preciso. Oppure copiare l'ora dalle meridiane che ornavano le case. Comunque c'era tempo. A quel punto l'uomo a tre facce si rese conto che l'orologio aveva soltanto due lancette. Allora per due giorni si mise a lavorare per forgiare una terza lancetta e fissarla tra le altre sul campanile. Dopo fu contento, aveva ottenuto il numero perfetto. Quando arrivò il sole giusto sull'angolo a ponente del monte d'Oro, guardò le meridiane, calcolò un'ora approssimata e su quella base fece partire i rintocchi che avrebbero scandito il tempo degli uomini freddi fino all'ultimo giorno.

Da quel momento l'uomo cambiò vita. Ora che aveva fatto il suo dovere poteva fermarsi. Lo vedevano ogni sera in un punto preciso del bosco. Stava assorto, seduto sul tronco curvo di un grande larice storto, vecchio cinquecento anni. Che nevicasse o piovesse, grandinasse o ci fosse il sole, all'imbrunire l'uomo a tre facce era là, sulla pancia del larice. Parlava da solo per lunghe ore e la gente non gli andava vicino perché lo credeva matto, perciò non sapevano quello che diceva mentre parlava da solo. Ma, a dire la verità, a nessuno importava molto di quel che brontolava l'uomo a tre facce. Solo un vecchio fu curioso e una sera si avvicinò nascondendosi dietro un cespuglio. Sentì che parlava a qualcuno. Credette di capire che quel qualcuno fosse una donna. L'uomo si rivolgeva dolcemente a questa donna come se avesse dei progetti e molte cose da fare con lei. Però dall'altra parte nessuno rispondeva. L'uomo seguitava a parlare, ma la donna rimaneva muta. Allora il vecchio curioso volle vedere la misteriosa signora e così sporse il naso fuori. Non c'era nessuno. L'uomo si rivolgeva a un cumulo di terra. Parlava a una fossa senza croce e senza nome, come usava lassù. Dentro la terra schiacciata dall'inverno e dal dolore, nel silenzio tranquillo della morte, riposava una parte di lui. Riposava l'amata dagli occhi parlanti, una delle novantasette vittime della valanga. Più che una parte, l'uomo sentiva che l'intero suo essere era sepolto là sotto. Con lei era morto anche lui, non viveva, tirava avanti. Aveva scavato la fossa con le sue mani e poi aveva deposto il corpo della ragazza adagio nella bara a tre lati e alla fine l'aveva messa nella terra. In primavera, a due mesi dalla disgrazia, aveva badilato neve per tre giorni, prima di trovarla. Era intatta, con gli occhi aperti. Quegli occhi parlavano ancora, come quando era viva. Prima di baciarla sul viso le pulì le ciglia dalla neve e un po' le guance. Dopo che era stata due mesi sepolta nella valanga, ebbe la sensazione che fosse tiepida, come quando la baciava nelle radure o alle lingue di neve, mentre cercavano il radicchio d'aprile.

Il vecchio uscì da dietro l'albero. Uscì quando s'accorse che l'uomo a tre facce non parlava più ma piangeva. Piano piano s'avvicinò e sedette accanto a lui, mettendogli una mano sulla spalla. L'uomo non guardò nemmeno chi fosse e il vecchio lo esortò a non piangere, era inutile. Ma l'uomo piangeva: lui, che aveva inventato mille cose per risparmiare tempo, fatica e materiali, non aveva alcun mezzo per lenire il dolore che lo triturava. Nessuna idea per allontanare la vespa che lo pungeva. Il vecchio lo prese per un braccio e piano piano lo trascinò via. Era il tempo dei cuculi e dei forcelli, in cui gli uccelli facevano l'amore, ma il cielo era scuro, i cuculi tacevano e i galli pure. Cominciava a nevicare.

Il giorno della valanga qualcosa in lui si era spaccato e non fu più lo stesso uomo. Aveva tenuto duro un anno per infondere coraggio alla sua gente, rifare il paese, ripartire. Ma una volta finito il compito si era arricciato come le foglie in autunno. Senza la sua donna non aveva fiato. Certe ore della sera, seduto in cucina, si sentiva mancare l'aria, come se qualcuno gli stringesse il collo. Doveva uscire a respirare, e anche fuori faticava a rimettere in bocca l'aria. Senza di lei era morto, stava in piedi ma era già morto.

Per resistere alla disperazione, si convinse che doveva impegnare la testa e allontanare il martello del dolore. Allora si mise a scolpire gli alberi attorno al paese. Con qualsiasi tempo modellava i tronchi assorto e in silenzio. Li sceglieva uno per uno, tra i più belli e dritti perché lei era bella, alta e dritta come un fuso. In quelle piante silenziose intagliava il suo amore perduto. L'intera figura di lei si materializzava attorno all'albero tre volte, in modo che, da qualsiasi punto si guardasse, essa appariva sempre. Nel tempo di cinque anni, quasi duecento figure della donna amata ricamavano la periferia del villaggio. Spesso la neve si posava sul volto di quelle immagini donando alle statue l'insostenibile malinconia della morte. L'uomo non reggeva la tristezza e il dolore di quelle visioni e in tutta fretta le puliva spazzolandole una alla volta. Ma, quando arrivava all'ultima, la prima era di nuovo coperta di neve. Allora ripartiva daccapo, a fare avanti e indietro e pulire i volti della sua donna finché smetteva di nevicare. A volte lo vedevano seduto su un tronco, avvolto dentro il pastrano, morto di fatica perché nevicava da giorni e lui da giorni spolverava quei volti.

Scolpì l'ultima figura dell'amata perduta verso la metà di un ottobre speciale, di quelli che appaiono poche volte. Non c'era ancora neve e i boschi variopinti allargavano le braccia colorate alla brezza del vento d'autunno, come i pavoni che fanno la ruota. Un sole anemico pioveva a gocce sui tetti e sui monti, regalando l'ultima luce tiepida prima di sparire nel buio dell'inverno. Dall'alto il paese nella conca pareva un nido di tordo con gli uccellini dentro. La gente alzava la testa per farsi imbeccare di luce. Approfittava di quei raggi speciali che cadevano nei cortili, come sciami di api a pungere di tiepido la pelle ai disgraziati delle terre estreme.

L'uomo raccolse gli attrezzi e andò presso l'amata, a intagliare il grande larice fermo in quel posto da cinque secoli. Questa volta modellò la sua donna seduta, i capelli lunghi, la testa che guardava basso, le ginocchia avvolte da un drappo a formare come una conca. Quella figura, bella e dolce, forse la più bella fra tutte quelle che aveva scolpito, tendeva le mani avanti come abbracciasse qualcuno. Ma non c'era nessuno da abbracciare, soltanto l'aria che saliva dalla valle.

Impiegò un mese a finirla: verso la metà di novembre l'opera era compiuta. L'uomo scavò una buca dietro l'albero, vi buttò dentro sgorbie e mazzuolo, la riempì di terra e tornò a casa. Era deciso a non scolpire più nulla, e a smettere qualsiasi lavoro manuale. Doveva solo aspettare che qualcosa venisse a fermare il suo corpo afflosciato che percorreva smarrito le vie del paese.

Il giorno non tardò. Fu alla fine di novembre. Nevicava, stava per giungere l'inverno, tutto si ritirava nel silenzio. Da due sere il vecchio curioso non vedeva la luce della candela alla finestra dell'uomo a tre facce. Allora entrò lui, con una candela, per cercarlo. Non c'era. Tutto attorno alla stanza, su apposite mensole, volti di donna scolpiti su tronchi di legno lo guardavano. Al debole tremolio della fiamma quei volti parevano battere le ciglia. Erano ritratti di lei, l'unico grande amore dell'inventore assente. Il vecchio lanciò una voce ma nessuno rispose. Guardò ancora quei volti di legno che lo fissavano e battevano le ciglia e parevano dirgli qui non c'è, devi cercare altrove. Il vecchio uscì per andare a dormire e appena fu sulla via un fiocco di neve gli spense la candela.

L'indomani mattina avvertì l'istinto di cercarlo al limitare del bosco, sul tronco ricurvo dove andava a parlare alla sua donna e piangere. Pure se nevicava, i fiocchi erano fini e non attaccava. Pareva che il cielo si preparasse con calma a mandare quella giusta. Accanto al grande larice, il vecchio notò qualcosa. Nel grembo della scultura stava rannicchiato l'uomo. Era lì, accucciato come un bambino, il capo sul petto della donna. Lei a testa china lo guardava, lo stringeva tra quelle braccia di legno scolpite da lui. Se lo coccolava come una mamma coccola il figlio. La neve li copriva anche se era poca e attorno regnava il silenzio dell'inverno. L'inverno degli amori morti. Il vecchio non sapeva che fare, allora restò in piedi, a fissare quella donna di legno che stringeva il suo amore senza vita. Dopo qualche istante si mosse e andò vicino all'uomo per pulirgli la neve dal viso. Nel grembo di legno della statua c'erano tracce in quantità di radice rossa. Troppa. Quella radice miracolosa, che in piccole dosi dava forza e coraggio agli uomini freddi, a lui era servita per togliersi dall'esistenza. Forse ne mangiò come una capra mangia l'erba. Era stanco di un vivere trascinato nella neve, doloroso e senza senso perché senza lei.

Il vecchio tornò al paese e raccontò. Raccomandò che l'uomo a tre facce rimanesse a riposare nel grembo della donna di legno e a farsi scaldare da lei finché l'inverno non fosse passato. Venne la neve di fine novembre. Coprì l'uomo accoccolato nel grembo della statua e coprì anche la statua fino al collo. All'inizio l'uomo a tre facce non riceveva visite se non quelle di martore affamate, volpi e rapaci notturni, che scavarono per mangiarlo. Ma il volto della donna che sporgeva dalla neve li impaurì e desistettero. Allora annusavano e giravano là intorno senza più tentare di mangiarlo. Così l'uomo a tre facce rimase in grembo alla sua donna tutto l'inverno, e a primavera la gente cominciò a visitarlo per tenergli compagnia e controllare che le bestie della montagna non lo mangiassero. La neve aveva sepolto tutto, anche il volto della donna, ma le bestie sapevano che da sotto lei li guardava e avevano timore e facevano solo il girotondo attorno al larice. Quando venne il disgelo d'aprile, breve come un batter di ciglia, i paesani lo misero nella terra accanto a lei.

Così terminò l'esistenza di un uomo geniale, che misurò il tempo risparmiando sulla materia per rispettare il vuoto e non invaderlo. Il larice scolpito fu segno e lapide, primo simbolo nella memoria di quel popolo, posto a vigilare sulla coppia di morti.

Due bambini

Partirono in quattro, con mazzuoli e scalpelli, a incidere nella grotta della memoria la vita di colui che costruiva tutto a tre facce. Ma solo un secolo e mezzo dopo i discendenti di quella stirpe capirono l'importanza delle sue invenzioni.

La vita nel nuovo villaggio faticò a prendere ritmi e abitudini, a trovare il tempo del lavoro e del sonno. Non era facile per gli uomini freddi metter radici in un posto nuovo, dopo duecento anni che ne abitavano un altro. A volte bastano due lune per affezionarsi al proprio nido. E quando si è costretti a lasciarlo, gli occhi piangono. Lassù piansero i morti e la morte del villaggio. Piansero la fine della vita, il movimento delle valanghe, la malinconia e il sorriso, le corte primavere e la neve, il bianco becchino che seppelliva tutti.

La neve! Quella non conosceva quote, cadeva in alto come in basso. Cadeva sul torrente inquieto che la scioglieva e trascinava lontano, e cadeva oltre il torrente, sulle montagne di fronte, dove le valanghe non uccidevano nessuno perché di là non viveva nessuno. L'acqua, dopo aver fatto girare i mulini, mosso segherie e alzato i battiferro, filava a cercare il mare, verso luoghi sconosciuti, laggiù. Così era quel posto fatto di uomini, neve, boschi, montagne e animali.

Non bisogna dimenticare gli animali. Quella gente amava il bestiame che lo aiutava a campare come fosse di famiglia. Prima si dava da mangiare alle vacche, alle capre e alle pecore. E galline, cani, gatti, muli, asini e tutte le bocche senza parole che vivevano con loro. Poi mangiavano gli uomini. Gli animali domestici erano farmacie che regalavano medicine. La lana delle pecore, quella sotto la pancia, veniva applicata sulle articolazioni doloranti senza lavarla, per non levarci l'unto, e queste guarivano. Escrementi di gallina misti a resina calda applicati sulle botte toglievano dolore e infiammazione. La saliva del cane, assieme alla pappa reale, bloccava le infezioni.

Qualche volta le infezioni le provocava, allora uno moriva. Per salvarlo gli tagliavano la gamba o il braccio, ma spesso moriva lo stesso. Però non davano la colpa al cane o alle api. Davano la colpa a lui, che non aveva voluto guarire: senza che lo sapesse, la sua testa non aveva voluto guarirlo. Secondo loro i corpi non c'entravano niente, o molto poco. La testa invece comandava tutto. Dicevano che, se uno era convinto, mediante la forza del pensiero poteva farsi ricrescere un dito tagliato, o i denti o i capelli. Addirittura poteva levarsi in aria. Dicevano così, ma tra il dirlo e il farlo stava la realtà. Quelli senza dita, o senza denti, rimanevano senza dita e senza denti, e nessuno saliva alla montagna volando come un corvo. Questo era.

Però un giorno avvenne qualcosa che diede ragione a loro. Fu un fenomeno eccezionale ma capitò. C'era un bambino di dieci anni, forse qualcuno meno. Lassù non segnavano né nascita né morte, le date non erano importanti. Importante era infilare buona vita tra le due date. Comunque, quando uno nasceva segnavano l'anno sul muro di casa e volendo si conosceva l'età. E basta.

Questo bambino non aveva mai fatto capire niente di sé, pareva normale, ma normale non era. Se ne accorsero quel giorno.

Un grande lenzuolo di gracchi volava in cerchio sopra il villaggio. Parevano una nuvola scura, una macchia d'inchiostro compatta che si spostava qua e là, tagliando l'aria. Il bambino li guardava. Forse parlava con loro, trasmetteva col pensiero un desiderio. Non si sa. All'improvviso gli uccelli vennero giù e si posarono intorno a lui, e tanti si posarono sulla testa e sulle spalle quasi a seppellirlo. La gente restò senza parole. Che potevano dire? Qualcuno accennò che forse i gracchi erano diventati matti, ma un vecchio curioso reputò impossibile che un gran lenzuolo nero di gracchi fosse diventato matto tutto insieme. Allora pensarono al bambino.

Dopo aver giocato coi gracchi, il bimbo si stancò e lo disse con la mente, e questi si levarono e andarono a girare in alto. Tanto in alto che la nuvola nera era diventata piccola come un merlo alzato dal vento.

Qualche giorno dopo, dal cielo arrivò una coppia di corvi imperiali e volteggiò sopra il paese. Nevicava e portavano i fiocchi sulle ali e sul capo. Il bambino guardava la neve e guardava i corvi filtrare la neve. Il vecchio curioso invitò il bambino a farli venir giù. Voleva fare una verifica, perché era curioso. Non c'era cattiveria. Il bambino ordinò ai corvi di scendere. Lo disse senza aprir bocca, li guardò e basta. Questi vennero giù come sassi. Prima di schiantarsi a terra aprirono le ali in frenata e finirono sulle spalle del bimbo. Il quale disse: «Ecco!». I corvi frullarono il corpo per scrollarsi la neve. Si pulirono il becco sulle braccia del bimbo. Il vecchio curioso non era soddisfatto e chiese al fanciullo di farli volar via. Il bambino col pensiero comandò loro di alzarsi e questi schizzarono come acqua che zampilla, e andarono alti fino a sparire. Non pago, il vecchio lo sfidò a farli tornare. Il bambino si concentrò e i corvi tornarono. Ma stavolta disse ai pennuti di dare qualche colpo di becco sulla testa bianca del vecchio impertinente. E i corvi lo beccarono fino a farlo scappare in casa.

Quel bambino dimostrò che con la mente si poteva fare tutto, anche comandare i gracchi e far zampillare in aria i corvi. E non era l'unico. Conoscevano soltanto lui, ma esisteva già una bimba segreta che di lì a due anni sarebbe uscita allo scoperto a fare cose impossibili. I due si misero in coppia e aiutarono il paese.

Quando tutti conobbero la forza che il bambino mandava dalla testa come il cielo manda un raggio di sole, presero a usare i suoi poteri per fargli fare il cane da gregge. Se il branco sbandava e alcuni capi andavano fuori pista o cambiavano direzione, il bambino lanciava il pensiero come un sasso e le pecore, le capre, le manze o quello che era rientravano nei ranghi. Così i pastori dei monti freddi lo contendevano per averlo a servizio. Quel ragazzino faceva risparmiare fatiche e ansie. Usando il pensiero, poteva direzionare gli animali, farli andare per il verso buono stando seduto vicino al paese, senza muoversi di un metro. I cacciatori se lo portavano dietro per far uscire le prede dai boschi. Le donne lo ingaggiavano quando si perdeva qualche gallina per farla tornare. Se non tornava, voleva dire che la volpe o la faina o la martora l'avevano mangiata. O l'aveva predata qualche uccello da rapina, come l'aquila, la poiana, il falco. Non mancavano rapaci, lassù. Lassù erano rapaci anche le persone, costrette a strappare la vita con gli artigli.

Le vecchie imploravano il ragazzino che tirasse loro indietro gli anni per riavere grazia e gioventù. Ma lui questo non poteva farlo e le donne morivano vecchie decrepite. Succedeva che i muli s'impuntassero coi carichi di legna sul basto e gli uomini non volevano picchiarli per farli camminare. Gli uomini freddi non picchiavano nessuno. Si mettevano al massimo a gridare e spintonare, e basta. E dovevano aver pazienza. A volte aspettavano un'ora prima che al mulo passasse la luna e riprendesse a lavorare. Quando interveniva il bambino, invece, era sufficiente un pensiero e il mulo ripartiva. Però poteva succedere che la bestia si fermasse per sfinimento. Il bambino lo sentiva e diceva al conduttore di lasciar riposare il mulo che era stanco. I conduttori ubbidivano perché credevano al bambino e a quello che diceva.

Passarono due anni durante i quali il ragazzino aiutò in ogni modo la gente del paese, finché non apparve una come lui, che faceva muovere i corvi imperiali e saltare i camosci, e mandava a nanna le galline anzitempo. Era una bambina gracile, gli occhi due ombre timide, i capelli biondo scuro come erbe d'autunno, di un biondo che ricordava la malinconia.

Cominciarono a vederli insieme. Si divertivano coi poteri facendo avvicinare animali e uccelli, giocando con loro. Lui aveva forse dodici anni e lei dieci, ma di preciso nessuno lo sapeva. Col passare dei mesi, la gente scopriva che i due si comportavano in maniera strana, diversa dagli altri. Non stavano in gruppo ma appartati. Loro e basta. Amavano girare la montagna per vedere le nevicate e le valanghe. Si fermavano alla radura delle lingue di neve per stare seduti e ascoltare il respiro della natura che calava dalle vette come un fiato leggero. Quel fiato portava rumori, versi, suoni. Sospiri. Portava le voci dei morti che riempivano la conca del cielo svelando l'intera vita del mondo. Bastava ascoltare e si potevano udire. E sapere tutto. Per questo i bimbi rimanevano seduti alle lingue di neve. Volevano capire, imparavano ascoltando. Erano felici di vivere in mezzo ai boschi, fra le bianche piramidi di roccia, l'acqua del torrente e le nevicate. Le montagne lassù erano bianche, ma non solo quelle. Dominava il bianco sui volti delle persone, sulle api, sulle cose e dappertutto. Quando le montagne non erano bianche naturalmente, erano bianche della neve che le copriva e tutto era candido come il cuore delle persone.

I due ragazzi vivevano ascoltando. E imparando. La gente li osservava e pensò che tra i due ci fosse in mezzo l'amore. Un amore, pensava la gente, lassù poteva cominciare presto e crescere pian piano, sotto le nevicate, gli stenti e le intemperie. L'amore esisteva da tempo, da molto tempo.

Verso i tredici anni, il bambino sapeva fare l'artigiano in modo eccezionale. I vecchi lo avevano istruito a dovere, era capace di inventare, costruire, scolpire, assemblare qualsiasi oggetto. Come il suo antico predecessore, ogni cosa che faceva aveva solo tre facce. La bambina dai capelli malinconici e gli occhi tristi usava la mano sinistra: era mancina, ossia *thancanéra*.

Così le anime dell'uomo inventore e dell'amata che parlava con gli occhi erano tornate. Avevano preso posto nei due giovani perché il loro amore durasse e non fosse dimenticato. L'essenza di quelle anime buone, sepolte sotto il larice, si manifestava nei giovanetti attraverso la mente con un'energia formidabile, volta ad aiutare i paesani e risparmiare loro le fatiche.

In vita, l'uomo a tre facce e la *thancanéra* non erano riusciti a dirsi tutto. Per paura o timidezza o per non provocare dolore erano troppo spesso rimasti in silenzio. Adesso parlavano uno alla volta, attraverso i due giovani, loro eredi spirituali.

Un amore speciale non muore, lo sapevano lassù. Sapevano altresì che di amori speciali ce ne sono pochi nel mondo. Il resto sono parvenze d'amore in cui si dichiara di voler bene a qualcuno premurandosi di voler bene a se stessi. Nel paese delle nevi cercavano di aiutarsi, rispettarsi ed essere affettuosi senza dichiararlo a formule. Le parole "ti amo" erano bandite dal villaggio e dalle bocche. Avevano capito che di quel bene ce n'era poco. Tante nevicate imbiancavano il pianeta, ma diventavano acqua ancor prima che sorgesse il sole. Ogni tanto qualche fiocco cadeva al posto giusto fondendosi con chi lo aspettava.

Un paio di questi fiori di neve erano stati i badilanti sfortunati, i cui scheletri riposavano da secoli nella grotta dei cristalli. Altri due furono l'uomo a tre facce e la donna dagli occhi parlanti, sepolti sotto un larice scolpito. Vi fu anche un altro amore, ormai remoto, caduto nel vaso dell'oblio. Quello di un giovane che si lasciò morire sulla neve, dove il gelo aveva imprigionato i capelli della sua donna. Adesso era il turno di due ragazzini che facevano cantare le rane e alzare in volo i corvi.

Il ragazzo e la ragazzina crescevano e intanto adoperavano la forza della mente per aiutare i paesani. Se c'era da voltare un gregge, spingere le vacche al pascolo, farle rientrare o stanare dal bosco la selvaggina chiamavano loro. E loro risolvevano.

La gente del villaggio avrebbe voluto maneggiare come loro l'energia del pensiero, ma non ci riusciva. Non erano convinti, e in queste cose, se uno non è convinto, non gli resta che lavorare con braccia e gambe. Così rispondevano i ragazzi a quelli che volevano imparare e non riuscivano.

Ormai erano cresciuti, avevano circa vent'anni. Stavano sempre insieme, si amavano e rispettavano, e questo era tanto. Ogni sera andavano a sedersi accanto al larice scolpito sotto il quale riposavano l'uomo a tre facce e la sua *thancanéra*. Ora i morti stavano tranquilli, la loro eredità spirituale era in buone mani. Nella tomba riposavano le ossa, ma il loro sapere si era travasato nei ragazzi che all'imbrunire andavano sempre a sedersi lì, per ricevere consigli e istruzioni. In quei momenti veniva dalla terra come una voce, che diceva loro cosa fare. Così sembrava ai giovani, forse perché usavano masticare la radice rossa. Non si sa. A ogni modo pareva che dalla terra evaporassero consigli e a quelli si attennero sempre. Solo una volta si trovarono in disaccordo. Fu la prima e l'ultima. Ma bisogna fare un passo indietro.

Una sera, accanto al larice, percepirono indicazioni diverse. Stavano seduti da un'ora quando sentirono le voci. Era il mese di agosto, il sole scaldava ma poteva nevicare da un momento all'altro. La voce dell'uomo a tre facce e quella della *thancanéra* uscirono dalla terra. E furono in contrasto. L'uomo consigliava ai fidanzati di fare un viaggio nelle città fumanti, rendersi conto di com'era il mondo, cogliere le novità, portare qualche idea che aiutasse i paesani a lenire le fatiche. Così come lui aveva portato l'orologio, loro avrebbero portato qualcos'altro di utile. La voce della donna, invece, sconsigliava di scendere laggiù. Raccomandava ai ragazzi di non finire in quelle bolge d'inferno, dove c'era il rischio di smarrirsi per sempre o di perdere i loro poteri e diventare come tutti gli altri. Dovevano evitare di cadere nel fango, dove non c'era neve né aria pura, soltanto fumi velenosi.

Il giovane non era d'accordo, voleva seguire i consigli dell'uomo a tre facce sepolto sotto il larice. Del resto era la sua anima a parlare e quell'anima ora ce l'aveva lui. Ma la ragazza, che aveva ereditato l'anima della *thancanéra*, diceva di no, che non era salutare andare nelle città fumanti, nemmeno per pochi giorni. Laggiù si correva il rischio di smarrire la strada, perdere la testa, confondersi per sempre e non tornare più. Il giovane insisteva. Da laggiù potevano portare in paese le novità del mondo, far star meglio la gente, render loro la vita meno grama. Insomma, sarebbero andati a civilizzarsi un poco per migliorare gli altri. La ragazza scuoteva la testa, ripeteva: «Laggiù mai». Se fossero finiti nelle città delle nebbie, sarebbero stati ingoiati dal caos, annullati, polverizzati, sepolti tra gli altri per sempre. Così diceva la ragazza. Lui ribadiva che non vi era pericolo: loro custodivano la forza nel segreto della mente. Con quella, oltre a salvarsi, avrebbero aggiustato gli abitanti folli e sgangherati delle città fumanti.

Alla fine vinse lui. Disse alla sua bella che sarebbe partito da solo e avrebbe affrontato le bolge infernali che mandavano nebbie ai monti pallidi. Lei, che lo amava, si rassegnò e gli disse che l'avrebbe seguito ovunque, a qualsiasi costo e qualsiasi cosa capitasse.

Partirono per le città fumanti e lasciarono il paese a metà agosto sotto un cielo grigio. Andarono a conoscere gente diversa e cose mai viste, per portare qualche novità sulle montagne degli uomini freddi. Qualcosa di utile, per migliorare la loro vita.

Partirono con un mulo giovane e allegro come loro, forte e deciso come la gente di lassù. L'animale portava viveri e coperte e il ragazzo caricò anche alcune sue invenzioni che voleva vendere in città, come secoli prima il geniale paesano aveva fatto fortuna con i suoi violini. Ma i tempi non erano più quelli, i tempi erano cambiati. Nelle città fumanti regnava il caos, tutti avevano ragione e tutti inventavano di tutto. E invece di ridurre ogni oggetto all'essenziale, come faceva l'erede spirituale dell'uomo a tre facce, lo moltiplicavano per mille e diecimila e centomila. Tutto laggiù era in esubero, molte volte superfluo. C'erano vestiti completamente diversi da quelli che usavano sui monti della neve. Abiti eleganti, alla moda e scarpe e cappelli. E poi c'erano quei muli di ferro con le ruote, che portavano la gente di qua e di là, anche quattro o cinque persone alla volta senza mai stancarsi. E fumavano di continuo, come i vecchi lassù fumavano la pipa. Ce n'erano anche di così grandi che di persone potevano caricarne trenta e più, e fumavano anche quelli con un puzzo da avvelenare i polmoni.

Tutte le novità incontrate confusero la testa ai fidanzati selvatici. Ma allo stesso tempo li incuriosirono e così i due decisero di restare in città almeno un mese. A dir la verità, la ragazza voleva tornare a casa subito. Giorno dopo giorno guardava i monti lontani, ma lui voleva rimanere e lei, che lo amava, restò con lui. Quando si resero conto che la tenue voce della donna dagli occhi parlanti aveva ragione e non sarebbero mai dovuti partire fu troppo tardi. Ma occorre andar adagio.

Nella città fumante, in quel caos senza ordine e senza pace, capirono presto che non vi era posto per il mulo. Laggiù non c'era spazio per gente come loro, né un filo d'erba o di paglia per un animale. Non era più come ai tempi del liutaio magico. Bisognava andar fuori, lontano dal centro, camminare un giorno, e forse avrebbero trovato un contadino e un ciuffo di fieno per la bestia. Ma il giovane, subito catturato dal luccichio del mondo rutilante della città, non ci pensò due volte. La prima cosa che fece fu vendere il mulo al macellaio di una piazza, per sbarazzarsene. Percepì la paura del mulo che andava al macello, ma non lo richiamò. Lo spronò ad andare avanti, voleva liberarsi di lui e l'animale camminò in silenzio incontro al suo destino. Coi soldi guadagnati si misero a girare la città, e conobbero cose mai viste. Nella bolgia dei rumori, a ogni passo saltavano fuori novità. Cominciarono a prenderci gusto e frugare ogni angolo, ogni buco, ogni posto dove, porgendo una moneta, si poteva mangiare e bere e divertirsi. C'era gente nelle piazze che parlava dai pulpiti, in altre piazze la folla radunata attorno ai comici rideva. E poi c'erano musiche e balli e canti e di notte era tutto illuminato da lampioni e fanali e feste che andavano avanti. C'erano suonatori di violino e trombette e tromboni e da bere un vino che faceva cantare i morti.

Il giovane ebbe la certezza di essere arrivato in paradiso. Altro che quel paese da castigo, desolato e aspro, impastato di neve e silenzio, in bilico sul vuoto della vita. Un paese distrutto due volte dalle valanghe, perché lassù nevicava anche d'estate. Era l'eterno inverno degli stenti, mentre laggiù la primavera della speranza. Il giovane decise di rimanervi per sempre o almeno fin quando non si fosse stancato di quel mondo speciale. Ma la ragazza non era d'accordo. Gli proponeva di fermarsi un po' di tempo, per imparare qualcosa, ma poi bisognava tornare alla terra d'origine, era meglio per tutti.

Una sera il giovane, reso allegro da alcuni boccali di vino, le disse che tornasse da sola, se ci teneva, in quel buco di paese castigato da Dio. Lui mai più. Sarebbe rimasto nella città piena di vita e allegria. Allora la ragazza rimase con lui, perché lo amava e perché in cuor suo pensava di convincerlo a tornare lassù, prima o dopo. Ma così non accadde.

Avevano trascorso quindici giorni nella baldoria, a bere e mangiare e dormire in posti che, per qualche soldo, offrivano lussi di ogni tipo. Lenzuola profumate e fresche, colazione, pranzo e cena e il padrone che faceva inchini. E durante il giorno erano sempre in giro, a scoprire cose nuove, assaggiare cibi strani, vedere gente in gamba. E laggiù c'era caldo, e bel tempo e sole, niente neve né vento, né paura delle valanghe. Ma la ragazza, con dolorosa pazienza, provava a dirgli che il paradiso forse stava lassù, da dove erano partiti, e che era meglio, dopo aver imparato o rubato qualche segreto, tornarvi di corsa, prima che si facesse tardi. Ma lui voleva rimanere e godersi la vita e vincere. Come il paesano secoli prima aveva vinto impiantando una bottega di liutaio, lui avrebbe aperto un negozio di oggetti a tre facce. Voleva portare laggiù l'arte che aveva ereditato. Così diceva. Ma non aveva fatto i conti con le fauci delle città fumanti. Non poteva farci i conti, perché non le conosceva. Semplicemente, vi si era buttato dentro e le città furono pronte a masticarlo e sputarlo pieno di fiele e ferocia.

Per prima persero la pace. Lei ancor prima di lui. Finiti i soldi guadagnati con la vendita del mulo, cercarono qualcosa da fare per mantenersi. Da lavorare non mancava ma c'erano sempre rumori e clangori, anche di notte.

Fintanto che fecero baldoria tutto andò bene, non s'accorsero di niente. Ma una volta calmati, sentirono pesare la mancanza del silenzio. Rimpiangevano le notti invernali. Quelle interminabili notti sepolte dalla neve e dal silenzio, dove l'unico rumore era il crepitare dei fiocchi sui boschi e sul paese. E quei venti autunnali che scuotevano porte e finestre, e facevano cigolare le scandole sui tetti e urlavano e fischiavano nei pifferi di roccia spaventando i bambini che speravano di addormentarsi per non sentirli. E le piogge che borbottavano e facevano lacrime e scrosci e starnuti d'acqua sulle foglie di primavera. E le foglie che a bocca aperta se la bevevano tutta, diventando sempre più verdi e sorridenti. E le brevi calure d'estate. Epifanie di bel tempo impegnate a maturare la frutta, mandare l'aria bollente tra le vie del paese, in alto, ad arrostire le rocce e tostare le bacche dei sorbi. Laggiù invece no, la città fumante era invasa dai rumori. Rumori di tutto, compresi i nitriti d'acciaio dei muli a quattro ruote che camminavano fumando. Il giovane soffrì l'inizio della nuova patria. Non si rassegnava a quei clangori e stridori e belati di uomini a ogni ora. Dopo aver ascoltato per anni i suoni della natura, silenzi e respiri, sternuti e colpi di tosse del suo mondo lontano, adesso era difficile. Ma era deciso a rimanere e si sforzò di adeguarsi, non sentire e dimenticare.

La seconda cosa che persero fu più grave. Laggiù, nella città fumante, non c'erano greggi da guidare, né mucche da far rientrare, né selvaggina da far uscire allo scoperto. E nemmeno corvi imperiali da far zampillare sui prati come getti di fontane. O stormi di gracchi da far volare come lenzuoli neri portati dal vento. Laggiù non c'era niente di tutto questo, neppure un gallo da fargli dire *chicchirichì* o una gallina *coccodè*. Nel volgere di pochi mesi, i fidanzati persero la magica forza della mente che comandava animali e uccelli. Provarono sui loro simili, ma non funzionò. Per fortuna non funzionò. Cosa poteva succedere se avessero tenuto in scacco gli uomini con l'energia della mente? Poiché cambiarono in pochi anni, appena la città li devastò e stravolse, non era pensabile potessero domare i propri simili senza distruggerli. Ma non bisogna correre. Corrono i fiumi e le valanghe, gli uomini dovrebbero andare adagio. Anche quelli che narrano storie. Ma gli uomini hanno paura della morte che interrompe il loro percorso, allora corrono, versano parole, sputano veleno, agguantano, urlano, mangiano, bevono e procreano. Per trovarsi d'improvviso sul niente. Compagno di viaggio nella vita è il niente, perciò alla fine tutto è niente.

Allo stesso modo che tutto è niente, tutto potrebbe essere semplice. Ma gli uomini non cercano il semplice, vogliono il complicato. E lo trovano.

Così fecero i giovani calati dal semplice dei monti al complicato delle città fumanti. Lui iniziò a proporre pensieri a tre facce, idee tradotte in oggetti. Funzionò e aprì una bottega e poi una rivendita e un'altra ancora. Lei lo aiutava, ma era malinconica. Pensava ai monti di neve, ai silenzi, ai sussurri d'inverno.

Ogni tanto la donna gli diceva: «Torniamo a casa, torniamo dai nostri», ma lui grugniva, rispondeva male e liquidava la questione con un «tornaci tu». Cominciavano a fargli gola i soldi, voleva accumulare, fare la bella vita, ostentare la gloria che pian piano otteneva con le sue idee. Cominciò a darsi sempre di più alle feste, alle baldorie e a bere quel vino buono che lassù, dove nevicava sempre, non veniva. Lassù le viti selvatiche s'aggrappavano alle rocce con le unghie per non cadere, davano un'uva nera corvina che legava la bocca come le nespole crude. Però gli abitanti la mangiavano e gli sembrava buona. Spillavano adagio un acino dopo l'altro, senza fretta, quando in settembre e ottobre compariva un po' di sole. Quella che avanzava la seccavano per quando non ce n'era, per quando il paese veniva sepolto dall'inverno e tutto taceva, tranne il vento e le valanghe. Era il tempo in cui la natura dormiva e non cresceva niente se non la neve sui boschi e sulle montagne, sui pascoli e sui tetti delle case.

Mano a mano che avanzavano i successi, il giovane perse anche il giudizio. Coi soldi e la gloria comparvero occasioni, donne, falsi amici, interessi, comprò perfino il mulo d'acciaio con le ruote. La compagna taciturna e mite cercava il modo di farlo rinsavire, gli perdonava tutto, lo curava, lo esortava a smettere. Voleva proteggere il loro amore, salvarlo a ogni costo, ma lui tirava dritto, impassibile, affondando nella vita di tutti, come il coltello affonda nella gola del maiale. Se un concorrente o un rivale gli si parava davanti, lo faceva malmenare, picchiare finché desisteva da ogni iniziativa contro di lui. Quando fu un padrone potente e temuto, i suoi rivali venivano tolti di mezzo. Sparivano senza che nessuno sapesse più niente.

Alla fine lei si arrese. Non lo lasciò, ma diventò un'ombra fuggitiva che vagava di notte per le vie a piangere la sua terra perduta, e raccontare a barboni e derelitti di un paradiso dove le montagne erano bianche e alte e nevicava anche d'estate. Evitava l'altra gente per non essere riconosciuta come la donna di un personaggio cinico e spietato che in venti anni aveva messo le mani sulla città e la stava dominando. Molte volte fu tentata di tornare lassù, sui monti nascosti, a ritrovare la pace perduta e la sua gente. E ascoltare i canti della sera e i venti che soffiavano nei pifferi di roccia. Ma c'era un uomo che aveva bisogno di lei, fragile e insicuro, anche se temuto da tutti. Più un uomo è ricco e potente, più diventa insicuro e debole, e lei reputò non fosse giusto abbandonarlo al destino. Soprattutto in quel momento: erano rimasti soli. Le anime dell'uomo a tre facce e della *thancanéra* se n'erano andate. Per quei due non ne valeva la pena: inutile travasare il pensiero buono in quelle teste devastate, le lasciarono e tornarono sotto il larice. E il larice fiorì a novembre. Quando tutto si spegneva e s'accoccolava nel sonno dell'inverno, un larice fioriva perché due anime erano tornate ai morti.

Intanto laggiù, dove partivano le nebbie, le cose andavano bene e male, come il giorno e la notte, la gioia e il dolore, la vita e la morte. L'uomo aveva una ventina di negozi sparsi in varie città. Vendeva tavoli, panche, letti, orologi, casse da morto, culle, e tanti altri oggetti, tutti a tre facce. Erano buoni, duravano e costavano meno, la gente li comprava senza battere ciglio. Aveva copiato bene la lezione dell'antenato.

Un giorno si stancò di vedere i muli d'acciaio a quattro ruote, e assieme a un fabbricante ne costruì uno a tre, che aumentò la sua fortuna. Fu prodotto in grandi numeri e venduto dappertutto.

Applicò un cassettone di legno sul retro in modo che si potessero trasportare oggetti e materiali. Fu di nuovo un successo e i soldi entravano a badilate. Ma c'era anche il verso cattivo, l'altra faccia del vivere di quei figli della montagna perduta.

Un'ombra dolce

Lei diventava sempre più strana. Correva lungo le vie, nelle notti caotiche della città fumante, a volte quasi nuda, a raccontare di un posto che era un poco il paradiso. Puntando un dito al cielo diceva che lassù esistevano monti solitari e remoti e un paese piccolo dove nevicava sempre. Chi ascoltava non le credeva e tutti dicevano che era pazza. Dicevano così. Durante il giorno stava chiusa nelle stanze di un palazzo lussuoso, a camminare avanti e indietro, coi capelli arruffati e il pianto negli occhi. Lui lasciava che si uccidesse. Indaffarato a guadagnar denaro, eliminare rivali e diventare potente, a lei non badava più. Frequentava donne fuggitive, bellezze dall'approccio veloce e facili costumi, e dame di gran classe: aveva quarant'anni, era un uomo ricco e potente e le donne di alto livello cercano quelli.

La sua donna, intanto, quella buona e dolce e ancora bella, stava appassendo come un fiore sotto la neve. Goccia a goccia, giorno dopo giorno, come un albero d'autunno perde le foglie, lei perdeva il lume della ragione. Ricordava ogni angolo, ogni casa, con precisione nitida e potente, ma non poteva tornare nella terra della neve. Allora si mise a disegnarla. Si era procurata pile di fogli e matite e carboncini e di giorno disegnava il suo paese, luogo d'infanzia, luogo perduto. Nessuno può dimenticare né superare le memorie dell'infanzia. Di notte usciva coi disegni sottobraccio in varie zone della città, a parlare a sonnambuli, ubriaconi, disperati e prostitute della sua terra bella e sfortunata da dove era partita e dove avrebbe voluto tornare e regalava a tutti un disegno. Ma la donna dai capelli come erbe d'autunno non tornò più nel paese della neve.

Una notte i barboni aspettarono invano. Anche prostitute, sonnambuli, ubriaconi e sbandati aspettarono invano. Ormai erano abituati a vederla arrivare coi disegni sottobraccio, scarabocchi a matita che ritraevano sempre lo stesso paese. Un paese che forse non esisteva nemmeno. La trovò il suo uomo, quell'uomo sbagliato per lei. Tornò a casa tardi quella sera, si era trattenuto con amici e donne facili. Pensava di non vederla, credeva fosse uscita come sempre coi fogli sottobraccio, mezza nuda, a dire a tutti che da qualche parte sulla terra esisteva un paradiso. Un luogo magico dove nevicava sempre e correvano le valanghe e passava un torrente che faceva girare mulini e segherie e alzava i magli dei battiferro. E la gente era buona e lavorava. Gente che aveva fatto della sfortuna la gioia di stare al mondo. L'unica gioia era quella. Gente che s'accontentava. Tutto qui.

Ma quella notte non si era presentata e il popolo di sbandati ci era rimasto male. L'uomo si avviò sulla grande scala di marmo che dal salone menava di sopra, alle stanze da letto. Mentre saliva se la trovò di fronte. Pendeva da una corda. Si era passata il laccio attorno al collo e lo aveva legato alla ringhiera. Così morì la donna dai capelli come erbe d'autunno e gli occhi due ombre dolci. I piedi sfioravano il pavimento, vicino ai piedi giacevano disegni del paese dove nevicava sempre, dove avrebbe voluto tornare. Nient'altro. Non c'erano biglietti né parole, né rimproveri. L'uomo non versò lacrima. La sua testa era dentro gli affari, il bel mondo, le signore eleganti, i soldi. La donna ormai era soltanto un fastidio. Lei lo sapeva e lo aveva liberato. Era rimasta per lui nella città del caos, a patire umiliazioni e tristezze. E per lui se n'era andata, aveva tolto il disturbo. Era arrivato il tempo del silenzio.

Sui lontani monti pallidi la natura dormiva nell'abbraccio dell'inverno. I boschi sepolti di neve riposavano pacifici, tutto il mondo bianco taceva. Solo qua e là, di tanto in tanto, tagliava la notte il grido di una martora affamata, o l'abbaiare di una volpe in cerca di cibo, o il *crac* di un albero che si spaccava.

Nel paese dei dispersi nessuno conosceva il destino dei due giovani che tanti anni prima erano partiti con un mulo verso le città fumanti. Era un giorno d'agosto, il cielo era grigio. Erano partiti con delle invenzioni e buone intenzioni. Confidavano nella forza del loro pensiero che muoveva animali e uccelli. Non sapevano che la forza dell'ambizione, del cinismo e dei soldi toglie agli uomini i buoni principi. E senza principi buoni gli uomini distruggono se stessi e la natura. Non vi è forza che vinca i demoni dell'oro e del profitto.

Dopo la morte della donna dagli occhi dolci il suo compagno seguitò ad accumulare gloria, ricchezza e veleno. Dominava la città col pugno di ferro. Era diventato cattivo seminando astio intorno a sé. Era circondato di nemici nuovi e vecchi che volevano fargliela pagare. La cattiveria è contagiosa, passa da un individuo all'altro sulle tegole dell'odio, come la pioggia scivola sulle tegole dei tetti. Così succede. Ci vuole giudizio, occorre distanziare le tegole per non farsi bagnare. Ma lui non prese le distanze, semmai avvicinò potenti senza scrupoli per progetti faraonici dove pagavano la natura, il cielo, la terra, le acque e la gente. Ma lassù nessuno sapeva niente dei giovani partiti tanti anni prima. Niente di niente, e nessuno tornò a riferire la minima voce.

Un vecchio cacciatore

Per molto tempo il popolo dei monti pallidi non seppe nulla di quel che avveniva nelle città fumanti. Dalla partenza dei ragazzi erano passati tanti anni durante i quali nessuno aveva lasciato il paese per cercar fortuna nei formicai del mondo.

Di quelle bolge piene di umani in fermento si vedevano raramente i bagliori, come lampi riflessi nei cieli stanchi delle notti autunnali. Invece, quando il gelo distillava l'aria, si potevano vedere, lontanissime, alzarsi le nebbie delle combustioni. Quei fumi lenti e grassi che avanzavano come fantasmi bianchi verso i monti.

Ci mettevano anche un mese per arrivare lassù, ma quando arrivavano gli abitanti delle terre estreme sentivano l'odore acre delle bolge. Allora dicevano che non sarebbero mai andati a vivere nei formicai umani. Tutti volevano andarci una volta, ma alla fine erano rari quelli che s'arrischiavano a scendere laggiù. In mille anni furono una cinquantina, forse meno. Anche perché il viaggio, fra andata e ritorno, richiedeva un mese e pochi erano disposti a camminare un mese per andare a respirare polvere e fiato di veleni. Ma il vero motivo che li faceva restare nel loro isolamento era un altro. Non volevano farsi scoprire, non volevano far conoscere la loro terra unica e speciale. Quella patria aspra e tribolata, difficile ma bella, misteriosa e triste, doveva rimaner segreta.

Nonostante nevicasse tutto l'anno, lassù non mancava nulla e loro stavano bene. Avevano boschi, montagne, rocce, grotte di cristalli. E una caverna di memorie. Scorreva un torrente puro, pieno di trote e rane nelle pozze. In quel torrente da ogni lato andavano a infilarsi ventun ruscelli di acqua gelata. I ruscelli scendevano dalle montagne e lucevano come trecce d'argento, liberando ognuno la sua canzone. In base ai vuoti che saltavano, alle rocce che si sfregavano, alle forre che trapanavano, emettevano suoni e voci, ognuna diversa dalle altre. Quei ruscelli erano strumenti liquidi, violini naturali che la terra suonava leggendo uno spartito alla volta e dirigendoli tutti insieme. Ogni giorno, con qualsiasi tempo, si sentivano le arpe d'acqua vibrare, gracidare, ridere, frullare e lisciare le rocce come una mano liscia la pelle. I ruscelli rotolavano dai pascoli abbeverandoli, neve e pioggia li bagnavano, e i pascoli si gonfiavano di erbe per gli animali e di fiori così colorati che a fissarli facevano male agli occhi. C'era selvaggina di ogni tipo: cervi, caprioli, camosci, lepri, coturnici, galli forcelli, cedroni, pernici bianche. E loro prendevano quello che serviva a campare, non un filo in più. Crescevano erbe commestibili, funghi, frutta e verdura, dai fossi sbirciavano le rane, sul bordo le lumache, ricci e tassi andavano in giro. Tutto quello che un paradiso terrestre poteva offrire stava lassù nella terra degli invisibili. Per questo erano attenti. Nessuno doveva scoprire quel paradiso, nessuno aveva da metterci gli occhi per profitto. Nessuno doveva infilarsi come un cuneo a spaccare la pace e l'armonia di quel mondo lontano. Ma non vi era pericolo, si dicevano. Chi voleva andarci, lassù? Forse pazzi o condannati a morte o ergastolani potevano ambire a rifugiarsi in quella terra estrema dagli occhi dolci e l'animo scontroso.

Però, anche se non c'era pericolo, stavano attenti. Non si fidavano di quel che poteva accadere o quel che il tempo avrebbe portato. Il tempo è un badilante infaticabile, nel suo trascorrere solenne traccia sentieri, apre strade, mostra opportunità, suscita idee. E fa scoprire luoghi sconosciuti. Questo fa il tempo, oltre che invecchiare i corpi. Allora occorreva stare nascosti. Così pensavano. Se avessero saputo! Se avessero appena intuito che il tempo si era messo a badilare contro, forse avrebbero reagito. Ma quando capirono fu tardi: era gente semplice, credeva nella bontà.

Nel villaggio costruito nella conca della montagna il sole arrivava dopo. La gente sapeva di aver perso un po' di sole andando laggiù, dopo la seconda valanga. Ci vollero parecchi anni a rassegnarsi. I nuovi nati si abituavano senza fatica a quel sole tardivo. Ma quelli di una certa età guardavano in alto, dove la luce del primo mattino colava in anticipo sulle macerie del vecchio paese, ravvivando le ortiche e il muschio delle pietre morte. Pensavano agli avi fortunati che avevano vissuto là sopra, dove, appena spuntava l'alba, gli cadevano addosso le gocce del sole. E poi scendere significava esser sconfitti, calare diventava resa. Così pensavano: retrocedere era cedere. Ma le valanghe non perdevano occasioni, quindi meglio stare laggiù, con meno luce, più nostalgia e maggior sicurezza. Le valanghe erano cattive, quando passavano non risparmiavano niente e nessuno. Era neve sconfitta, che cadeva, come gli uomini. Andare in basso era un fallimento, la neve lo sapeva. Quando si staccava dalle montagne aveva fallito il compito di scaldarle con la coperta bianca. A quel punto s'infuriava e dove passava puliva la terra come la ramazza del demonio.

Più in basso c'era il torrente che lavorava per loro. E loro coltivavano il torrente come fosse un pezzo di terra, un campo liquido. Terra liquida che correva da un verso e tornava dall'altro, senza fermarsi, senza consumarsi e spegnersi come facevano le candele di sego e cera. Il torrente li aiutava cantando, come chi fa un lavoro che gli piace. Era eterno, correva sempre e nessuno poteva fermarlo. Di questo non dubitavano.

Invisibili sulla terra, gli uomini freddi erano certi di stare al riparo dagli uomini delle città e dalle valanghe, addormentati dalla voce del torrente che cantava nei secoli, impolverati dalla neve che turbinava tutto l'anno come una strega nervosa.

Era il 24 giugno, notte di san Giovanni, quando si radunarono sullo spiazzo del villaggio. In alto ronzava il temporale come un'ape in cerca del fiore. Aspettarono che rombasse un tuono, poi tirarono un sospiro e alzando gli occhi alle montagne ringraziarono il cielo per averli tolti dal pericolo e collocati in un posto di pace e sicurezza.

«*Ochì ston*» dissero uno alla volta passandosi la voce. Qui restiamo. Da quel momento accettarono con serenità la sconfitta di scendere in basso. Furono costretti a calare e si rassegnarono.

Era il tempo dell'estate, sul paese soffiava l'alito del vento caldo, l'odore del fieno allietava le narici e la frutta maturava in fretta nel timore di venir sorpresa dalla neve. Lassù, tutto approfittava del bel tempo per diventare adulto, dai bambini alle mele, dalle api alle formiche. Le erbe dei pascoli crescevano con le spalle basse, fiaccate di continuo dalla polvere bianca. Ma quando splendeva il sole, e veniva giù quel vento che portava addosso la luce dei cristalli, le erbe prendevano il cammino. Voltavano la testa e piegavano il corpo di qua e di là, come a fare inchini a destra e sinistra e pareva muovessero dei passi. Quando s'inchinavano, cambiavano colore mostrando a tutti la parte chiara che stava sotto, come ragazze che alzano la gonna per far vedere le gambe pallide.

Dalle vette cadevano i *cra* dei corvi imperiali e i gracchi passavano come nuvole d'inchiostro sul villaggio, volando tutti insieme. I picchi scavavano gli alberi malati per farsi una casa. Da lontano, sul filo dell'aria, giungeva in paese il *trrr* senza sosta del loro trapano speciale. Ogni tanto si mettevano a sghignazzare con un grido acuto che pareva un reclamo o una risata di presa in giro. Sul fondo della valle il torrente gracidava come fosse fatto di rane che salutavano scivolando tra i flutti verso le pianure. In mezzo ai boschi s'intrufolava il vento e andava a palpare le foglie che si mettevano a frusciare con la voce delle cascate. In quei momenti lì, nella rara buona stagione delle terre estreme, pareva che la natura aprisse una borsa e tirasse fuori la dolcezza di tutta la terra e la distribuisse alla povera gente di lassù. Loro apprezzavano in silenzio. Coglievano il regalo adagiandosi nella calma di quelle ore come bimbi nel grembo delle madri. Finché durava: era facile che, improvvisa come uno sternuto, venisse la neve a ticchettare sulle foglie. All'inizio pian pianino, come un sussurro. Poi sempre più forte, finché, storpiata dal vento, si metteva a roteare e crepitare sul bosco in fiore come grandine minuta. Quando veniva giù girando in cerchio attorno all'imbuto del paese, si diceva che erano le *strie* a manovrarla e che portava disgrazie. Erano le streghe a infilare le disgrazie tra i fiocchi. Così credevano. Ma non sempre c'era disgrazia dentro la neve come il rosso dentro l'uovo.

Un vecchio cacciatore non credeva alla faccenda delle *strie* e alle disgrazie della neve storta. Diceva che erano fole e portava esempi di nevicate vorticanti lontane e vicine nel tempo, dove non era successo niente. Allora altri ribattevano portando esempi dove invece disgrazie c'erano state. E così andavano avanti a questionare col vecchio, che di solito non se la prendeva, ma quando si stufava diceva che gran parte delle volte era l'uomo, col suo modo di fare, a crearsi le rogne, non la neve e le *strie*. Che la smettessero di fare i buoni: «L'uomo, se vuole, può rovinare tutto e far male a sé e agli altri e devastare la natura senza che niente lo fermi, che nevichi o no, che girino i fiocchi o cadano dritti». Questo ripeteva il vecchio mentre saltava su, come latte sul fuoco. «Quasi sempre è colpa dell'uomo» diceva.

Aveva ragione, lo verificarono gli eredi, tanti anni dopo, quando di lui era svanita la memoria. Nel frattempo nuovi bambini erano diventati adulti e invecchiati e morti, sostituiti da altri sofferenti, nella impari corsa della vita sui monti pallidi.

Il vecchio sparì un giorno di novembre, dopo una discussione coi paesani. Una delle tante. Era il tempo dell'autunno, lassù andavano a caccia. Disse il vecchio che non aveva bisogno di loro e a caccia ci sarebbe andato da solo, senza compagnia. Gli altri risero e dissero che, se si fosse perso nel bosco, avrebbe avuto bisogno di loro, eccome se ne avrebbe avuto. Rispose che, se voleva perdersi, nessuno al mondo lo avrebbe trovato. Se avesse deciso di sparire, mai e poi mai avrebbero scoperto le sue ossa nella terra dove era invecchiato. Gli altri ridevano.

Verso sera non risero più. Erano partiti in sette, tutti insieme, per camosci. Il vecchio non li voleva, ma insistettero e alla fine accettò la compagnia. S'avviarono verso il passo della Nevaia, un posto molto alto dove i camosci brucavano rassegnati ciuffi di erba secca che spuntava tra neve e sassi. Superarono a fatica il Poggio dei Malandrini, un passaggio obbligato tra rocce difficili e strapiombi. Era chiamato così perché su quel picco andavano a nascondersi i giovani discoli che combinavano marachelle. Stavano lì a meditare e aspettare che agli adulti passasse la rabbia. Il gruppo silenzioso salì oltre i Malandrini, aggirando la Pedata del Diavolo, un sasso con impressa un'orma caprina, per raggiungere i Balzi dell'Inferno. Da lì, dovevano traversare una zona ostile chiamata Le Nevère e, dopo il traverso nel pericolo, raggiungere finalmente il passo. Il tempo andava verso la fine di novembre. La natura, come un vecchio contadino, ce la metteva tutta a spargere intorno sementi di solitudine e malinconia. C'era quel cielo di pietra compatto, bianco e liscio come latte cagliato. Forse sarebbe caduta la neve. Anzi, di sicuro. Quegli uomini erano avvezzi alle nevicate, un po' meno alle malinconie dell'autunno e dell'inverno. La pendola del tempo batteva i suoi *din don*, le stagioni erano lancette che segnavano il trascorrere degli anni. Tutto andava, invecchiava e finiva, creando malinconie a cui non si abituavano. I boschi erano fermi con le braccia alzate, nitidi e trasparenti come scheletri arresi alla sorte. Sul terreno, neve vecchia, indurita di gelo, faceva da tamburo ai colpi delle galosce ferrate. Qua e là spuntavano foglie morte, disfatte a terra, accartocciate su se stesse come uccelli congelati, dure come schegge di ardesia. Dai monti desolati scendeva il vento. Uno di quei monti si chiamava Acuto per la sua forma a lama di coltello. Un altro si chiamava Gennaio perché, il primo giorno di quel mese, giovani forti e coraggiosi, decisi a tutto, cercavano la cima di quel picco per inaugurare l'anno con un'impresa memorabile. Chi ci riusciva guadagnava stima e rispetto e lo sguardo delle ragazze. Capitò che molti giovani non tornarono. Se li era tenuti il monte, pietrificandoli nel gelo, conservandoli tra le sue spire di roccia e lontananza. Qualche volta le valanghe portavano giù le ossa e le trovavano a primavera. Ma solo qualche volta, quando il disgelo lo permetteva e non ci nevicava sopra e avevano fortuna. Erano ossa candide come le rocce, sbiancate dalla calce di neve, pulite e lisciate da quella natura che limava la vita. Di solito le sotterravano sul posto, ché le bestie della montagna non le addentassero o le spostassero giocandoci. Qualcuno se le portava a casa per ricordo, anche se non sapeva a che giovane fossero appartenute. Le mettevano sul caminetto, esposte all'affetto degli sguardi, nelle cucine, accanto al fuoco, separate dalle corna di cervi, caprioli e camosci. Ma del vecchio non trovarono nulla. Mai più nulla.

Al passo della Nevaia gli uomini si fermarono e si voltarono per decidere il da farsi. Il vecchio non c'era. Pensarono fosse rimasto indietro, anzi ne furono sicuri. Non poteva essere che così: l'uomo anziano difficilmente teneva il loro passo. Poi ricordarono che invece lo teneva eccome. Spesso andava più veloce anche dei giovani. Nonostante i suoi ottantadue anni, aveva gambe di camoscio e sguardo di falco. E quei misteri addosso che gli impedivano di aprire bocca. Era un vecchio enigmatico, che parlava poco. Ecco quello che era.

Aspettarono invano di vederlo arrivare. Pensarono che, stufo della loro presenza ciarliera, fosse tornato a casa. Così pensarono. Allora si sparpagliarono per uccidere qualche camoscio da mangiare. Uccidevano per vivere, solo per quello. Finché avevano carne non cacciavano altro. Prelevavano con rispetto dalla natura quello che serviva. E basta.

Verso l'imbrunire tornarono al villaggio. Il vecchio non c'era. L'indomani lo cercarono invano. Lo cercarono anche il giorno dopo e i seguenti, senza trovare traccia. Nemmeno un brandello di vestito, un'orma o un altro segno. La neve era marmo, non si lasciava scalfire. Era come il cuore del vecchio, duro e impenetrabile. Forse sentiva la fine e aveva voluto sparire, togliere il disturbo, starsene da solo nel tempo eterno della morte. Solo, nella sua terra, in braccio alla natura a dormire per sempre. Prima di arrendersi, prima che nevicasse, prima dell'inverno, lo cercarono coi cani pur sapendo che sarebbe stato inutile. Il vecchio lo aveva detto: «Se voglio sparire nessuno mi troverà». Di sicuro, prima di infilarsi in una spaccatura che conosceva, s'era cosparso addosso polvere di radice rossa. Quella radice miracolosa, strappata alle valanghe, oltre a dare forza, resistenza e buonumore, toglieva ogni odore. Rubava l'olfatto ai cani che non sentivano più niente. Gli uomini se la spargevano addosso per non farsi sentire dalla selvaggina che, annusando l'aria, sarebbe fuggita via. Forse il vecchio se ne era cosparso per fuggir via dagli uomini. Così, nemmeno i cani lo trovarono. Il mistero della sua scomparsa resistette finché la memoria non lo cancellò. Nel frattempo tanti, chi prima, chi dopo, fecero dei tentativi per trovarlo. Tutti fallirono. Anche dopo sessanta o settant'anni, sul filo di racconti tramandati, qualcuno cercava il vecchio per poter dire: "Io l'ho trovato". Ma non apparve mai alcun segno.

Passarono novantanove anni, nove mesi e nove giorni prima che gli uomini partorissero il grande male. La terra fu devastata e sconvolta e allora non ci furono più speranze per nessuno. Né vivi né morti. Ma bisogna andar per ordine o ci si perde.

Non si può raccontare per filo e per segno quel che avvenne attraverso i dieci secoli di vita degli uomini freddi. Non basterebbero i boschi che avevano intorno a fare carta per metterci dentro tutto. Allora occorre potare i rami dal tempo, lasciarne una parte per salvare qualche memoria, perché la caverna dei ricordi, dov'era scritta ogni storia, non esiste più. È scomparsa come coloro che vi scalpellavano la storia per non dimenticarla. L'entrata di quella immane caverna era chiamata Porta Franca, perché le vaste pareti non contenevano bugie né fantasie né sogni, soltanto quello che era successo. Niente di più. Non contenevano nemmeno pipistrelli. I topi alati preferivano appendersi ad altre spelonche, ché lì stavano incisi il dolore e la morte e la vita, e li spaventavano. I pipistrelli usavano più che altro l'antro enorme che apriva la bocca come un drago vicino alla fonte dell'Uccelliera. Lì si appendevano a dormire. La fonte era una bolla d'acqua misteriosa, tonda come un cerchio, col diametro di un metro. Sgorgava dalla roccia senza alcun rumore. Per questo appariva misteriosa: era senza voce, non parlava. Si gonfiava adagio adagio, come se qualcuno soffiasse da sotto, diventando sempre più grossa, e quando non ne poteva più esplodeva in silenzio rotolando sulla pietra. Quell'acqua lì era come il vecchio scomparso, preferiva tacere e rendersi utile. D'estate era fresca come una rosa, d'inverno quasi tiepida. Forse per questo i pipistrelli vivevano là intorno. E non soltanto loro. Sulla sua gobba, che ogni due minuti si gonfiava e si rompeva, andavano a bere anche gli uccelli. Tutti insieme, a stormi, pareva che si specchiassero in una boccia di vetro. Per questo si chiamava Uccelliera: attirava gli uccelli che si libravano su quel globo trasparente e poi andavano giù quasi a posarsi e ci infilavano il becco a bere. In quel momento la bolla scoppiava, si sfasciava e pareva che l'avessero bucata loro, col becco. Allora si levavano in aria, intimoriti di aver fatto un malanno. Ci tenevano alla loro acqua. Poi la bolla si rifaceva e loro ci tornavano sopra rasserenati. I pipistrelli, invece, bevevano di notte, quando sulla sfera trasparente si specchiava la luna. Forse avevano paura degli uccelli. Se non nevicava, o il cielo rastrellava nuvole, sulla palla d'acqua la luna si guardava e si vedeva bella. La luna è vanitosa, cerca l'acqua per avere conferme come le bestie per bere. La bolla d'acqua diventava d'oro, si faceva luna lei stessa e i pipistrelli erano fieri della loro piccola luna caduta sulla terra. Poi faceva *puf* e tutto cominciava daccapo. Tutto andava e tornava, s'accendeva e spegneva come la vita e la morte. Questa era la fonte dell'Uccelliera, dove anche gli uomini si recavano per accumulare il legname. E alla sera immergevano i polsi nella bolla lucente, per levarsi di dosso le fatiche.

Nella valle della Stufa, detta così per la bocca che s'apriva sul fondo di una conca come una fornace, zampillava anche un'altra sorgente utile agli uomini freddi. Era la fonte dell'Acquaviva. Che l'acqua fosse un bene fondamentale lo sapevano, perciò la tenevano da conto, proteggendola a qualsiasi costo. Prima ancora che ragionassero da soli, insegnavano ai bimbi il valore dell'acqua e il rispetto che dovevano portare a quel tesoro di tutti. Ma i tesori erano molti, come le api: senza quelle gocce d'oro con le ali sarebbe morto il mondo. Così dicevano. Poi gli alberi, gli animali, la terra che dava i frutti, erano tutti beni preziosi da rispettare e proteggere.

Nella valle della Stufa, la fonte dell'Acquaviva metteva fuori la testa da una fenditura di roccia a un metro d'altezza. Come un picchio dall'albero sbucava furtiva, guardava di qua e di là, che non ci fosse nessuno, e poi giù a ridere e squittire nella pozza. Dal volto rossigno della pietra sprizzava con una ruggine di lentiggini e aveva un potere speciale: rendeva i capelli biondi. Da bere era buona ma a chi si bagnava la testa l'Acquaviva rendeva la chioma gialla come grano maturo. Allora gli uomini, quando si fermavano sudati a sciacquarsi il viso, stavano attenti a non bagnare i capelli. Alcune donne, invece, se li tingevano apposta. Buttavano la testa sotto la fonte facendosi bionde come il sole. Dopo qualche mese però, se non si bagnavano di nuovo, tornavano scure. Solo una morettina, alla quale l'Acquaviva inondò la chioma una sola volta, rimase bionda per sempre, con gran dispetto delle altre che dovevano ogni volta rifarsi la tinta. Non sapevano che tra la bionda e l'Acquaviva esisteva un patto speciale.

Sui pendii attorno alla fornace greggi di pietre candide, buone per far la calce, sonnecchiavano tra l'erba. Erano sassi che parevano blocchi di neve, di ogni dimensione e forma, scrosciati dai ripidi picchi. Una volta cotti regalavano la panna morbida della calce. Per ottenerla, le pietre appena arrostite dovevano fare il bagno. E qui interveniva la magica forza dell'Acquaviva, che veniva deviata tramite canalette verso la fossa dove era ammassato il cotto. Appena l'acqua raggiungeva i sassi, si scatenava il finimondo. Era tutto un crepitare, eruttare, sfasciarsi, gorgogliare e bollire, mentre dalle pietre si sprigionava un fumo bianco e forte da togliere il fiato. L'anima dei sassi evaporava, marciava avvoltolandosi rasoterra come una nuvola caduta. Tentava di scappare dagli uomini, si contorceva, quindi saliva sulle montagne, al riparo del cielo. Scoppi, spacchi e crepiti accompagnavano quel gorgogliare di pietra fusa che diventava ricotta. Nessun'altra acqua lavorava la calce a quel modo.

Fu durante uno di questi momenti che la giovinetta legò la sua vita a quella della fonte. Per curiosare si era avvicinata al bollore delle pietre, ma il fumo la stordì e lei scivolò nella fossa. Suo padre gridò e tentò di raggiungerla senza riuscirci. E neanche gli altri vi riuscirono, nella buca il diavolo vomitava il suo inferno. Ma l'Acquaviva raggiunse la bimba e la inondò sollevandola come una spiga. La giovinetta sentì una voce che diceva: "Lasciati andare", e si fece trasportare dallo scroscio finché si trovò lontano dalla calce in ebollizione, fuori pericolo. Salva, senza scottature e coi capelli biondi. La buona fonte dell'Acquaviva per tre secondi era diventata forza. L'aveva sollevata e spinta oltre la morte salvandole la vita e cambiandole i capelli. Quel calore di fornace le aveva fissato il biondo come pittura al vaso di ceramica. Di quel giallo non si liberò più e fu grata alla fonte amica.

Se il tempo lo permetteva, e la neve non turbinava come una strega maligna, e la pioggia non bagnava i coltivi, la ragazza andava all'Acquaviva, sedeva accanto alla fenditura ad ascoltare la sua voce che fluiva tranquilla. Quella voce la aiutava a crescere, le dava forza. Dalle labbra trasparenti dell'acqua sgorgavano parole, storie, indicazioni, consigli. La ragazza ascoltava e rispondeva sottovoce.

Nella pozza ai piedi della fonte gli uomini mettevano a mollo noccioli e frassini per poi farne cesti e gerle e le culle dei bambini. Vi immergevano tutti i legni che dovevano piegare. Bagnati per due settimane nell'Acquaviva, i rami diventavano fili di gomma, così flessibili che si poteva farci il nodo. La fontana diceva alla ragazza che pazienza e tempo fanno ottenere tutto. Senza fretta lei rendeva i sassi calce, faceva piegare i legni, levigava la pietra fino a consumarla. Faceva crescere frutta e verdura, dissetava gli uomini, i boschi e i pascoli, e raccontava storie. E schiariva i capelli. Allora l'Acquaviva e la giovane stipularono quel patto incorruttibile. La fonte avrebbe continuato a darle consigli, compagnia e storie da portare alla gente. In cambio la ragazza avrebbe difeso l'acqua da ogni pericolo, in ogni luogo, fino all'ultimo giorno della sua vita.

Perché, insisteva l'Acquaviva, quel sacro bene del mondo un giorno sarebbe stato in pericolo.

Ascoltando la voce della sorgente la ragazza aveva imparato una cosa, a cui pochi davano importanza: l'acqua non serve soltanto a dissetare, irrigare, far girare i mulini, bagnare la terra e le spalle ai viandanti. L'acqua esiste anche per essere guardata. Occorre trovare il tempo di fermarsi. Lei lo aveva trovato, la guardava e diventava serena. Fermarsi a contemplare una fontana, un ruscello, il torrente o la pioggia che cadeva sul villaggio le dava una gran pace. Ne aveva bisogno. Quando fu adulta, questa pratica l'aiutò a rompere le ragnatele dei suoi fantasmi e raccogliere energie per andare avanti e ricordare ai bimbi che l'acqua andava rispettata e protetta. Lassù i bambini imparavano presto a rispettare la natura, ma se un giorno qualcuno di loro fosse calato nelle città fumanti era bene lo rammentasse. Sempre. Questo voleva la donna: proteggere l'acqua, nulla più. Di lei dicevano che fosse matta, con la sua mania dell'acqua, con quella ossessione che qualcuno un giorno avrebbe rubato l'acqua, ma lei non ascoltava le voci maldicenti. Ascoltava la fonte e la fonte le aveva sussurrato di vigilare: prima o dopo l'acqua avrebbe corso un pericolo.

Un giorno la ragazza chiamò l'artigiano più vecchio del villaggio, uno scultore ancora preciso che scolpiva crocefissi senza braccia. Era piccolo e contorto come un carpino, con la barba e i capelli candidi così che gli occhi parevano spuntar dalla neve come quelli delle pernici bianche. La donna gli chiese di incidere sulla staccionata davanti a casa il nome della fonte prediletta. L'uomo scolpì la parola Acquaviva, lungo la trave di confine, una trave di maggiociondolo scurita dal tempo, spessa quattro dita. Da quel giorno, se qualcuno la cercava, rispondevano che abitava alla strada dell'Acquaviva e la indicavano col dito. Allora anche altri cominciarono a incidere sulle travi i nomi che gli garbavano. Scolpirono nomi di fontane e ruscelli e torrenti e cascate vicino alle case dove passavano l'esistenza. Nel giro di pochi anni, al paese degli invisibili c'erano dappertutto nomi di acque a indicare le case, come nelle città fumanti i nomi indicavano le vie. Così successe, e fu lei a cominciare tutto. Molti anni dopo, alcune di quelle tavole incise, tornarono a parlare del popolo dei monti pallidi.

Oltre la fonte dell'Acquaviva, verso i monti dei cristalli, s'aprivano le Saline: contorte spaccature di roccia sul fondo delle quali luccicava il sale. Ne scavavano poco per volta, prendendo il necessario a campare. Segato in blocchi, lo portavano alla luce con le gerle, arrampicandosi sui pioli conficcati nella roccia. In quella zona selvatica, discosta dal borgo, il paesaggio portava in bocca il sale. Dal sottosuolo, nelle giornate di umido, come una talpa dalla buca usciva in superficie la lingua salata della terra a leccare le rocce e gli alberi e gli uomini. Attorno ai costoni lavati dalla neve e asciugati dal vento, grattati da valanghe e pietre, l'aria sapeva di salso. Nel bosco le foglie erano incrostate di bianco e sulle cime dei carpini nani spuntava un fiore duro come una scheggia di cristallo. In quella zona crescevano alberi stentati e grami, senza grazia per via dell'aria salata che respiravano: il fiato al risparmio, tagliente e aspro, teneva i fusti bassi. Le viscere degli alberi nani parevano di vetro e quando bruciavano liberavano un crepitio di scoppi e scintille come grandinate. Non fosse stato per la fonte dell'Acquaviva, che ingentiliva tutto, quel posto sarebbe stato brullo e ostile, desolato come la miseria. Eppure la zona delle Saline era tenuta in gran conto. Anche se tutto cresceva poco e male per il fiato salato di quelle arie taglienti come falci, lassù brillava il sale. Il suolo duro e scheggiato, circondato da boschi rachitici, conteneva un tesoro. Il prezioso minerale luceva nel buio delle foibe come un fanale di speranza. Il sale era importante per la gente dei monti pallidi e anche per quelli delle città fumanti. Serviva a conservare la carne in grandi barili di faggio dalle doghe curve come costole bovine. Se la carne non veniva affumicata era messa sotto sale. Nel primo caso diventava dura come cuoio e occorreva bagnarla una notte intera per farla rinvenire. Nel secondo modo il sale la manteneva morbida, se era coriacea la frollava convincendola al tenero. Col sale si insaporivano cibi e ingolosivano gli animali che, per averne una presa sulla lingua, si facevano radunare senza capricci. Alle Saline dell'Acquaviva gironzolavano camosci, cervi e caprioli. Battevano il terreno con le zampe a scoprire scarti di sale caduto ai cercatori. Quando lo trovavano, leccavano la pietra fino a lucidarla e da lontano, sul filo dell'aria calante, i cacciatori udivano il raspo delle lingue sui sassi, tra la corta erba imbalsamata. Allora si avvicinavano sottovento e li colpivano. Era facile quando li tradiva la gola. Se non erano alle Saline stavano da altre parti, sulle cime più alte dei monti o negli oscuri anfratti delle valli, ma i cacciatori li stanavano lo stesso. Li portavano in paese a tracolla. Cacciatori così non si trovavano più se non, forse, in qualche angolo di mondo remoto e dimenticato. Di sicuro non accanto alle pianure, o sulle montagne addomesticate dalle città fumanti.

Una volta alcuni cercatori scesero in una foiba di sale a fare i carichi. Erano cinque e scavavano il tesoro sul fondo, nelle tenebre così salate da togliere il fiato, rischiarate appena dalle candele. Erano giorni di luglio e fuori nevicava. Pareva che laggiù arrivasse ingrandito il ticchettio dei fiocchi e gli uomini ascoltavano. Segavano pani triangolari per adattarli al cono delle gerle. A un certo punto si accorsero che dal cristallo trasparente qualcuno li stava osservando. Erano occhi. Lampi che trapanavano il sale e guardavano fuori. Uno avvicinò la candela per capire meglio. Là dentro pareva stare un essere umano, la forma ricordava una testa. Ma c'era solo quella, quando la cavarono il corpo mancava. Per fortuna il corpo non era attaccato o sarebbero morti di paura. Quella testa non era umana, pareva la faccia di un demonio, e poteva esserlo. Oppure apparteneva a un uomo vissuto milioni di anni prima, con le tribù che a quel tempo brancolavano per le montagne in cerca di cibo. Ma, di chiunque fosse, quella testa metteva spavento. Era più lunga di una normale, terminava a punta sotto e sopra, irta di peli duri come il pennacchio sulla schiena dei camosci. Anche le orecchie erano appuntite e il naso pareva il becco dell'aquila e i denti sporgevano neri, più lunghi di quelli dei cani. Ma tutto questo non bastò a spaventare i cinque. A spaventarli furono due noccole aguzze che spuntavano sopra gli occhi, una di qua e una di là. Non erano lunghe, ma abbastanza sporgenti per somigliare a corna. Quella fronte aveva le corna, c'era poco da fare. I cinque furono certi di aver trovato la testa di Satana, o di uno dei suoi diavoli. La faccia guardò le candele, e le candele presero forza, si spostarono da un lato come bandierine di fuoco, come se qualcuno vi soffiasse sopra. Forse era stato solo uno spiffero, ce n'erano tanti là sotto, ma i cercatori di sale tremarono e decisero di uscire all'aperto. Portarono fuori il sale e la testa del diavolo: era dura come un corno di vacca. Una volta all'aperto prese la neve dopo milioni di anni. Se la testa apparteneva al diavolo avrebbe amato il fuoco, ma non sembrò che la neve le desse fastidio.

Arrivarono in paese con le gerle colme di sale, in una il trofeo pareva spiare intorno. Lo poggiarono sul muro lungo la via che divideva la chiesa dal campanile. La gente andò a vedere quella testa dura come cuoio e faceva la processione per guardarla, e quasi tutti avevano paura. Dissero che era la faccia del demonio. Qualcuno insinuò che avrebbe portato male, e allora era meglio distruggerla nel fuoco dopo averla pestata col maglio come un blocco di sale. Dicevano così. In tanti lo dicevano, ma nessuno trovò il coraggio di toccarla. Quella testa era come un faro, un richiamo che aveva il potere misterioso di attirare la gente e tenerla inchiodata lì, a fissarla. E intanto mormoravano. Allora la sistemarono in modo che le bestie della montagna non venissero di notte a portarla via o addentarla. La fissarono in cima a un palo con vecchi chiodi pieni di ruggine. Così anche il diavolo ebbe i suoi chiodi. La posizionarono piuttosto in alto, così che la neve non la raggiungesse a seppellirla. Ma la neve non avrebbe potuto comunque raggiungerla né seppellirla. Mano a mano che cadeva, si scioglieva intorno al palo come burro sul fuoco, creando un vuoto di mistero e paura. Lungo il muro e la via non passavano più i gatti, e i cani la guardavano di sbieco uggiolando. Anche per questo gli uomini freddi pensarono che fosse arrivata in paese la faccia del diavolo, col fuoco dell'inferno e tutto il male del mondo addosso. Erano in molti a pensarlo. Ancora non sapevano che la testa maledetta avrebbe diviso la gente, gli amanti, i genitori e i figli e tutto quel che poteva dividere e allontanare. Ancora non lo sapevano, ma se ne accorsero presto. Allora perché non la distrussero? Quando capirono che frastornava la gente, per quale motivo non liberarono il paese da quella testaccia? Perché un vecchio, il più vecchio di tutti, li aveva convinti che il pericolo non si elimina nascondendolo, ma sfidandolo e guardandolo in faccia. Diceva che il male è dentro ogni essere umano. Cammina nelle viscere della terra, sale e va agli uomini. Allora si deve stanarlo, tirarlo fuori e bruciarlo nella pace. Distruggere la testa sarebbe stato facile, ma non avrebbe risolto niente. Sarebbe rimasta presente giorno e notte nell'anima di alcuni uomini freddi. Era meglio averla di fronte, quella testa, e vedersela ogni mattina con lei come con le valanghe. Non serviva scappare più in là o più in basso. Prima o dopo sarebbero arrivate a bastonare la gente. Lo avevano capito. Occorreva neutralizzarle, renderle inermi. Il problema era che non sapevano come rendere innocue le valanghe. Era quello il problema, non il diavolo. E mentre si spremevano il cervello, per trovare la chiave, non si rendevano conto che qualcuno ci aveva già pensato.

La terza

Intanto i giorni s'accumulavano uno dopo l'altro, come le foglie d'autunno e le nevicate. Passavano nell'aria sussulti di vita, tra sferzate di pioggia, grandini e venti dispettosi, ma anche giornate d'oro che rivelavano il paradiso di quel regno fuori dal mondo. Il paese si era diviso in due: quelli che avevano paura della testa e quelli per i quali non era altro che un mascherone bonario e senza pericolo. Questi ultimi, in verità assai pochi, fingevano di buttarla sul ridere, ma nel loro cuore simpatizzavano per il faccione. Sceglievano il peggio, come aveva fatto a suo tempo il giovane che in città aveva scelto il male. Segretamente chiedevano consigli al diavolo. Come vipere dentro i muri, nel borgo s'annidava gente che, pur non avendo mai aperto bocca, era a favore di Satana. Nella vita si comportavano bene, ma segretamente parteggiavano per lui, e appena in paese arrivò la testaccia presero a considerarla con attenzione. Fingevano di scherzare, erano pronti al sorriso, a volte salutavano il testone con ironia. Ma più di una volta nel pieno della notte qualcuno che non riusciva a dormire aveva notato ombre fare gesti davanti al palo del diavolo. Spesso, come spari nel buio, esplodevano urla e bestemmie e versi da far drizzare i capelli. L'indomani, quando andavano a vedere, sulla neve non vi era la minima impronta.

Allora alcuni si appostarono a vegliare per capire il mistero. Niente. Come se i nottambuli di Satana fossero stati avvertiti, durante gli appostamenti nessuno avvicinò il palo né vi comparve davanti. Ma non appena i vigilanti mollavano la guardia, ombre tornavano a muoversi attorno al volto disumano che, in cima alla pertica nella terra della neve, pareva soddisfatto.

Alcuni uomini, stanchi di quel tira e molla, dissero che era ora di buttarlo giù, pestarlo una buona volta con le mazze e ridurlo a farina fina. E poi avrebbero bruciato la farina in qualche forgia e consegnato la cenere al torrente che la portasse lontano, alla fine del mondo. Questo era da fare. Ma il più anziano di tutti disse ancora di no. Quel caprone doveva stare al suo posto, ormai il male aveva preso una decina di loro, rimuovere la testa non sarebbe servito niente. Bisognava casomai tirar via il diavolo dalle loro teste, non tirar via la testa del diavolo. Così disse. Poi continuò spiegando che eliminarla sarebbe stato peggio, i diavolisti avrebbero cercato qualche altro simbolo da contemplare, come la testa di un toro. E potevano anche fare brutte azioni o vendicarsi di qualche torto, cosa che fino a quel momento non era successa. Allora la gente gli dava ascolto e rimaneva buona, si contentava di pensare che avrebbe voluto togliere di mezzo la testa. Ma la maledetta continuava a dividere i paesani, e quella decina di uomini che aveva assorbito il male adesso si era trovata un capo.

Una mattina cominciò a nevicare. Era la fine di novembre e faceva freddo. Veniva da tre giorni, ma non così fitta. Sotto il bianco compatto stava un paese di silenzio. Aspettavano. Non sapevano cosa, ma aspettavano. Da mille anni aspettavano qualcosa di indefinito che non sapevano, ma che di certo non avrebbero voluto. Lo temevano, lo sentivano. Da dieci secoli avevano la sensazione che sarebbe capitato qualcosa. Queste sensazioni se le passavano di padre in figlio. Non erano timorosi né angosciati, però attendevano eventi particolari. Che puntuali arrivavano. Due volte il paese era stato distrutto dalle valanghe. E di sicuro non era finita. Adesso avevano la testa del diavolo a farli pensare.

Quella mattina, dopo tre giorni che nevicava, sentirono urla venire da sotto il palo. Erano grida da mettere i brividi al più feroce assassino. La gente si sporse a vedere, i più vicini guardarono dalle finestre. Alcuni presero le pale come arma e si avvicinarono. Altri curiosi si fasciarono gli stinchi con ghette di pecora e partirono. Le urla venivano dalla bocca piena di schiuma verde di una donna. Era nuda come un verme e ballava intorno al palo, gridando bestemmie e parole da non poter sentire né ripetere. Faceva gesti osceni con le mani e ululava in lingue differenti, molte sconosciute, più intricate e misteriose del loro stesso dialetto. Prima di abbrancarla e trascinarla al coperto, la guardarono. Per capire cosa combinava, dissero, ma sotto sotto tardavano per vederla nuda. Era molto bella e ben fatta, il pelo pubico le arrivava all'ombelico, nero come penne di corvo.

Cinque uomini la portarono nella casa vicina e ci volle ancora la loro forza a tenerla ferma. Aveva energie da muovere le montagne, cercava di mordere come un cane rabbioso e sputava saliva verde come se avesse mangiato erba. Dovettero legarla con le cinghie di cuoio che usavano per stringere il fieno. Alcune donne provarono a calmarla parlando con dolcezza di quando sarebbe tornato il sole, e un po' di primavera e i fiori. Allora avrebbero messo fuori la testa e tutto sarebbe stato diverso. Ma non ci fu verso. La donna urlava che in quel paese era entrato il diavolo, lei era votata al diavolo e il paese intero sarebbe finito male. «Gli uomini scelgono il diavolo perché sono il diavolo.» Così diceva. Farfugliò ancora in quelle lingue sconosciute finché, dopo ore di contorcimenti, sfinita s'addormentò.

Intanto seguitava a cadere la neve, s'alzava a vista d'occhio, e a mezzodì era quasi a metà palo. Sulla testaccia si formava un cappuccio bianco, quando era alto mezzo metro franava giù e poi pian piano tornava a formarsi. Erano tre giorni e tre notti che il cappello di neve sulla testa misteriosa cresceva e calava. Pareva che il diavolo la sciogliesse apposta, sfarinando ogni volta il cappello, come per dire non ho paura della vostra polvere. Invece sui monti e sui boschi, nei campi, negli orti e sopra i tetti cresceva come fieno sui covoni.

Arrivò il quinto giorno di nevicata. Era il 3 dicembre. Nel paese cominciavano a circolare le memorie inquietanti delle valanghe, i vecchi parlavano. Quel mondo immacolato sternutiva liberando fiumi di muco candido che scendeva piegando i boschi come fasci di erba secca, scavando solchi e disossando costoni. E rasando a zero tutto ciò che incontravano. Quando nevicava fuori misura, i vecchi rammentavano le valanghe assassine, i corpi congelati e macerie ovunque. Avevano sentito quelle tragedie da altri vecchi, e loro da altri ancora, per secoli indietro. Ma le conoscevano anche i giovani, perché udivano le storie nei canti della sera. E stavano scritte a scalpello nella caverna dei ricordi.

Così, al quinto giorno di neve, tornarono prepotenti le memorie delle tragedie provocate dalle valanghe. I vecchi ravvivavano paure e drammi raccontando quei fatti con l'aggiunta di fantasia. Alle porte dell'inverno occorreva fantasia per resistere. La forza del racconto aiutava, le storie ingrandite davano forza, in più erano sempre nuove. Allora, del bambino che secoli prima venne cavato dalla valanga dopo sette giorni, dicevano che era rimasto sotto un mese. E i morti delle valanghe non furono centonovantanove ma diventarono cinquecento. Tramandate per secoli, le storie crescevano, si gonfiavano come vesciche, nuvole soffiate da sotto. E andava bene così per tirare avanti: la verità stava appesa nella grotta dei ricordi, nessuna fantasia poteva toglierla da lì.

Intanto continuava a nevicare. Veniva un tempo che metteva paura al silenzio. Il paese, le montagne, i boschi e ogni lembo di terra viva stava serrato nello stampo gelido della neve. Dentro un chiarore spettrale, giorni e notti erano interminabili, circondati dal fiato bianco di foschie cariche di polvere. Si preparava il destino. Era la neve di Belfa, una cipria impalpabile che pareva leggera, scivolava dai pendii come sapone sulla tavola per lavare. E cresceva. E non smetteva. La gente cominciò a farsi domande. La neve aveva quasi raggiunto la sommità del palo ma lì attorno fondeva e ne restava alla larga. E il diavolo stava lassù, impassibile, a scrollarsi ogni tanto il cappello per poterlo rimettere.

Il 5 dicembre nevicava ancora e non accennava a smettere. I giorni parevano notti, tutto era avvolto di un bianco cupo e scuro. Le valanghe scendevano in cerchio e urlavano come un sabba di streghe e rombavano facendo tremare le finestre. Era così, quando fioccava per giorni. Montagne di neve scivolavano a valle circondando il paese. Le lingue raspose macinavano chilometri fin giù, in fondo, a far palpitare la paura. Ma non sarebbero arrivate al paese. Aspettavano una schiarita per tirare il fiato, almeno un sospiro di sollievo. Che non veniva.

L'8 dicembre smise di nevicare e il paese rimase sepolto sotto la paura bianca che si spostava di casa in casa quasi fosse un gatto albino. Pareva che tutto quel bianco scricchiolasse, come un solaio troppo carico, o cigolasse come una fune tesa al punto di spezzarsi. Chiuso nelle cucine, il popolo degli uomini freddi udiva i boati e i tonfi della neve che cadeva e si assestava. Ogni tanto dava scossoni da far tremare il cuore e vibrare i pavimenti sotto i piedi. «Che ne sarà di noi?» si chiedevano. Non sapevano cosa poteva accadere, ma nemmeno consideravano vie di scampo. Non potevano muoversi, dovevano per forza attendere gli eventi. Erano topi in trappola vigilati dal silenzioso gatto bianco. Potevano osare uscire a prezzo di fatiche senza senso, scavare cunicoli con le pale, ma era privo di ogni logica. Una volta fuori, che avrebbero fatto? Niente. Allora stavano dentro, tenendosi raccolti per aggrumare al petto l'ansia dell'attesa che scorticava l'anima come sferze di ghiaccio.

Dai pertugi di alte finestre occhi sgranati scrutavano i monti di latte e il cielo. Erano occhi spaventati e rimasero spaventati anche dopo aver scoperto che non nevicava più. A far paura era la neve caduta, non quella che poteva cadere. Sulla testa degli uomini freddi stavolta ce n'era troppa, non poteva stare ferma per molto.

Era mezzogiorno di quell'8 dicembre, quando il paese tremò. Tremò il mondo. C'erano state altre valanghe, ma non con quel tuono di partenza. Un boato duro, sordo, sotterraneo come un terremoto che si carica da secoli aspettando di sfogarsi. Chi spiava dalle finestre vide la montagna fendersi e venire giù. La montagna intera si rovesciava verso di loro. Dopo qualche secolo la natura ripeteva le sue mosse per consegnarle alla grotta dei ricordi. Anche se avevano costruito il villaggio più in basso, ancora una volta la neve lo stava per ghermire. Tutti avevano capito che quella valanga non era come le altre, che sarebbe passata sul paese, traversandolo da parte a parte. Lo sapevano e non potevano farci niente: non avevano scampo. Il treno bianco stava prendendo velocità, il mondo rombava e ballava, i vetri delle finestre tremavano come se vi picchiasse il vento. La valanga creava il vento, spostava aria come quando si sbatte una porta e faceva volare la neve dai tetti e pareva volesse sradicare il paese e tirarlo su. Una malta bianca, densa e pastosa vorticava e bolliva e mugghiava intorno al villaggio, e un rombo la seguiva come l'abbaio d'un cane, facendo tremare i cuori e la terra. "Ecco la morte" pensarono nelle case, "ecco la morte che viene a prenderci come ha preso i nostri antenati. Questa sarà l'ultima, moriremo tutti quanti." Così pensarono. Intanto il rombo si avvicinava fino che parve fracassare il cielo di ceramica e spazzare le ossa di quel fragile villaggio appeso ai monti come un nido alla grondaia. Stretta una all'altra, la gente fissava le pareti in attesa di vederle sbriciolarsi e volare via nell'onda di neve assieme a loro. Qualcuno si segnava, qualche altro bestemmiava. Nessuno piangeva. Sempre rappresi uno all'altro come grumi di latte acido, aspettavano l'urto senza tremare. Erano fatalisti, non temevano la sorte e se temevano qualcosa lo affrontavano evitando il tremore. Non erano coraggiosi, si erano solo rassegnati alle tragedie, il loro corpo non ballava più nell'imminenza della morte. Alla fine la ciclopica valanga arrivò. Attraversò il paese come le palle di piombo traversavano il corpo ai camosci.

Dalla natura non si scappa, occorre guardarla negli occhi e affrontarla col ragionamento. Di questo s'accorsero appena l'interminabile boato della valanga si arrestò sulle labbra del torrente. Scoprirono allora, mettendo fuori il muso, che il paese era rimasto intatto. Eppure l'immane treno bianco lo aveva traversato da cima a fondo e non in aria. Cos'era successo? «Un miracolo» sussurrarono, uno di quei miracoli che attendevano da sempre.

Invece era stato l'ingegno umano a fare il miracolo. L'uomo a tre facce aveva vissuto per lasciare un segno. E lo aveva lasciato. Costruendo il campanile triangolare, aveva fatto in modo che lo spigolo affilato, come un'enorme mannaia, dividesse la massa nevosa mandandola a scorrere ai lati del villaggio. Salvò la gente e le case e bloccò per sempre la minaccia delle valanghe. Nessuno lo aveva capito quando era vivo, nessuno si era accorto prima che era stato un genio buono e utile, e ora cercavano di farsi perdonare alzando al cielo il suo nome. Lo ringraziavano come un santo. Giurarono che avrebbero scolpito un pezzo di montagna con il suo volto, affinché tutti lo ricordassero e la neve lo carezzasse. Però non lo fecero. Nessuno più rammentava quel volto, come se non fosse mai esistito, o fosse stato un'apparizione. Allora rinunciarono a scolpirlo nell'eternità della pietra, e la neve non poté carezzarlo né il vento sfiorarlo mai. Ma gli uomini freddi lo onorarono lo stesso. Ricordavano il suo valore anche se non ricordavano il suo volto. Questo successe nei monti delle nevi eterne. Un uomo fuori dagli schemi, poco stimato in vita, aveva vinto con l'ingegno le forze della natura. Aveva osservato un giorno lontano lo spigolo di un sasso dividere una fetta di neve crollata. E lo aveva imitato, aveva copiato la natura. La massa della valanga era stata separata, indebolita, mandata fuori tiro dal campanile fatto come quel sasso. Molti anni dopo, altri uomini avrebbero tentato di domare la natura, ma avrebbero fallito. Non avevano l'umiltà né l'accortezza dell'uomo a tre facce. Esibivano invece l'arroganza di sapere tutto e il potere di fare quello che volevano, umiliando la terra e gli uomini. Finché la terra si ribellò, gli uomini piegarono la testa.

Da quell'8 dicembre, quando grazie al campanile fu deviata la morte, gli uomini freddi non ebbero più paura delle valanghe. Ormai sapevano di essere al sicuro per sempre. Quel pericolo non dovevano più temerlo, era stato annullato e potevano riprendere a vivere senza angosce, finalmente, e dormire in pace sotto le nevicate. Tutte le nevicate.

Ma non c'erano solo le valanghe a minacciarli. C'erano altre cose nell'aria. Faccende inquietanti sospese sulle teste come stalattiti di ghiaccio pronte a staccarsi e trapassarli fino ai piedi. Eppure non si lamentavano. Temevano i pericoli, ma li aspettavano finché non venivano a malmenarli. Incassavano e ripartivano. Seguitavano a liberare la vita dai pesi, come i badilanti liberavano i sentieri dalla neve. Avanti senza sosta e senza che nessuno, o quasi, sapesse niente di loro. Salvo qualche fioca notizia portata nelle città fumanti da chi era calato laggiù, il popolo dei nascosti rimaneva sconosciuto al pianeta. E a loro non dispiaceva. Erano felici di essere inesistenti, perché significava restare tranquilli. In quel remoto isolamento non avrebbero rischiato che qualche ricco di città, annoiato e senza scrupoli, si trasferisse lassù a rovinare l'armonia con pretese assurde. O a sfruttare e mungere la terra bianca come una vecchia mucca per fare soldi. "Meglio essere sconosciuti che troppo noti, meglio nessuno che tanta gente, meglio il silenzio che il rumore." Così pensavano quelli e così si comportavano. I laboriosi abitanti del mondo nevoso, ricchi di volontà e cuori grandi e neve in abbondanza, preferivano star soli. Desideravano che nessuno li scoprisse mai. Ma prima o dopo arriva sempre qualcuno a buttare ghiaia nell'ingranaggio della pace per fermarlo. Vuole che si fermi per mille motivi, non ultima l'invidia, il malessere che un uomo prova nel vedere un altro che sta bene dove lui starebbe male. O perché il posto è bello e gli crea fastidio. Oppure muovono i suoi passi soldi, interesse, gloria e onore. Insomma, per molti motivi nessun luogo sulla terra è al sicuro dalla mandibola umana: un frantoio vorace, lento e inesorabile che arriva dappertutto. E rosicchia. Rosicchia e rovina, divora e distrugge la mela della bellezza e della pace lasciando solo il torsolo. A volte nemmeno quello.

Le città fumanti

Nelle città fumanti la vita bolliva, si alzava come latte sul fuoco, s'allargava, cresceva e straripava. Di conseguenza, s'inaspriva. Lungo il corso degli anni molto era cambiato e ancora, di continuo, stava cambiando. Nascevano cose nuove e tante apparivano d'improvviso. Invenzioni strabilianti, spesso non necessarie, che per funzionare avevano bisogno di forza come il boscaiolo dell'accetta. Questo succedeva laggiù.

Dal tempo del costruttore di violini, il mondo si era ribaltato lungo la china del progresso prendendo velocità. Adesso i violini li facevano in grandi casermoni chiamati fabbriche. Ne assemblavano a centinaia ogni giorno, senza rispetto. Né tantomeno attendevano il 21 maggio per i legni. Poco importava se non suonavano come quelli che faceva lui, duecentoventi anni prima. Quello che interessava era farne tanti, e venderli e prendere soldi. E così per tutto. Non costruivano più una cosa alla volta, con pazienza, passione e perizia, bensì tante in un colpo solo. Per diversi oggetti adoperavano un materiale nuovo chiamato plastica e altre diavolerie che avevano inventato per sostituire il legno. Insomma, rispetto all'epoca del liutaio magico facevano tanto di più ma forse non di meglio. Occorre dire che c'era molta più gente che ai suoi tempi, e i popoli continuavano a crescere come i funghi dopo la pioggia. Forse era per questo che inventavano robe nuove e ne costruivano tante. Ma nel regno delle nevi eterne era rimasto tutto come i secoli prima, gli uomini freddi seguitavano a lavorare con le mani e la testa, e scolpivano ancora crocefissi senza braccia. Dalle città fumanti, qualche notizia volava fin lassù come una rondine perduta, e si posava sui fili delle loro vite. Ma le novità con le ali interessavano poco gli abitanti della terra estrema. Le portava qualcuno che ogni tanto calava negli alveari del caos, a curiosare, e risaliva di corsa al villaggio per non scendere mai più. Intanto riferiva quel che aveva visto. A volte gli credevano, a volte no. O meglio, certi gli credevano e altri no.

Alcuni di questi curiosi non tornarono, ma furono rari. Uno che restò nelle città fumanti era l'erede spirituale dell'uomo a tre facce. Uno che laggiù fece fortuna inventando di tutto e diventando ricco e delinquente, un criminale spietato, senza il minimo scrupolo, furbo e svelto. Uno stratega di alto calibro proprio perché veniva da quei monti dove se non eri sveglio non campavi. Applicò le tecniche di sopravvivenza dei monti bianchi alla vita di città e fu a posto. Ne diventò il re indiscusso, temuto e rispettato, di certo non amato. Per esempio, lassù quando nevicava a luglio e agosto correvano ai ripari collocando grandi imbuti di corteccia a mo' di ombrello sopra gli alberi da frutta. E lui, quando sentiva odore di tempesta, si faceva proteggere dagli ombrelli dei potenti, che non mancavano, perché avevano bisogno di lui e dei suoi servigi per i loro sporchi affari. I potenti erano autorità indiscusse, alla guida di città e paesi, in pratica politicanti spudorati con meno scrupoli di lui. Si sfruttavano reciprocamente spazzando nemici e rivali come le valanghe al suo paese spazzavano i pendii e sradicavano i boschi.

Era arrivato a uccidere il suo migliore amico e socio, perché questo voleva mettersi per conto suo a costruire muli d'acciaio a tre ruote. Lo fece schiacciare piano piano da uno dei suoi muli, guidato da un giovane pazzo, mentre lui guardava la scena fumando un sigaro. Il suo migliore amico, già con le gambe sotto le ruote, gridava: «No! no!». Allora lui si chinò e soffiandogli fumo sul muso, ridendo, disse: «Sì». Sua moglie si era impiccata perché non ce la faceva più a sopportare le umiliazioni e i dolori inferti da lui, diventato feroce e ingrato.

Un'altra brutta faccenda, fra le tante, può raccontare chi fosse quest'uomo. Era inverno, nella città mordeva il freddo. I camini fumavano alzando nebbie azzurre che si univano a quelle bianche esalate dalla terra. Stava per venire giorno e ancora non si vedeva niente. Tutto era buio finché i fumi densi e appiccicosi delle caligini non si misero in viaggio verso i monti, a perdersi lassù, e disfarsi lontano dal paese. Allora si cominciò a vedere: per terra stavano cinque uomini sparsi qua e là, tagliati a pezzi come se dovessero essere imballati e portati via. Si poteva dire che erano cinque perché cinque erano le teste sull'acciottolato, altrimenti, con tutte quelle gambe e braccia tagliate, sarebbe stato difficile capire quanti erano i morti. Anche i busti erano spaccati in due con le budella di fuori, sparse intorno come vesciche contorte. Alcune parevano cordicelle, e tutto era indurito dal freddo. Sembrava fossero stati divisi a colpi di scure. E forse era così, perché un'accetta sporca di sangue fino al manico stava lì vicino. I corpi giacevano dentro un cortile che s'apriva su una piazza poco più avanti. Nel cortile c'era una casa alta e scura. Quando arrivò la gente, cominciò a riconoscere le teste e tutti dissero che erano operai che lavoravano per quel delinquente che costruiva i muli a tre ruote. Si erano messi in capo di dividere il lavoro, fare meno ore e quindi meno fatica. Ormai li conoscevano bene, quelli. Erano i cinque ribelli che volevano i loro diritti e anche i diritti dei compagni di lavoro. Allora si erano uniti per formare un gruppo che andasse di fronte al padrone ad avanzare le richieste, ma il padrone ogni volta li cacciava in malo modo. Allora lo minacciarono dicendo che prima o dopo avrebbero spezzato e diviso quella catena di schiavitù che egli imponeva. Se ne sarebbe accorto presto. Invece fu lui a dividerli e farli a pezzi, mandando una squadraccia a ucciderli tutti. Li attesero fuori da quella casa dove si riunivano a progettare un futuro migliore.

Tutti immaginarono che fosse stato lui a mandare la squadraccia, ma nessuno si arrischiò ad accusarlo per non fare la stessa fine. Chi scherzava con quello non la passava liscia e chi faceva sul serio ancora peggio. Ma anche quell'uomo spietato aveva un capo più in alto, e questo ne aveva uno ancora più in su, finché si arrivava all'ultimo che era in cima e si diceva avesse una grossa testa. Quei rari selvatici che in quel periodo calavano dai monti della neve si meravigliarono che nelle città fumanti molti uomini andassero in giro vestiti di nero. Anche il delinquente, erede geniale dell'uomo a tre facce, vestiva di nero. Si meravigliarono perché lassù, sui monti, era tutto bianco e bello e nitido, mentre laggiù i muri, i giorni, le strade e gli uomini erano vestiti di nero.

Prima, molti anni prima, non era così. Qualcuno dei più vecchi che era andato a vedere ricordava il tempo in cui le città erano indaffarate e pulite e la gente vestiva normalmente. Ma si trattava di molti anni indietro, quando anche gli uomini erano più puliti, seppur con qualche macchia. Poi si sporcarono e venne il periodo dei tuoni: per quattro, cinque anni di seguito, sui monti pallidi arrivava l'eco di rimbombi lontani come se da qualche parte, in un punto impreciso, infuriassero i temporali. Una volta li sentivano di qua una volta di là, o più su o più giù o verso il mare, ma sempre giungevano come colpi di tuoni. Questi rombi arrivavano dalle remote pianure e la stessa cosa era capitata una trentina di anni addietro.

Allora sui monti della neve eterna, sentendo rimbombare, capirono che laggiù, nel mondo frenetico, gli uomini si stavano picchiando di nuovo. Sapevano quando si picchiavano perché alti nel cielo passavano uccelli di ferro che lucevano e facevano rumore forte. Volavano tutti insieme con uno in testa, alla guida, come uno stormo di oche selvatiche. Ma le oche fatte di ferro deponevano uova malsane, che cadevano sulla terra a fare i tuoni e uccidere, invece che fare pulcini. Una volta una di quelle uova malate scappò a un uccello di ferro andando a piantarsi in un campo vicino al torrente che gli uomini freddi coltivavano come un campo liquido. Si piantò senza rompersi e loro la lasciarono lì, che la terra e la neve la covassero. Ma da quell'uovo non saltò fuori niente, nonostante la terra e la neve l'avessero covata per vent'anni. Da quelle uova veniva alla luce la morte, non la vita, per questo gli uomini freddi non la toccarono mai. Finché una notte qualcosa o qualcuno se la portò via.

Un giorno, dalle città fumanti piene di tuoni, otto uomini armati di fucili e pistole arrivarono al paese delle nevi eterne. Scoprirono quel nido per caso, come dissero, mentre scappavano da altri uomini, venuti da lontano e vestiti uguali ma con un teschio ricamato sulla giacca. Li inseguivano da settimane e i fuggiaschi da settimane andavano in su, verso i monti senza meta, per non essere presi da quelle bestie feroci. Perché, dissero, quelli erano bestie feroci, e laggiù nelle città e nei paesi ammazzavano tutti e bruciavano tutto. Quelli che non ammazzavano li caricavano su treni tanto lunghi che pareva non avessero l'ultimo vagone. Li portavano non si sa dove, dissero gli otto uomini ai vecchi del villaggio. E poi dissero che tanti nelle città martoriate e nei paesi bruciati si erano messi insieme per combattere e difendersi e rimandare a casa quelle bestie feroci. Chiesero di essere aiutati e gli uomini freddi li aiutarono nascondendoli all'inizio nella caverna della memoria e portando loro da mangiare ogni giorno e legna per il fuoco, e da vestire, perché era autunno e faceva freddo. Ormai le ombre diventavano lunghe, strisciavano in ginocchio come fantasmi scuri lungo i prati secchi fino a stendersi sui boschi senza foglie. Ombre livide e affilate come coltelli portavano una gerla dell'inverno piena di dolore, gelo e morte. Ma lassù nessuno lo sapeva tranne quegli otto uomini braccati come i camosci a novembre, quando sono buoni per la carne e la pelliccia, ingrassati per affrontare i mesi duri.

Nelle città fumanti dove ora scoppiavano i tuoni, i tempi duri erano in corso da tempo e la gente resisteva e moriva. Chi non moriva si dava da fare contro i mostri col teschio sulla giacca. Ma anche d'estate nei loro cuori pareva inverno, perché la mattanza andava avanti e la pace non tornava più. «Finirà» dicevano, invece non finiva.

Quelli che inseguivano gli otto fuggitivi giunsero in alto, vicino, e poi tornarono indietro perché cominciò a nevicare. Lassù nevicava sempre, ma in quel momento l'inverno aveva fatto vedere il suo muso più duro. L'inverno non aveva paura delle belve con la morte sulla giacca, li ributtò indietro, nelle pianure e nelle città, ma avrebbe dovuto buttarli direttamente all'inferno, dissero gli otto inseguiti, che bruciassero vivi come loro avevano bruciato tante vite senza alcuna pietà. I ribelli, saliti ai monti pallidi per scampare alla caccia degli aguzzini, rimasero nascosti nella grotta e poi nei fienili e nelle case fino a maggio. Sette mesi restarono tra le nevicate e l'ospitalità di quella povera gente buona e generosa, a una condizione: che mettessero via le armi, lassù non servivano armi se non per cacciare gli animali e non morir di fame o di pellagra a furia di mangiare solo polenta. Allora quelli dissero di sì, ma non nascosero fucili e pistole, li usarono per cacciare gli animali e dare una mano ai benefattori.

Quando maggio arrivò, loro tornarono giù, nelle città fumanti e tuonanti a prestar manforte agli altri ribelli. Erano arrivati lassù in otto e scesero in nove. Una ragazza dagli occhi chiari e la pelle di brina seguì il più giovane di quei fuggitivi. Si era innamorata di lui e lui di lei, perché nelle faccende di cuore bisogna essere d'accordo in due. Suo padre le disse di non partire, laggiù era pericoloso. Se ne andò che cantavano i cuculi e tornò l'anno dopo che cantavano di nuovo. Stavolta era sola, coi capelli rasati a zero e lacrime congelate sul viso. Ci aveva messo dodici giorni di cammino a tornare, solo per dire che tre di quei fuggitivi li avevano presi e messi contro il muro di una chiesa, e poi gli avevano sparato nella schiena. Tra loro c'era il suo amore. E volevano sparare anche a lei che stava con il bandito. Dissero proprio «bandito». Poi notarono quella pelle bianca e gli occhi chiari e il silenzio di quegli occhi e allora decisero che viva avrebbe patito di più. Così le tagliarono i capelli a zero e una di quelle bestie umane le saltò addosso a sfogare i suoi istinti prima di mandarla via. Questo raccontò la donna alla gente dei monti pallidi, alla sua gente. Poi prese il fucile da caccia di suo padre e una borsa di cartucce e tornò giù nella città fumante per contribuire a cacciar quelle belve una volta per tutte. Nessuno la vide più.

Raccontarono voci, qualche anno dopo, che la piazza più grande di quella città portava il suo ricordo inciso sul bianco di un marmo. Diceva, questa lastra, che in quel punto era morta una donna eroica, colpita al petto da una scarica di fucili e pistole dopo aver sparato a cinque criminali con il teschio sulla giacca. La lapide non specificava altro. I cinque erano del gruppo che aveva fucilato il suo uomo, ma nessuno lo sapeva. Lei sì, e fu una buona vendetta. Le parole sulla pietra la onoravano da eroina. Non dicevano che a uno di quei bastardi aveva sparato alle parti basse e che era morto dissanguato, fra tormenti e urla tali da far alzare la polvere della strada. Senza più traccia dei genitali, ululava come un cane. "Quell'attrezzo" pensò mentre gli sparava in mezzo alle gambe "non lo userà più". Forse pensò proprio così, ma di preciso nessuno lo saprà.

Alla fine i ribelli vinsero la battaglia che pareva senza speranza e senza fine. Aiutati da forze venute da fuori e altre che stavano dentro, scacciarono i torturatori e fecero giustizia dove era da farla. A volte esagerando. Nel farsi quella giustizia che aspettavano da anni calcarono la mano, ma gli invasori erano stati troppo feroci perché potessero dimenticarli con poco. L'ira e l'odio e il ricordo dei morti e dei parenti e degli amici torturati e uccisi scatenarono la rabbia e la vendetta fu pesante. Poi, un po' alla volta, i rombi e i tuoni e i colpi si spensero del tutto, come sepolti da una melma di vergogna. Allora sui monti pallidi capirono che laggiù gli uomini avevano smesso di fare la guerra e respiravano di nuovo l'aria della pace. Per quanto tempo non potevano saperlo, ma ne furono contenti. Quella era gente pacifica, vedere uomini ammazzarsi li faceva star male. Dicevano che uccidere persone, tirar giù noci dalle piante e togliere neve dai prati erano lavori inutili. Bastava aspettare e la gente sarebbe morta, le noci sarebbero cadute una per una, e la neve a primavera sarebbe scomparsa. Questo dicevano gli uomini freddi. Ma gli altri non la pensavano così e seguitavano a fare baruffa. Feroci dispute di vicinato erano all'ordine del giorno e all'origine di faide e vendette. Nulla cambiava né cambierà, l'uomo nasce debole e diventa forte, nasce mite e diventa violento, nasce dritto e cresce storto. Questo pensavano gli uomini freddi. Anzi, ne erano convinti.

Le origini

Un po' alla volta i tuoni si spensero, la vita nelle città fumanti tornò pacifica. Solo chi scendeva dai monti pallidi, qualche volta, tornava carico di novità da raccontare. E ne raccontava di belle e di brutte. Qualche giovane si fermava laggiù e di lui non si sapeva più niente. Niente di niente. Nessuno si informava o si chiedeva dove fosse finito o perché non tornava.

Era gente che si faceva i fatti propri, non erano curiosi, di conseguenza non chiedevano perché. Dicevano, e forse avevano ragione, che i perché rovinavano il mondo. Se vedevano un amico buttare una forma di formaggio nella concimaia non gli chiedevano perché aveva fatto quel gesto. Lui sapeva perché, e questo bastava. Una volta ci fu un paesano che, probabilmente stufo di nevicate, cominciò a riempire la cucina di neve. Buttava dentro badilate di neve una dopo l'altra, sereno e deciso, come facesse il normale lavoro di ogni dì. La gente guardava, ma nessuno s'azzardò a fermarlo e nemmeno a chiedergli perché stava intasando la casa. Erano affari suoi. Lo guardarono finché ebbe finito. A un certo punto l'uomo parve rendersi conto della sua follia, appoggiò il badile e si mise a piangere. Allora gli altri, senza dire parola, presero a svuotare la cucina dalla neve e poi accesero il fuoco perché si asciugasse e chiesero al paesano se avesse bisogno di qualcosa. Rispose di no. Allora gli dissero che, se avesse avuto bisogno di qualcosa, poteva chiamarli senza timore. E se ne andarono. Lo sentirono dire «grazie» e s'allontanarono senza un commento. Era gente così, non s'intrigava di niente, non puntava il dito, non giudicava né faceva la spia. E non agivano a quel modo per carattere o perché erano chiusi e introversi. O cinici. Lo facevano perché se l'erano imposto, era una forma di educazione severa e precisa, scelta alle origini, quando i primi abitatori del mondo estremo s'accorsero che far domande e impicciarsi dei fatti altrui portava alla rovina. Pare che lo facessero soltanto loro, infatti quei pochi che nei secoli erano calati alle città fumanti avevano scoperto che laggiù non era così. Laggiù facevano domande, chiedevano, curiosavano nelle vite degli altri, le commentavano, davano giudizi, parlavano male di questo e di quell'altro. Laggiù rompevano l'armonia, non si facevano gli affari loro, tendevano alla delazione e non erano affidabili. Meglio stare alla larga da gente simile.

Erano trascorsi molti anni da quando la vita aveva messo radici nel regno delle nevi estive. Erano passati quasi dieci secoli da quel remoto mattino d'estate in cui venti uomini e diciassette donne erano saliti adagio per le rampe aguzze dei monti pallidi. Venivano da chissà dove. Di sicuro erano partiti lontano. Da quel che capirono gli esperti decifrando i resti della caverna dei ricordi avevano toccato terra su una spiaggia desolata abbandonando una piccola nave sfasciata dagli urti del mare. Forse volevano andare da un'altra parte, o fuggivano da qualcuno o da qualcosa che non volevano più vedere. Certo è che, ovunque fossero diretti, avevano intenzione di fermarsi, perché portavano attrezzi per impiantare la vita in una terra nuova e sconosciuta. Ma il mare li fermò prima con le sue onde forti e solide come frane di montagna. Su quella spiaggia tirarono il fiato, e mentre tiravano il fiato, osservarono la terra che li aveva accolti come il palmo di una mano aperta. Videro in alto, molto in alto e distante, la luce opaca delle montagne. Era un chiarore invitante, come se lassù, vicino a quel cielo bianco e lontano, ci fosse una conca accogliente dove ripararsi. O dove nascondersi. Forse era quello che cercavano. Può darsi che volessero nascondersi e stare in pace. Allora, dopo aver tirato giù dalla nave gli attrezzi per lavorare la terra e il legname, uno di quegli uomini puntò il dito verso i monti e disse: «Là». E partirono.

Dopo numerosi giorni di marcia giunsero nel regno dei boschi e delle rocce, delle montagne a punta di coltello, delle acque ciarliere nei ruscelli d'argento. E di quel torrente solitario che per primo diede loro il benvenuto. Si domandarono perché nessuno fino ad allora aveva scelto di stabilirsi lassù. Lo capirono presto. Lo capirono quando sentirono bruciare sulla pelle le nevicate di luglio e d'agosto. E poi quelle di tutto l'anno. Ma il posto era isolato, misterioso, ricamato di primordiale bellezza, valeva la pena di provarci. E ci provarono. Quando diventava difficile si doveva insistere. "Insistere sempre" fu il motto. Così iniziò la vita sui monti della neve. E fu davvero difficile. Ma erano bravi, tenaci e stoici. Convertendo le avversità a loro favore fecero di un posto ostile un paese produttivo e vivibile. Col passare del tempo erano riusciti a godere delle difficoltà, visto che lassù c'erano solo quelle. Piano piano inventarono e misero in opera trucchi e sistemi che permettevano di salvare i raccolti dalle nevicate e altre geniali invenzioni per aggirare o evitare i colpi bassi di quella natura stupenda, imprevedibile e spesso ostile, per non dire malvagia e beffarda.

Quel grappolo d'uomini arrivato da chissà dove era riuscito a piegare e rendere domestica una zona estrema e balorda, dove nevicava sempre. Avevano portato un pugno della loro terra per spargerla sulla nuova e capire se andavano d'accordo. Così, generazione dopo generazione, con pazienza e tenacia ebbero ragione di elementi costantemente contrari che pareva volessero spazzarli via in ogni momento. Se li resero amici, li amarono.

Quel disperso mattino d'estate, un branco di uomini e donne arrancò verso l'ignoto, superando monti inaccessibili, dove nessuno aveva attecchito e forse nemmeno messo piede. Da allora erano passati mille anni. Dieci secoli di vita e di morte, di fatti minimi e grandi. Storie eclatanti e tragiche si erano dipanate lassù giorno dopo giorno, nel più completo isolamento. Solo un particolare quel popolo misterioso non scrisse né rammentò mai né scalpellò nella grotta dei ricordi: la sua origine. Nemmeno per sbaglio lasciarono trapelare da dove erano partiti mille anni prima. Mai rivelarono quale fu l'antica patria. Forse non lo sapevano nemmeno. Chissà. Le tracce della loro provenienza, l'arcano luogo d'origine lo tennero appeso al cuore come un cimelio, senza ricordarlo mai ad alta voce. E quando scomparvero lo portarono con loro.

Si erano appena spenti i tuoni nelle città fumanti, lassù tutto scorreva lento, tranne il torrente che iniziò a serpeggiare nervoso sotto il villaggio, muovendo i fianchi tra le betulle, frustandole con scroscianti colpi di coda. Non lo avevano mai visto così agitato. Il loro torrente sopportava disgeli e piogge, temporali e tempeste, ma restava sempre piuttosto calmo. Alzava la voce, increspava la pelle, rizzava il ciuffo come un corvo imperiale solo quel tanto che era dovuto agli acquazzoni. Ora invece scattava come per fuggire in fretta, sottrarsi a qualcosa. Mulini, segherie e battiferro confermavano il tutto andando più veloci. Cosa era successo al torrente? Non lo sapevano. Pensarono che alla sorgente, al lontano punto d'origine dove metteva fuori il muso la prima goccia, una fonte esplosa dalle rocce si fosse buttata nel torrente agitandolo. Ma così non era, perché dopo un mese il torrente si chetò e tornò a pascolare tra le rive tranquillo come un vecchio mulo. Ciò che lo aveva agitato rimase un mistero per quasi vent'anni, finché lo svelò il torrente stesso e gli uomini freddi vennero a sapere tutto.

Nel frattempo avevano seguitato a vivere all'ombra della neve. Sotto i picchi rocciosi, i folti boschi li proteggevano e li nascondevano e davano legna che bruciava bene e rendeva calore. E tronchi da lavorare, e foglie da stramare gli animali, ed essenze per fare medicine. E amicizia, fatta di silenzio e presenza, donata senza chiedere nulla. Un'amicizia che durava da mille anni e altrettanti poteva durare. Giù al torrente le donne andavano a lavare, e ognuna aveva una lastra di pietra su cui chinarsi a insaponare i panni e i giovani le spiavano quando si chinavano. Mentre lavavano, cantavano antiche nenie, poi mettevano il bucato in grandi gerle e le portavano su al paese, a stenderlo sui cespugli di spine che il vento non lo portasse via. Il paese era stato ricostruito più vicino al torrente e la strada per le donne era più facile. Il sapone lo facevano col grasso degli animali fuso insieme a cenere, resine e fiori per dargli il profumo. Con quello si lavavano anche il corpo, così gli rimaneva addosso un buon odore. I fiori uscivano a primavera, proprio all'inizio, e quello era il momento per cuocere il sapone. Occorreva fare in fretta perché poteva nevicare e i fiori bruciarsi. Lo bollivano in grandi caldiere di rame che loro stessi battevano sui ceppi di legno, colpo su colpo, con appositi martelli per dare la forma.

Qualche volta nel sapone mettevano un po' di miele, ma giusto un filo. Con quello lavavano i bambini, che avevano la pelle delicata, spesso screpolata dal freddo. Il miele la stendeva, la lisciava, la rendeva lucida e umida come labbra alla fonte. E così andava avanti il tempo della vita ricca di piccole cose, di attenzioni e affetto per il loro mondo isolato.

Quelli coltivavano pazienza e lavoro per esistere e resistere in quel mondo sempre bianco, smaltato di neve che a volte pareva sale, altre cipria, a volte pesava come piombo, altre era leggera che a sternutire volava via. Il paese era un catino di neve rovesciato sopra una zolla di terra senza uguali, come senza uguali era la gente che l'abitava. Ma i tempi stavano mutando. Anche se lentamente, molto lentamente, la mentalità dei nuovi uomini pallidi cambiava. Più che nelle epoche precedenti accadeva che qualche giovane da lassù volesse andare a curiosare nelle città fumanti, e vi restava. E lì, dopo essersi ambientato, aver sciolto la parlata e acquisito il modo di vivere, si faceva qualche amico al quale confidava la sua provenienza, così remota e lontana da sembrare irraggiungibile. Chi ascoltava nemmeno ci credeva. Così sui monti pallidi nessuno andava a mettere naso.

Una volta arrivò un tizio, sui cinquant'anni, che fuggiva dalla legge. Lo braccavano per aver ucciso un uomo. Il fuggiasco, non si sa come, comparve lassù e lo ospitarono. Ma non durò molto. Era malato, o si ammalò sui monti, sta di fatto che dopo due anni spirò. Forse furono la malinconia e l'estremo isolamento ad abbatterlo. Si spense adagio, come un albero senz'acqua. O forse fu l'angoscia creata da quel luogo, che non concedeva respiro a nessuno che non fosse nato lì. Non attecchivano, la legge dei monti pallidi faceva selezione. O forse fu il rimorso di aver ucciso un uomo a spegnerlo. Sta di fatto che, prima di morire, il foresto fece in tempo a raccontare molte cose.

Disse che giù nelle città fumanti comandava un vecchio con la barba bianca che aveva messo le mani dappertutto. Mani sporche di sangue. Se qualcuno non gli garbava lo faceva togliere dalle spese, che voleva dire ucciderlo. Non ammazzava mai direttamente lui ma si circondava di gentaglia che lo faceva al posto suo. Pagava uomini che uccidessero quelli che lo intralciavano o gli stavano antipatici. In passato il fuggitivo gli era stato amico, ma quando scoprì che razza di criminale aveva accanto lo mollò senza indugi. Però aveva fatto in tempo a sapere da quel farabutto l'esistenza di un paese remoto, incollato alle rughe di quei monti pallidi e aguzzi. Ogni tanto gliene parlava, gli indicava la direzione. «Se esiste ancora si trova lassù» diceva puntando un dito verso il cielo. Quel delinquente veniva da lì, dal paese dei monti nevosi, ed era l'erede spirituale dell'uomo a tre facce. Ma, a differenza del maestro, il suo ingegno l'aveva messo al servizio del male. Seppur vecchio, non cedeva e spadroneggiava ancora.

Quando venne a sapere che uno dei suoi lo aveva mollato, cercò di farlo uccidere. Ma il fuggitivo l'aveva intuito e anticipò il sicario con una coltellata dritta al cuore. C'erano testimoni e la legge si mise a cercarlo. E non solo la legge: il delinquente sguinzagliò i suoi cani dietro al traditore. Così erano due i branchi di segugi che gli davano la caccia. Dove andare? Ricordò la direzione che l'uomo malvagio un giorno aveva indicato col dito per rivelargli che lassù, alto e lontano, esisteva un paese nascosto. Allora si avviò da quella parte mangiando le notti e i giorni con le scarpe, finché giunse al popolo degli uomini freddi che lo accolsero senza fare domande. Ora sapevano che dopo molti anni l'erede spirituale del genio a tre facce era finito nelle città fumanti a diventare un assassino.

Uno potente e spietato che comandava dappertutto. È destino delle anime avere una faccia buona e una cattiva. A volte, nella scelta, prevale la seconda e se vince porta l'uomo sui sentieri malvagi. Ma forse non è così. Nessuno conosce il mistero degli umani votati al male. Su questo riflettevano gli uomini freddi e venivano a concludere che c'era tanta gente che calpestava i sentieri del male. A volte lo facevano per avidità, soldi, potere, fama, gloria, comando. Provocavano dolore agli altri, danneggiavano la terra, la rovinavano, la facevano morire lentamente.

Prima di morire, il fuggiasco raccontò che l'uomo malvagio comandava le città, e sfruttava e impoveriva la terra per unico interesse suo e di altri pochi. Faceva disboscare terreni per costruire case ai ricchi, umiliava il mare togliendogli il fiato con sporcizie di ogni tipo versate da fabbriche e navi e industrie che gli vomitavano dentro le porcherie dei loro intestini acidi. Faceva rubare l'acqua dalle fonti per soffocarla in bottiglie e venderla a milioni di litri. Le autorità complici gli davano i permessi e lui metteva sulle sorgenti il cartello con la scritta privato e nessuno poteva più toccare quell'acqua. Neanche berne una goccia. Questo e altro ancora raccontò il ricercato prima di morire.

Uno che stava ascoltando pensieroso si spazientì e domandò a voce alta come mai nessuno facesse fuori un bastardo del genere. Il fuggiasco rispose che era protetto. Prima dalle autorità, poi da cinque, sei ceffi armati che lo circondavano giorno e notte. Risultava difficile andargli vicino. Era uno che stava attento. Non mangiava se prima non faceva assaggiare il cibo ai suoi scagnozzi. E faceva bene, perché una volta, molti anni prima, l'assaggiatore era cascato in terra fulminato al primo boccone. Quello che aveva fatto la domanda brontolò che gli pareva impossibile che nessuno riuscisse ad avvicinare il vecchio e piantargli un pugnale nel cuore, o una pallottola nel punto giusto, come si faceva coi camosci. Ma il fuggiasco seguitava a dire che era molto difficile. «È molto difficile» sospirava. E lo andò ripetendo fino al giorno in cui morì.

Il paesano seguitò a pensare: non accettava le distanze. Gli pareva impossibile non poter avvicinare e colpire un uomo in qualche modo. Bastava attendere la buona occasione. Prima o dopo sarebbe arrivato il momento giusto che avrebbe annullato protezioni e distanze. Così pensava.

Dopo la morte del ricercato, la storia del farabutto che domava le città fumanti col terrore perse interesse e un po' alla volta nessuno la ricordò più. Finché la lugubre faccia di quell'uomo malvagio tornò alla ribalta. Ma occorre andar per ordine.

Sui monti pallidi era comparso un autunno misterioso e strano, privo di colori, di luci e poesia. Le foglie, tutte uguali, cadevano senza rumore e nessun vento le alzava per portarle a danzare. Era come se la vita della natura fosse morta o non avesse più voglia di cantare e ballare e sorridere. I cani tacevano e le mucche e così gli uccelli. Questa strana situazione durò il mese di ottobre, e in quel mese per la prima volta non venne giù una folisca di neve. Poteva capitare a luglio o agosto, ma era difficile. In ottobre, impossibile. Allora il popolo della fatica pensò che la natura si fosse stancata e volesse cambiare gioco. O forse lassù, alle lontane radici del cielo dove nasceva la neve, si era rotto qualcosa. Chissà. Decisero di aspettare, ma intanto ebbero paura.

Invece a novembre la neve tornò come un tempo, le foglie rimaste sui rami si colorarono e caddero danzando nel vento. Allora la gente della terra estrema riprese a sorridere, ma fu certa che quella sospensione era un segnale di pericolo. La natura aveva sentito qualcosa e per un attimo si era fermata a pensare.

Intanto arrivò l'inverno. Portò montagne di neve, sollevò sipari di gelo, il vento soffiò sulle candele di ghiaccio e le valanghe si misero a rombare. Alla fine spuntò la primavera coi suoi canti e gli occhi verdi, e i fiori spesso schiacciati al suolo da nevicate e dolore. In quella remota primavera, il popolo dei cieli grigi sentì ancora tuonare esplosioni nelle città fumanti.

Gli uomini baruffavano di nuovo. Non erano passati che pochi anni, forse quindici, o forse meno, e quelli si picchiavano un'altra volta. Si uccidevano. Così pensarono. Gli abitanti della neve decisero di stare nascosti e non andare più a curiosare nelle città fumanti: si scannassero pure, se volevano, quei malcontenti senza pace. I rombi si susseguivano e così i tuoni e le esplosioni. Venivano da una parte, sempre la stessa, dai monti a oriente, guardando la valle dove s'alzava il sole. Pensarono che la guerra era in quel posto e non si spostava né di qua né di là, né su né giù. Forse alcune città si erano messe a battagliare contro altre, per rubarsi qualcosa d'importante. Ma cosa c'era di così importante da rompere il silenzio e la pace?

Li sentirono per tre anni finché si spensero d'improvviso come d'improvviso erano venuti. Almeno stavolta, dissero gli uomini freddi, non avevano visto passare sopra la testa branchi di oche d'acciaio. L'altra volta gli uccellacci solcavano alti il cielo ruttando quel fumo e quel rumore. Lucevano come argento e lasciavano cadere uova di morte. Qualcuno era passato, durante i tuoni, ma solo ogni tanto. Erano quasi sempre uno o al massimo due, e non buttavano giù niente. "Sarà stata una guerra piccola" pensarono gli uomini freddi. Un vecchio disse che nessuna guerra è piccola. Ci sono quelle che fan più morti e quelle che ne fanno meno. Quelle che tirano dentro molte patrie e quelle che si accontentano di qualche famiglia o solo due persone. «Ma le guerre» disse, «sono tutte gravi. E stupide perché inutili.» Così disse il vecchio.

I giorni andarono avanti. Lassù, nelle nevi eterne, poco cambiava. Gli uomini freddi, con le loro donne, i loro bambini e i loro animali, e la loro anima tranquilla, seguitavano a coltivare la terra e il torrente come un campo liquido, proteggendo ogni curva, limando ogni ansa, bonificando ogni rampa che franava. Il loro campo liquido era vita, come tutta l'acqua del mondo. Era lavoro, bellezza e pace. Scivolava via cantando, cantava e scorreva lucido come l'argento. A volte gracidando come una rana, a volte grugulando come un forcello innamorato. Se c'era la brentana, ululava come un lupo. Ma per la gran parte del tempo nel suo andare sussurrava, come una madre che canta ninnananne ai figli. Allora i bimbi insonni, quelli più restii a chiudere gli occhi, s'addormentavano senza l'ausilio del ninnanante. Quell'antico mestiere si vedeva sempre meno. I ninnananti erano quasi scomparsi, dormivano nella memoria.

Il campo liquido era forza motrice, faceva muovere tutto mediante le pale dei mulini. Quando il lavoro era finito, i mulini giravano a vuoto, ed era bello vederli. Alzavano e versavano l'acqua dalle pale facendola scrosciare come una risata. Una risata dopo l'altra, da sempre. La natura lavorava e rideva e l'acqua scrosciava dalle cascate e dalle pale dei mulini. E rideva anche quando rombava in forma solida nella bocca delle valanghe. Pareva un ruggito, ma era la sua risata. Eppure quella bella terra fresca, sana, bianca e rossa come una mela stava appassendo sotto il fiato velenoso degli uomini. Gli abitanti del freddo se ne accorgevano. Bastava che uno di loro calasse alle città fumanti e tornasse a riferire perché fosse tutto chiaro.

Ma anche da loro c'era qualcuno che teneva in animo il male. Qualcuno incantato dalla testa del diavolo piantata sul palo. Allora pensarono che il male sta dentro tutti, anche nei buoni. E con questa convinzione tirarono avanti in pace finché non sorse l'alba di quel giorno maledetto. Si può dire proprio così, un giorno maledetto. Due, dieci, mille volte maledetto, come gli anni della loro storia.

Era il principio di un'estate appena tiepida, sui monti pallidi nevicava, uomini e donne avevano coperto gli alberi da frutta con gli imbuti di corteccia. Dopo una notte di fiocchi, la neve si quietò. Le notti d'estate erano corte e canterine, se nevicava diventavano mute. Fu all'alba di quel giorno che si levò il vento. Soffiava con una voce mai sentita. E sì che ne avevano udite di voci forti sui monti pallidi! Voci di ogni tono e volume, ma non così. Quel vento turbinava sul paese e pareva che volesse cavarlo come una mano strappa le erbacce dall'orto. E urlava da far spavento, tanto che non si udiva il canto del torrente. Veniva dai monti della Costa, dove c'era la grotta dei cristalli. Forse usciva da lì, partorito dalla caverna lucente, dove riposavano le antiche ossa dei badilanti che si amavano. Non poteva che venire da quel buco pieno di vetri scintillanti. Tagliava le facce come un coltello affilato. Non contento, si mise a sollevare la neve come se la lanciasse col badile e poi a soffiarla intorno, e sfarinarla dalle cime. Tentò di scardinare gli imbuti di corteccia sopra gli alberi da frutta, ma i contadini li avevano legati stretti, sapevano che il toro d'aria premeva e tirava. Altre volte era calato il vento armato di coltello, ma le funi non poteva reciderle. Le metteva a dura prova con strattoni e colpi come se tirasse tronchi. Ma non cedevano. Ogni tanto qualche imbuto fissato in fretta volava come un cappello e il vento sghignazzava soddisfatto. Ma erano casi rari, i legacci tenevano e il vento s'indispettiva.

Però quel giorno la gente credette che strappasse gli imbuti, e i tetti delle case, e i recinti degli orti. Credette che risucchiasse il paese. Invece l'unica cosa che portò via assieme a pendii di neve e frasche vecchie e foglie nuove fu la testa in cima al palo. La prese a urtare, scuotere e poi sbregare come il lupo dilania la pecora, finché la disintegrò e disperse pezzi e brandelli lungo i costoni e la valle profonda. Rimase solo il palo conficcato che ballava come colpito da una mazza. Lo si poteva vedere dentro il vortice della neve sollevata. Quel ventaccio girava a trivellare la terra coi suoi artigli bianchi e poi risaliva torcendosi come un lenzuolo strizzato e si disfava di nuovo, apriva le mani e scendeva a schiaffeggiare il paese, pelava i costoni corrosi dall'affanno e dalla paura.

Furono cinquanta ore di frastuoni e colpi e sbattimenti dove non si udì altro che il vento ululare, sternutire, soffiare, falciare neve e lanciare raffiche che raspavano le rocce fino a farle sanguinare. Poi tutto cominciò a cedere e scemare fino a ridursi a un flebile sussurro. Sul far della terza sera il vento cadde per terra e s'addormentò in pace.

Lo scomparso

Quella pace, attesa per giorni, era meglio non fosse arrivata mai. Lo capirono presto. Quella pace rivelò un silenzio che non avrebbero voluto sentire. C'era nell'aria qualcosa di morto, un odore acre di funghi marciti. Gli uomini freddi non si aspettavano regali, ma nemmeno ciò che avrebbero visto di lì a poco. O meglio: che non avrebbero sentito.

Annusando l'aria percepivano i rumori e s'accorsero che qualcosa non andava. Girarono gli occhi di qua e di là, lungo le valli a cercare il mistero. Alzarono le teste, guardarono in alto. Niente. Pareva tutto come sempre. Regnava quella calma spossata che scendeva sul villaggio ogni volta che finivano le spallate del vento, sferze di bufere e turbini di neve. Dopo le sfuriate, come tiepida cenere, la pace della sera colava sui tetti, s'infilava nel cuore degli uomini rassegnati a ravvivare faville di speranza. Era la storia che tornava, si ripeteva da mille anni. Ma quel giorno non andò così. Quel giorno, che pareva come gli altri, stava per essere mutilato dalla roncola del destino. Ma non capivano cosa accadesse. Forse non erano attenti, eppure ascoltavano, tendevano l'orecchio nella calma fossile di quel mondo remoto, estenuato dal vento e dalla neve.

Se ne accorse un bambino. Un bambino gracile e delicato, più pallido dei suoi coetanei, che portavano sulla pelle il colore della neve e delle api. Pareva fatto d'acqua, era trasparente e precario come i ghiaccioli appesi alle grondaie di legno. Forse fu per questo che se ne accorse, sentiva l'acqua. Lassù vivevano perché annusavano e ascoltavano la voce della natura: l'avevano udita per secoli, ne avevano imparato la lingua.

Ma quel giorno fu un bambino ad accorgersi, mentre l'intero villaggio osservava in silenzio lo scompiglio lasciato dal vento. Nel bambino di vetro cantò una vocina. Era una voce flebile, frenata dalla sorpresa, forse dalla paura, scandita dal candore di una segreta timidezza. Le parole caddero limpide come gocce d'acqua in un bacile. Disse che non sentiva più il torrente. Proprio così: «Non sento più il torrente» disse. Allora, come usciti da un letargo senza sonno, tutti quanti si misero in ascolto per lunghi attimi, forse furono minuti, o di più. Di preciso non si sa. Alcuni portarono la mano all'orecchio per vedere se nella conca del palmo giungeva il suono dell'acqua che scorre. Niente. Nessuno udì l'acqua. La voce del torrente non esisteva più, era scomparsa, finita, sprofondata chissà dove. Forse all'inferno, dove era tornata la testaccia del diavolo frantumata dal vento.

Faticavano a credere che il canto del torrente non li raggiungesse. Eppure aleggiava il silenzio, pareva solido, lo si poteva toccare, era un rondone addormentato nell'aria ferma della sera. Se l'acqua correva si doveva udirne la voce, come sempre. Da secoli era giunto fin lassù quel gorgoglio di ranocchio. Perché ora non c'era? Doveva esser successo qualcosa di grave.

Allora afferrarono candele, e lampade a carburo, e torce di resina, e le accesero e poi si unirono in processione per andare giù a vedere. Ormai era notte e mentre camminavano qualcosa di inquietante scendeva dal cielo come un nevischio. Arrivarono al torrente, presso la grande curva dove le donne s'inginocchiavano sulle lastre di pietra a lavare i panni. Laggiù al torrente l'acqua non c'era. Alzarono i lumi per schiarire più avanti. La grande ansa era in secca, asciutta come un lenzuolo steso al sole. Pareva che l'acqua mancasse da giorni. Qualcuno chiese come mai non se n'erano accorti prima. Alcuni vecchi, asciutti come l'ansa, risposero che era stato il vento: quell'aria solida, venuta giù come valanga, faceva un tal baccano che non si poteva sentire niente. Neanche le chiacchiere del torrente. Era durato cinquanta ore, quel frastuono, chi poteva accorgersi che mancava l'acqua? Tutti erano stati serrati in casa due giorni e due notti, come talpe spaventate. Non si può sentire un suono se c'è un rumore mille volte più forte a coprirlo. Così dissero i vecchi: «Più forte». Aggiunsero che il frastuono è violento e fa sempre fuori il più debole. Così brontolarono ed erano angosciati. Però, dissero, non potevano incolparsi per non essersi accorti che il torrente era scomparso.

Intanto ispezionavano il greto a monte, con le lampade alzate, per vedere dove era sprofondato nella terra, ma di lui neanche una goccia. Qualcuno, affannato, allungò la ricerca di un chilometro per trovarlo. Quando tornò disse che non c'era. Allora decisero di risalire in paese a passare la notte, per poi organizzarsi e partire alla ricerca del disperso. Da qualche parte doveva trovarsi, a meno che non fosse evaporato in cielo. Così tornarono al villaggio, a testa bassa, silenziosi, in ansia, preoccupati per il loro torrente.

Il giorno dopo una trentina d'uomini, alcuni anziani, altri giovani, e quindici donne forti calarono al torrente con viveri, vestiti, asce e picconi. Avevano deciso di andare lungo il greto fino alle origini, dove l'acqua metteva fuori il muso, per capire che fine avesse fatto il torrente e sapere quel che era successo. Così partirono.

Era quell'ora di nessuno che nasce a filo dell'alba, quando non fa chiaro né scuro. Gli uccelli cominciavano a cantare dando il cambio a gufi e barbagianni. Il cielo stava buono nel suo fragile sereno ed era molto bello. Fintanto che resisteva quell'isola di bel tempo potevano camminare tranquilli. Per il brutto erano attrezzati, neve e grandine non li spaventavano. E nemmeno le distanze, né i lunghi silenzi. Erano capaci di camminare settimane senza dire una parola. E camminarono. Volevano trovare l'acqua perduta, il loro bene, il loro tesoro. Si muovevano adagio, giorno dopo giorno, dormendo negli anfratti, accendendo fuochi per la cena e per la veglia e ripetendo i canti della sera. Ma il torrente non c'era. Avanzavano come fantasmi sul letto in secca, tra foglie morte e trote disseccate, ramaglie ritorte dai gorghi e ciottoli levigati dalla corrente. Di acqua nemmeno una goccia. Solo ogni tanto appariva qualche pozza in ombra, ferma, come congelata, verdastra di erbe e resti animali. Altro non trovavano. Seguitarono a camminare verso una fonte che non c'era, lungo il bianco abbacinante dei sassi, con la speranza di imbattersi nel torrente, prenderlo per mano e riportarlo a casa. Camminavano sempre, decisi ad arrivare alla fine del mondo pur di trovare il seme dell'acqua perduta.

Dopo undici giorni venne la pioggia. Dissero che al loro villaggio in quel momento nevicava. Pensarono che la pioggia muovesse qualcosa e il torrente riprendesse a scorrere, mentre avanzavano bagnati e stanchi fino a ripararsi dentro un bosco dove scoprirono lunghi budelli scavati nella terra. Vi s'intanarono come talpe: erano gallerie del tempo andato, quando gli uomini facevano baruffa e si picchiavano e s'ammazzavano. I cercatori dell'acqua perduta trovarono fucili, pistole e armi che non conoscevano. Capirono che lì era stata zona di scontri tra quelli che non stavano mai in pace.

Dopo due giorni cessò il maltempo e ripartirono. Ancora lungo il greto, perché di là dovevano andare. Il torrente non era apparso nemmeno dopo gli scrosci di pioggia. Per far più in fretta camminavano fino a notte e ripartivano a fil di giorno, seguiti da un'unghia di luna calante che non li aiutava. Ormai erano quasi alla meta, ma non lo sapevano.

Dopo nove giorni di marcia senza incontrare nessuno né vedere traccia d'acqua, né un animale, né un fiore che non fosse morto di sete, sentirono delle voci. Credettero di averle vicine, invece erano lontane. Le portava il vento sulla gobba e prima o dopo il gruppo avrebbe incontrato chi le mandava. Così dissero. Con le voci giunsero rumori, colpi, clangori e rombi. Allora pensarono di essere vicini a un paese e sospirarono. In quella zona doveva esserci un paese, altrimenti perché quei rumori?

Da lì in avanti il greto diventava uno stretto corridoio, come se le pareti delle montagne si fossero avvicinate a baciarsi. Seguitarono a marciare lungo quel budello di sassi bianchi per scoprire il paese, visto che l'acqua non appariva. Percorsero ancora curve e anse e rettilinei in secca finché, svoltata una quinta di roccia, videro qualcosa che non s'aspettavano. E nemmeno conoscevano.

Un mostro mai visto né immaginato s'ergeva tra le pareti verticali, un enorme portone grigio, un muro di cemento alto centinaia di metri. Il greto asciutto, pieno di detriti e ferraglie e legni, andava a sbattere il muso contro questo muro e lì finiva. Tutt'attorno brulicavano formiche umane, intente a fendere la terra e forarla, spostarla. Si facevano aiutare da mostruose cavallette d'acciaio e muli a quattro ruote che andavano e venivano e scaricavano e caricavano materiali di ogni tipo.

Il gruppo alzò la testa e guardò quel foglio di cemento che s'infilava come un cuneo perfetto tra gli alti costoni di roccia. Stentavano a credere a tale visione, come stentavano a vederne il bordo nel cielo di calce. Per un istante le formiche umane fissarono quel branco di straccioni. Gente strana, pensarono. Parevano usciti da un altro mondo, e un po' era vero. Chi erano? Da dove arrivavano? Cosa volevano? Forse cercavano lavoro. Interpellati, gli sconosciuti tirarono dritti senza rispondere. Volevano vedere se oltre quel muro c'era il torrente. Risalirono in processione lungo una strada che menava in cima, ma ormai avevano capito. L'acqua era stata fermata, intrappolata dallo sbarramento. Il torrente non correva più, non aveva più il suo corpo. Era stato diviso, tagliato, segato come un albero. Risaliti a levante della montagna, uno alla volta gli uomini freddi sporsero il muso. C'era molta acqua, laggiù. Stava ammucchiata dietro al foglio di cemento come un lungo prato verde. Formava un fosso scuro dove cadeva il sole dell'estate a increspare quell'erba liquida mai vista. Sulla coda del fosso, verso il monte, scorsero il torrente. Teneva ancora il suo canto, ne riconobbero la voce. Ma dopo qualche passo s'infilava in quella grande pozza e la voce moriva.

Ecco cos'era successo: qualcuno aveva bloccato con un muro il fluire dell'acqua. Della loro acqua, il loro campo liquido, l'acqua di tutti. Allora cominciarono a gridare e agitarsi e inveire contro le formiche umane che lavoravano e si muovevano e cavalcavano quei mostruosi insetti d'acciaio. Avevano rubato l'acqua.

Il duello

Radunate su una piattaforma di malta c'erano venti persone, uomini vestiti di tutto punto anche se faceva caldo. Stavano attorno a un signore vecchio, con un cappello largo, la barba bianca e un soprabito nero, lucente come le penne dei corvi. Questo qui pareva comandare il mondo, dava ordini di qua e di là. Puntava il dito e tutti lo seguivano. Poi facevano sì con la testa senza proferir parola.

Gli uomini freddi si avvicinarono per avere spiegazioni sul torrente tagliato. Erano agitati, correvano quasi a quattro zampe. Intanto che andavano lì, minacciavano di fare danni e bastonare tutti coloro che avevano osato fermare l'acqua. Non si arrabbiavano mai, era la prima volta.

Arrivati a pochi metri, alzarono la voce e alzarono asce e picconi. Intanto si passavano le decisioni nella loro lingua indecifrabile. Quando misero i piedi sulla piattaforma, i signori vestiti bene si spaventarono: non avevano mai visto gente decisa e strampalata come quella. Chi erano? Che volevano? Da dove sbucavano? A quel punto saltò fuori il vecchio dalla barba bianca. Sembrava non aver paura dei cenciosi apparsi d'improvviso. Sapeva bene da dove erano partiti, conosceva la loro lingua. Li apostrofò in maniera brutale, con poche frasi scandite dalla voce arrogante del comando. Disse loro che l'acqua era stata confiscata, adesso aveva un padrone, perché tutto nella vita ha un padrone, dai cani agli uomini. Così disse. L'acqua serviva a fare luce, dare energia e benessere alle città. Stessero buoni e muti, e tornassero nelle loro tane, tornassero a quelle rampe desolate a reclamare con Dio per quella maledetta neve che gli aveva congelato i cervelli.

I suoi paesani, per niente spaventati, risposero che l'acqua è di tutti, serve a tutti. Fecero capire che senza torrente la vita si fermava come si erano fermati mulini, segherie e battiferri e si erano seccati i fiori e le erbe. Dissero così, agitando asce e picconi. Il vecchio tirò fuori un fischietto lucente come oro e vi soffiò dentro cavandone un trillo da bucare le orecchie. Più in basso c'erano sei o sette baracche di legno dalle quali sbucarono come per incanto una trentina di uomini armati di fucili e rivoltelle. Salirono di corsa verso il vecchio, che parlò loro sottovoce. Questi fecero un cenno di assenso, si voltarono, puntarono i fucili sul gregge di poveracci invitandoli, se così si può dire, a sloggiare immediatamente. «Per il vostro bene» aggiunse uno che pareva il capo e tirò un calcio al primo cencioso che aveva accanto.

Il vecchio, nella lingua degli uomini freddi, rispiegò ai paesani che l'acqua ormai era confiscata, sequestrata: l'acqua era privata, aveva un padrone, anzi diversi padroni tra i quali lui. Però, una volta riempito il lago, disse proprio «lago», poteva mandargliene un poco ogni tanto. Certo, non sempre, né tutta. Così disse: «Ogni tanto un po' di acqua ve la mando giù per contentarvi. Ma poca, perché mi serve, la costringo in una galleria per fare altra corrente».

Gli uomini freddi risposero di nuovo che il torrente è fatto per correre, non per essere fermato da un muro, e l'acqua è di tutti, non privata. Ma il vecchio dalla barba bianca disse che forse un tempo era così. Adesso le cose erano di chi le comprava, acqua inclusa, e pure il fuoco e la terra e la neve e tutto quello che è comprabile. «E verrà giorno che toccherà pagare l'aria che respirate, perché anche quella avrà dei padroni. Tutto ha un padrone prima o dopo» disse, «non solo i cani.»

Poi, visto che alcuni chiedevano chi fosse quel vecchio che parlava la loro lingua, giusto per chiarire spiegò che era uno di loro, della loro stirpe. Era scappato dai monti della neve, stufo agro di quel posto e di quella vita. Era successo molti anni prima. Se ne era andato per stabilirsi nelle città a inventare cose mai viste e fare soldi. E li aveva fatti. Specificò che era l'erede spirituale dell'uomo a tre facce, ma a differenza di quel povero diavolo, che sprecava le invenzioni sotto la neve, lui le sue le aveva scoperte e fatte fruttare. E quando gli avevano offerto di unirsi ad altri e formare una società per sfruttare l'acqua, aveva accettato senza indugi. Si ricordava di quel torrente disperso lassù, nella sua terra nevosa e disgraziata, e lo rivelò ai soci. I quali si recarono a vederlo e, una volta intuita l'importanza, decisero su due piedi di fermarlo con un muro.

Quelli bloccavano fiumi e torrenti con muri di cemento e il lago che si formava dietro produceva forza elettrica. E la forza elettrica illuminava le città e le scaldava e muoveva i motori, e faceva prendere montagne di soldi a chi afferrava l'acqua per primo.

Ecco, adesso che sapevano come stavano le cose, non complicassero la faccenda con musi lunghi o minacce, altrimenti faceva premere il grilletto ai suoi scagnozzi. Quelli non scherzavano e lui nemmeno. Così disse. Fece un segno ai suoi e questi puntarono i fucili sul gruppo. Allora gli uomini freddi si voltarono e uno alla volta, a testa bassa, presero la via del ritorno. Avevano capito che contro quel paesano non potevano fare nulla. Era il potente uomo delle città fumanti, uno dei più spietati e pronti a tutto. Uno che aveva tradito la sua terra, la sua gente, per arricchirsi e diventare famoso e comandare sulle vite degli altri. Era il delinquente di cui aveva parlato il fuggitivo rifugiatosi da loro, sui monti pallidi, accolto con affetto e protezione. Adesso ricordavano la storia che il fuggiasco aveva raccontato prima di morire. La ricordarono bene. Aveva detto che il criminale rubava l'acqua comprando le sorgenti con l'aiuto di autorità complici e corrotte, e poi ci metteva un cartello con scritto privato e nessuno poteva più toccare una goccia. E poi la vendeva a caro prezzo e chi voleva acqua pagava. Nel gruppo dei ribelli venuti dai monti pallidi c'era quell'uomo indignato che aveva domandato al fuggiasco come mai nessuno si decidesse a far fuori un bastardo del genere. Il fuggiasco aveva risposto che era difficile colpirlo, perché era protetto da cinque, sei ceffi che non mollavano la guardia un secondo. Addirittura faceva assaggiare il cibo ad altri per non essere avvelenato. Così aveva raccontato il ricercato prima di morire. L'indignato ora si rendeva conto di come fosse complicato farlo fuori. Scagnozzi fedeli gli stavano incollati addosso e non erano cinque o sei, ma più di trenta. Alcuni fissi, giorno e notte, il resto a tiro di fischietto.

A quel punto i poveri diavoli, sconfitti e umiliati, intrapresero il mesto ritorno. Del farabutto non videro più la faccia: ma la ricordavano, se l'erano impressa bene in mente. Avevano memorizzato il volto di un traditore, uno di loro che, tra i vari mestieri da fuorilegge, faceva il ladro d'acqua. Durante il tragitto, chi prima chi dopo, chi a lungo chi brevemente, tutti commentarono con dolore la scomparsa del torrente. Il furto del loro campo liquido li lasciò tramortiti. E allora, non sapendo come reagire, facevano commenti in tono sommesso, a volte disperato. Camminavano lungo il greto, spiando i ciottoli bianchi levigati dalla corrente che non correva più. Fu un ritorno triste e senza speranza. Tutti raccolsero un sassolino per ricordo e se lo ficcarono in tasca. Fu come camminare su una lunga tomba bianca e silenziosa che pareva senza fine.

Lungo il percorso, uno solo di quel gregge disperato non aprì bocca. Marciava guardandosi le scarpe di legno e pelle di vacca. Si vedeva che masticava amaro, però nessuno sapeva cosa meditasse, e nemmeno gli chiesero niente. Lo lasciarono stare, che pensasse quel che voleva. Il taciturno era l'uomo indignato, quello che si era spazientito al racconto del fuggiasco sui monti. Non parlò più, nemmeno quando raggiunsero il villaggio sui picchi della neve.

Passò un mese da quella marcia dolorosa, e il torrente non cantava. Gli abitanti lavoravano e poi si fermavano ad ascoltare se veniva su un segnale, un suono. Ma non saliva nessuna voce. Tutto era muto e fermo. Speravano che il malvagio sciogliesse i nodi e liberasse l'acqua e la facesse correre un poco. Almeno un pochino, per far girare mulini e segherie e battiferro. Invece niente, in un mese neanche una goccia. Per consolarsi dissero che prima doveva riempire il fosso, ma una volta pieno l'avrebbe lasciata andare. Non poteva fare altrimenti: l'acqua sarebbe uscita comunque dal bordo, da sola. Ebbero un attimo di contentezza, ma giusto un filo. Poi qualcuno ricordò che il farabutto aveva parlato di una galleria dentro la quale costringere l'acqua per produrre altra corrente. Allora anche il filo di contentezza si spezzò. Non cedettero, seguitarono a lavorare ma non cantarono più. Pensarono di costruire mulini a vento. Pensarono all'uomo a tre facce, il suo ricordo tornò a trovarli. Se fosse stato vivo forse avrebbe inventato qualcosa, dissero. Ma uno rispose che nessuno può inventare qualcosa meglio di un torrente.

Intanto si era rinforzata l'estate, ma lassù era come se non ci fosse. Ai primi di luglio nevicò e la neve non cadde sull'acqua del torrente bensì sul letto di mote asciutte e screpolate. Fu un brutto segno, la gente dei monti pallidi pianse. Un giorno si radunarono sulla piazza per decidere se costruire i mulini a vento. In quell'occasione, dopo tanto tempo, l'uomo indignato parlò. Disse che andava a convincere il farabutto a rendere l'acqua. Avrebbe preso il torrente per mano e lo avrebbe riportato a casa. Così disse. E aggiunse: «Se non torna lui non torno io». Salutò e se ne andò. Cercò di vestirsi bene, ma la giacca cacciatora era troppo grande. Volle mettere la cacciatora anche se faceva caldo perché, come un cacciatore stanava la lepre, così lui andava a stanare l'acqua. Quel che successe vennero a saperlo un mese dopo, quando tre di loro scesero a cercarlo.

Partì che scendeva la neve, ne prese tre manciate e se le sfregò sul viso, come per serbarne l'odore. O chissà perché. Camminò veloce, ci mise meno dell'altra volta, solo una settimana. Di fronte al muro di cemento ferveva il solito formicolio di uomini e macchine di ferro con le ruote. S'avvicinò a un uomo vestito bene, di sicuro uno che comandava. Un capo. Gli fece capire che voleva incontrare il padrone, quel signore con la barba bianca. L'uomo disse che era impossibile. Allora, con voce sommessa, lo pregò di riferire che uno dei monti pallidi, uno che parlava la sua lingua, voleva vederlo. Solo questo: vederlo. Lo esortò più volte finché l'altro accettò. Però, disse, doveva aspettare l'indomani, il padrone sarebbe salito dalla città soltanto l'indomani. Intanto poteva accomodarsi in una baracca e passarvi la notte. Ma l'uomo non volle saperne di baracche. Nel cielo c'era ancora la luce dell'estate, decise di andare a cercare il torrente. Risalì adagio il bordo del lago, lungo una strada nuova di zecca. Almeno così gli parve. Camminando osservò la valle quasi piena d'acqua: un mare lungo e fondo che faceva paura. Dopo circa dieci chilometri bordeggiando l'asola martoriata di quel mare dagli occhi verde cupo, sentì una voce. Riconobbe il canto del torrente. Camminò più svelto e lo trovò. Era lo stesso di sempre, l'immutato dono dei secoli, ma adesso cantava lontano, distante dalle sponde dei mulini, delle segherie, dei battiferro. Molto lontano. Era una voce triste, di stanchezza e malinconia. Pareva la voce degli uomini freddi. Una voce senza speranza che scappava a nascondersi tuffando la testa in quel mare che la ingoiava e la spegneva.

Il torrente era lì, lo vedeva, lo sentiva. Ma arrivava e spariva inghiottito dal mare artificiale. Provò un dolore senza speranza, un buio senza fondo. Con le mani a coppa si chinò, raccolse un po' d'acqua e si sciacquò il viso tre volte. Poi si stese ai piedi di un ontano e sprofondò in un sonno di pietra, cullato dal ronzare del torrente. Era lo stesso brusio che lo addormentava da bambino al villaggio delle nevi eterne. Quell'uomo taciturno e solo da piccolo non aveva bisogno del ninnanante, gli bastava l'acqua che raccontava storie. Con quella dormiva.

Si svegliò al mattino attorniato dal canto degli uccelli. Sul mare artificiale galleggiavano cumuli di lanugine che gli ricordarono quando al paese tosavano le pecore. Quei ciuffi di lana bianca si muovevano, alzavano le gobbe, si spostavano. Poi arrivò il sole che li sciolse e li fece sparire. Allora comparve il mare verde cupo, e quel colore immobile gli fece paura solo a guardarlo. Infine si avviò verso il muro che imprigionava il torrente, dove stavano muli a quattro ruote e mostruosi insetti d'acciaio che scavavano e tutt'attorno quelle baracche di cantiere. Più in su, sotto una lacrima di bosco, troneggiava una gran casa lussuosa che doveva essere del padrone. Era sua.

Dopo alcune ore il vecchio apparve sulla piattaforma di malta. Arrivò dentro una di quelle macchine di lusso. Pareva una casa, nera, bassa e lunga che non finiva più. Aveva quattro porte dalle quali sbucarono quattro uomini. Uno aiutò il vecchio a uscire. Poi lo affiancarono a proteggerlo. L'uomo dei monti pallidi lo aspettava chiuso nel silenzio e nella cacciatora troppo larga. Si guardarono, uno di fronte all'altro, come cani che si annusano. Saranno stati a venti metri di distanza. L'uomo dei monti pallidi parlò nella sua lingua arcaica, idioma che il ladro d'acqua conosceva. Non si sa cosa disse, nessuno lo saprà mai. Di sicuro parole buone, visto che il vecchio delinquente si avvicinò sorridendo. I metri che li separavano diventarono dieci e poi otto, cinque. L'uomo con la cacciatora seguitava a parlare, l'altro rispondeva e pareva molto contento. Le guardie lo scortavano ai lati. Cani fedeli, soprattutto attenti. Infatti, d'improvviso, bloccarono il vecchio a pochi metri dal paesano. Si fece avanti uno di quei mastini e ispezionò la giacca dell'uomo. Palpò le tasche e poi l'interno fin sotto le ascelle. Poi tastò lungo i larghi pantaloni di tela per accertarsi che non avesse armi. Non ne aveva. Allora lasciarono che s'incontrassero. E dopo le ultime parole, i due si abbracciarono. Il vecchio delinquente abbracciò il povero diavolo venuto a chieder conto dell'acqua. Era tanto tempo che non abbracciava un essere umano. Di solito li faceva ammazzare. Era tanto tempo che non abbracciava un paesano. Ma quello era un paesano speciale. Gli aveva detto parole di elogio, forse gli aveva fatto credere che apprezzava il mestiere di ladro d'acqua. Non si sa. Sta di fatto che il freddo criminale abbracciò con calore quell'uomo calato dai monti pallidi. Magari voleva tirarlo dalla sua, farne un complice fidato col quale intendersi nella loro lingua segreta.

Lo abbracciò, e mentre lo abbracciava gli mollò due pacche sulla schiena. Pacche di confidenza. Ma alla seconda fermò la mano in aria.

Erano tanti anni che mancava dal villaggio. Così tanti che lo avevano invecchiato, poteva aver perso la memoria. Tutti quei soldi, e quei vestiti di lusso, e quelle macchine che parevano case con le ruote! E quei torrenti rubati a prezzo di morti lo avevano distratto. Di sicuro doveva essere così: lui, che nelle città fumanti aveva inventato centinaia di oggetti a tre facce, s'era dimenticato che la giacca cacciatora ha tre tasche. Una sta dietro, nascosta sulla schiena. Quando alla prima pacca sentì qualcosa fu tardi. L'uomo dei monti pallidi era venuto a vendicare l'acqua: lesto come un gatto, estrasse dalla tasca segreta un'accetta. Era molto piccola ma gliela piantò in mezzo alla fronte fino al manico.

«*Lanch-tè l'ègа*» gridò. "Lascia in pace l'acqua."

Crollò crivellato di colpi. Cadde sopra il delinquente e sentì l'odore del sangue infettato dal male. I mastini gli spararono tutti i proiettili delle rivoltelle, ma l'uomo dei monti pallidi era morto sorridendo. Soprattutto in posizione superiore: il ladro di vite e torrenti gli stava sotto. Con tutta la sua boria e prepotenza e ferocia era finito schiacciato da un suo simile. Il povero diavolo, l'uomo venuto dalla neve per vendicare l'acqua, l'essere anonimo avvolto in una giacca troppo grande lo aveva vinto, gli stava sopra come un lottatore che sovrasta il rivale. E lo fissava soddisfatto con gli occhi aperti nella morte. Può capitare che un batuffolo di piume come lo scricciolo voli più alto dell'aquila e da lassù le mandi un escremento sul capo. Succede anche questo. Non contenti di averlo ammazzato, i guardiani presero a insultare il morto. S'accanirono sul suo corpo con calci e sputi fino a voltargli la faccia al sole. Una faccia che rideva. Sembrava sbeffeggiarli, prenderli in giro: loro così potenti e lui che rideva! E non mutava aspetto nemmeno sotto i colpi.

Un morto non ha più paura di niente, può permettersi di ridere, se è morto ridendo. Nessuno lo farà smettere. Allora uno dei quattro gli mise una scarpa sulle labbra e la premette a fondo per spegnere quel sorriso. Ma appena la toglieva la bocca si apriva di nuovo e tornava a ridere di loro. Allora, dopo avergli sputato ancora una volta, lo lasciarono che ridesse.

Il ladro di torrenti e fiumi e ruscelli e fontane fu seppellito con grandi onori nella città fumante. Al funerale c'erano tutti quelli che contavano: sindaci e autorità e ministri e cardinali e vescovi e preti. Tutti a piangere l'amico, il benefattore. Alcuni erano ladri d'acqua e vite umane come il defunto. L'uomo dei monti pallidi fu buttato in una fossa giusto perché non facesse cattivo odore. Qualcuno gli mise due legni in croce senza nome, visto che nessuno lo conosceva. Ma dopo una settimana il suo tumulo era pieno di fiori, grandi mazzi di fiori. La gente buona e onesta lo ringraziava per aver liberato il mondo da un essere a cui di umano era rimasto solo l'aspetto.

Dopo un mese, visto che non tornava, dal villaggio delle nevi eterne sgusciarono tre uomini per avere notizie del paesano. Giunti al cantiere, dove il lago era quasi pieno, vennero a sapere la storia. Allora si recarono al camposanto a cercare una croce senza nome. C'era solo quella e la trovarono presto. Sopra la croce ringraziarono l'amico per aver liberato il mondo da un tiranno assassino e ladro.

Nonostante il sacrificio, l'acqua non era riuscito a liberarla. Stava raccolta tutta insieme, obbligata nel mare artificiale, muta e pesante da far paura. Il fondo pareva senza fine e il colore era verde cupo.

Subito dopo i tre ripresero la via dei monti rassegnati ad ascoltare, sperando che un giorno il torrente facesse di nuovo sentire la sua voce. Lassù raccontarono quel che avevano saputo, e chi l'aveva sottomano accese una candela, a memoria di un uomo coraggioso.

Mille anni e una notte

Chi era venuto dopo la morte del tiranno forse avrebbe mandato un po' d'acqua. Poteva succedere. Così pensarono lassù. Intanto sotto il villaggio il greto restava arido. Le argille millenarie, usate dagli uomini freddi per anfore e pitali, e impacchi da mettere sulle giunture, erano bianche come calce, secche e spaccate come un vecchio mastello sfasciato dall'arsura. Lungo l'intero corso la terra aveva sete, chiedeva acqua come una rana perduta nel deserto. Felci, erbe, alberi e cespugli avevano posato la testa sul fango essiccato.

Guardavano con occhio sfinito verso levante, per scrutare se arrivava qualche onda di piena come ai tempi felici, quando venivano i nubifragi o i disgeli che portavano tanta acqua. Ma ora non spuntava niente. Mulini, segherie e battiferro, privi dell'umidità che gonfiava i legni compattandoli, ora dondolavano immoti. Si stavano lascando, l'intero manufatto era minato. Gli ingranaggi di sambuco uscivano dalle sedi come denti dalle gengive di un vecchio. Era la desolazione. Tutto si sfasciava. Quelle casupole completamente in legno, salvo le lame, i martelli e le macine, rabbrividivano. L'acqua era vita per gli uomini, ma anche per il tavolame e i pezzi che componevano quei complicati marchingegni. Adesso tutto crollava come se un tarlo misterioso rimuovesse quei pezzi uno a uno prima di rosicchiarli. E pensare che l'acqua era lassù, dietro quel foglio di cemento che la bloccava. Bastava che la lasciassero andare e tutto sarebbe tornato a posto, naturale e pacifico, come ai vecchi tempi. I mulini avrebbero ripreso a girare e le piante ad alzare la testa. Questo pensavano e speravano sui monti pallidi. Ma non avvenne.

Gli abitanti della neve scoprirono gli uomini che comandavano altri uomini, mossi unicamente da brame di ricchezza, potere e vendetta. Per ottenere queste cose torcevano il collo alla natura, strizzavano le vite più deboli come stracci bagnati fino a farle sparire dal mondo. Allora presero paura perché in mezzo erano stati messi anche loro. Gli arraffatori non risparmiavano nessuno. Si rassegnarono perciò a rimanere senza il torrente, purché non li disturbassero più e non rubassero i loro beni. Perché, pensarono, adesso avevano preso l'acqua però c'erano i boschi, la neve, le montagne. Poteva darsi che mettessero gli occhi anche su tutto il resto. Di sicuro il paesano farabutto ne aveva parlato. Allora meglio perdere un solo bene che tutti quanti. E ripresero a vivere come poterono, nel dolore che cadeva sul villaggio giorno dopo giorno, come le nevicate. Dolore e tristezza per aver perduto la cosa più bella e preziosa: il loro torrente, il loro campo liquido.

Da quel momento non vennero più disturbati, tranne una sola volta pochi mesi dopo. Ormai l'estate era nel pieno splendore, ma sui monti pallidi la malinconia prendeva gli uomini freddi per la gola e pareva soffocarli. Continuavano a guardare la valle ascoltando se saliva la voce del torrente. Una volta, verso la fine di luglio, la sentirono. Scesero di corsa. Tutti giù di corsa. Il torrente era tornato, ma non fecero festa. Lo guardarono, lo carezzarono, tuffarono dentro le mani, si bagnarono il viso, i piedi. Ma non festeggiarono. Sapevano che sarebbe durato poco, che tutto sarebbe tornato arido e secco. Il farabutto lo aveva detto chiaro: «Ve ne do un po' ogni tanto, giusto a contentarvi». Un paesano di coraggio lo aveva ammazzato, ma altri stavano al comando.

Adesso però l'acqua c'era e correva, e per tre giorni abbeverò le erbe e i cespugli e i carpini nani. Tutto ciò che non era morto di sete rialzò la testa. L'acqua gonfiò i legni a mulini, segherie e battiferro, che ripresero a girare cigolando e scricchiolando come le giunture di un vecchio che non cammina da anni. Il popolo degli uomini freddi, senza dire una parola, guardava il torrente correre, fare le curve, gorgogliare allegro. Molti lacrimavano in silenzio. Non per l'emozione, che poteva anche starci, ma perché sapevano che sarebbe scomparso di nuovo. Per questo molti avevano le lacrime. Non potevano esser contenti. Qualcuno disse che, piuttosto di vederlo sparire ancora, era meglio non fosse tornato. Così disse: «Meglio fosse rimasto lassù». Però se lo coccolarono, gli tennero compagnia tre giorni e tre notti finché il quarto giorno non lo videro più.

Cominciò a calare l'acqua, comparvero i sassi, il rumore si fece sussurro, le curve mostrarono i fianchi, le radici grattarono il vuoto, le grandi pietre per lavare s'allontanarono come se qualcuno le trascinasse via. I mulini si fermarono con le segherie e i battiferro. Allora gli abitanti risalirono al villaggio a testa bassa, con la misera gioia di aver almeno visto per qualche tempo il loro campo liquido. Adesso lassù lo avevano imprigionato di nuovo e chissà per quanto non sarebbe più uscito.

Invece no. Passò un mese, venne agosto e con lui arrivò il torrente. Sentirono il rumore e andarono giù tutti. Era proprio lì, nel suo letto che correva. Ma non aveva la stessa faccia. Portava un abito diverso, fatto di acqua giallastra, come se passasse tra campi di mota e terra scura. Trascinava ramaglie, alberi, tavolame e cespugli. Gli abitanti delle terre estreme pensarono che lassù, dove c'era il muro di cemento, si sfogassero i temporali e l'acqua si fosse sporcata. Succedeva ogni tanto che il torrente si sporcasse per i temporali o gli scrosci misti a grandine che pelavano i costoni, grattavano le scarpate e strappavano la terra dalle gobbe. Ma non così. Il torrente così sporco e pieno di detriti non l'avevano mai visto. "Sarà successo qualcosa" pensarono. Ma non seppero mai cosa era successo. Allora si godettero il torrente com'era venuto, con la faccia sporca come un bambino che torna dal giocare col fango.

In alto la vita riprese. Sui monti pallidi si tornò ai lavori usuali sotto le nevicate d'agosto. Poco più in basso il torrente filava la sua lana antica e in pochi giorni tornò limpido e pulito. Appena fu pulito, morì ancora una volta. Lassù i padroni lo avevano arrestato di nuovo. I sassi del greto diventarono secchi, le argille si screpolarono la pelle. I mulini, dopo un ultimo giro stentato, calarono le braccia. Le erbe tremarono e andarono giù. Si ripeteva il dramma del vuoto, senza l'acqua tutto soffocava, boccheggiava, si piegava e moriva.

Gli uomini freddi pesavano il silenzio. Rassegnati nel dolore, chiedevano al cielo perché. Perché qualcuno ogni tanto si alza sopra gli altri a comandare, e fare quel che vuole, e togliere pace, serenità e vita? Si chiedevano questo. Perché proprio a loro, vissuti all'ombra del silenzio? Non udivano risposta. Sapevano, i padroni ladri del torrente, il dolore che avevano arrecato fermando l'acqua che li nutriva da mille anni? Non lo sapevano, e se lo sapevano, non gliene fregava niente. Qualcuno del villaggio disse che bisognava reagire, armarsi e andare a riprendere l'acqua con la forza. Altri dissero che era andare incontro a morte certa. Quelli erano potenti, protetti e pronti a tutto: li avrebbero spazzati via. Chi aveva proposto la lotta con le armi rispose che era meglio morire piuttosto che accettare ogni infamia, rassegnarsi e piegare la testa. Se quelli laggiù volevano la natura ai loro piedi, bisognava farli fuori. Alla fine prevalse il buon senso, prevalse l'animo buono e pacifico di quella gente, che non si ribellò.

Verso la fine di agosto, nel villaggio successero cose strane. Le api, che da secoli erano bianche, tornarono al loro primitivo colore scuro. E si misero a volare di notte, cosa mai successa. Le api non volano di notte. E avevano perso l'orientamento, non sapevano più tornare all'arnia. Cadde a fine agosto una neve che pareva colla: dove arrivava s'attaccava e non si muoveva più. Era come se volesse imprigionare la montagna e le case e i boschi per tenerli uniti. Le formiche si spostarono più in alto, lasciarono i formicai in file così lunghe e fitte che non finivano mai. Molti camosci cadevano dalle rocce come se fossero diventati ciechi, e si ammazzavano. Li trovavano con gli occhi spaventati come se avessero avuto delle visioni. Quelli che non si ammazzavano saltavano a casaccio, qua e là, come matti.

Lassù era tutto sottosopra e la gente imputò lo scompiglio alla mancanza del torrente. Senza l'acqua che correva da millenni, a portare la giusta umidità e ciò che serve, il mondo intorno era scombussolato. Questo pensarono. Occorreva in tutti i modi riprendersi il torrente, con le buone o con le cattive. Così dissero: «Con le buone o con le cattive». Ma erano solo dieci a dire questo. Un vecchio, uno dei tanti vecchi che aspettavano la morte parlando poco, suggerì di non fare niente. «Mossi dalla rabbia non bisogna fare niente, perché si sbaglia e si sbaglia grave.» Così disse. Seguitò assicurando che il torrente sarebbe riapparso. Prima o poi l'acqua avrebbe cantato nelle anse e nelle curve, anche se non poteva dire quando. Poteva darsi che sarebbero passati anni o secoli, ma l'acqua sarebbe tornata, di questo era sicuro. «L'acqua torna sempre, sfonda muri e montagne e passa.» Così disse.

Qualcuno obiettò che la voleva subito, voleva vedere il torrente e adoperarlo adesso, mentre era vivo, da morto non gl'importava niente che tornasse o meno. Il vecchio dondolò la testa. Disse che con loro ancora vivi sarebbe stato difficile, occorreva rassegnarsi, ma chi veniva dopo avrebbe trovato l'acqua al suo posto. Così disse: «L'acqua al suo posto».

Gli uomini freddi tornarono ai monti a riprendere l'esistenza di fatica, mutilati del loro bene più sacro, il campo liquido. Calarono al greto e videro ancora una volta i mulini secchi e disossati, le erbe morte.

Venne ai primi di settembre. Il cielo era particolarmente buono, mandava raggi di sole a fasci gialli come fieno secco. In quei posti era una fortuna avere fieno dal cielo. Ma anche se nevicavano frasche per gli abitanti era una fortuna. S'accontentavano, accettavano quel che cadeva dall'alto senza lagnarsi. Solo il vento e la neve duravano. Il vento spingeva l'autunno facendo crepitare le foglie che si arricciavano ai bordi. Spesso accompagnava il ticchettare della neve, muovendola in cerchio. Non succedeva altro. Gli uomini avevano poca voglia di fare le cose, di lavorare. Senza il torrente s'era spenta la vita. Nell'anima vinceva il buio, tutto era diventato pesante. Un vecchio disse che era meglio morire. Un altro disse di no, meglio tirare avanti, restavano i ruscelli, c'erano le fonti. Ognuno diceva qualcosa per mandare i giorni più in là. Uno dopo l'altro, piano piano, sempre più in là. Pure la Belfa, neve leggera e volatile, era diventata pesante. A quella gente ormai pesava tutto. La vita stessa premeva sui cuori come neve sui tetti.

L'autunno avanzava adagio potando fronde e rovi su un sentiero senza meta e privo di speranza. Sotto un cielo di ferro che pareva non volesse far correre le nuvole, il villaggio taceva. Un uomo s'impiccò alla forca di un ontano, sulle rive delle terre morte. Altri due per protesta tornarono al muro di cemento. Guardarono l'enorme diga piena fino all'orlo, si cosparsero di resina e si diedero fuoco. I padroni li lasciarono ardere, poi li buttarono da parte come tizzoni spenti. Vennero sepolti accanto al paesano senza nome. Anche loro senza nome. I giornali che ne parlarono erano di Barba Bianca e compari. Dissero che due sconosciuti, sicuramente pazzi, si erano dati fuoco sul muro dell'invaso, per non si sa quali motivi. Questo scrissero i giornali del padrone. "Per non si sa quali motivi."

Verso l'11 settembre, ma già qualche giorno prima, sentirono rimbombare la terra. Erano passati un po' di anni dall'ultima volta. Forse gli uomini avevano preso a picchiarsi di nuovo. C'erano quei rombi a far pensare al peggio, allora dissero che gli uomini non avrebbero mai imparato a volersi bene. Per un poco i boati si fermarono e tornò il silenzio. In quel silenzio si poteva udire l'autunno tossire dietro gli alberi. Ma dopo neanche una settimana la terra tremò ancora. Eccoli a fare baruffa, dissero al paese degli invisibili. Laggiù, nelle città fumanti, si picchiavano come era successo l'ultima volta, quindici anni prima, più o meno. Adesso avevano ripreso a malmenarsi, visti quei rimbombi che arrivavano lassù, a far tremare le montagne. Però stavolta duravano poco: uno scossone e più niente, anche per due, tre giorni. E poi un altro urtone da far cantare le ciotole nelle madie e digrignare i denti alle scandole sui tetti. I cani abbaiavano. Le vacche alla catena davano strattoni, muggivano, scalciavano, non stavano ferme. A ogni rombo scuotevano le mangiatoie. «Altra battaglia» dissero gli uomini freddi, «ancora un colpo di guerra. Gli umani fan le guerre quando stanno bene. O quando stanno troppo male.» Dicevano così, lassù, nell'udire i tuoni.

I rombi tornavano dopo qualche giorno, a volte vicini. Poi c'erano delle pause, però continuavano a tornare. Intanto era arrivato ottobre. Un ottobre che pareva gennaio. Faceva freddo. Il paese si preparava all'inverno, ma l'inverno era già sul posto. La gente stava all'erta, pronta a difendersi anche se pareva in attesa. Ammucchiavano le foglie per stramare il bestiame, ma ne avevano scorte al sicuro. Preparavano cataste di legna spaccata, coperta da scandole, ma nei depositi ne tenevano altrettanta. Controllavano i puntelli dei tetti ogni mese, ben sapendo che erano solidi, piantati a dovere e sani. Amavano i preparativi, per loro era bello pensare all'inverno anche se l'inverno stava sempre là intorno.

Quando giunse quell'ottobre che pareva gennaio attaccò a vorticare la neve. Fioccò per cinque giorni. Poco prima che arrivasse la coperta della terra, nel paese degli invisibili successe una cosa strana. La gente la imputò all'umidità irritata dal gelo. Però non era mai successo e questo fu un brutto segno: una dopo l'altra, in pochi giorni, caddero le meridiane del villaggio. Tutte, senza che una sola rimanesse appesa. Cominciavano a bombarsi come se qualcuno le spingesse da dentro con i piedi. Quando erano gonfie come una pancia obesa, si crepavano e cadevano sbriciolandosi in pezzi. Era come se il tempo si fosse stancato. Estenuato dal ripetersi di stagioni ostili, da nevicate, e dalla pazienza degli uomini freddi, ora si lasciava andare sfinito, consumato dal lungo andare nei secoli.

Gli uomini dei monti pallidi fecero una riunione. Dissero che bisognava riflettere sulle meridiane cadenti. Il tempo invecchiava e cadeva, si sbriciolava, disintegrava se stesso e veniva giù come valanga. Il tempo crollava in terra e moriva. Così dissero, che moriva. Pensavano che a tirar giù le meridiane fossero stati umidità e freddo, ma intanto ragionarono sulla morte del tempo che crollava in silenzio, come in silenzio era vissuto. Allora credettero che il tempo lassù fosse finito, ma forse ne sarebbe nato un altro, un tempo giovane. Le meridiane si potevano rifare, iniziava un'epoca diversa. Ecco cosa succedeva. Iniziava un'epoca nuova, dove l'acqua veniva comprata dai potenti e concessa a pagamento. E, come disse il paesano malvagio, sarebbe arrivato il giorno in cui anche l'aria nei polmoni si sarebbe pagata. Così disse.

Intanto nevicava e spesso venivano quei boati come di lontane esplosioni. I popoli delle città fumanti le provocavano picchiandosi, così pensavano nella terra di neve. Il mese prima era partito un uomo a cercare i due che si erano dati fuoco. Tornò sotto la neve, senza di loro e con una notizia. Disse che il torrente si sporcava perché dietro al muro di cemento scivolavano nel fosso valanghe di terra. Terra che spaccava l'acqua, la sollevava, la rendeva torbida. Per questo arrivava color delle erbe secche: quando si sporcava, i padroni aprivano le porte. Liberavano l'acqua per purificarla. E perché creava pericolo. Le valanghe di mota alzavano il livello oltre misura. La misura andava rispettata. Tornò quest'uomo e disse che le formiche umane che lavoravano al fosso erano preoccupate. Quelle valanghe di terra dura come argilla congelata agitavano le acque e i pensieri dei padroni. L'uomo disse che adesso sapeva: ogni posto ha le sue valanghe. Uno rispose che quelle di terra le provocava l'uomo fermando il corso del torrente. «Prima non c'erano» disse.

La neve cresceva, copriva orti e boschi, e le montagne parevano zucchero. Il paese degli invisibili andava a fondo come un bastimento silenzioso nel mare di polvere bianca. Veniva avanti un autunno triste, la gente lo sentiva. Sentiva come un dolore che pungeva. Per la prima volta c'era qualcosa nell'aria che toglieva fiato alla vita. Non era la neve, quella stava nel secchio del cielo, pronta a esser rovesciata sul mondo degli invisibili. La malasorte non li aveva mai scoraggiati. Tantomeno l'esistenza grama, le fatiche, il dolore e la morte li avevano indotti alla tristezza. Niente di ciò che viveva e accadeva lassù li piegava alla sconfitta. C'erano voluti ladri d'acqua e delinquenti per vincerli e umiliarli. C'era voluto un paesano per tradirli, rubare i loro tesori, svelarli al mondo dei profitti e dell'interesse. Per abbatterli c'era voluto questo.

La neve cominciava a salire, alta, compatta e pesante di paura. Cadeva da cinque giorni, ma loro stavano tranquilli, nessuna valanga li avrebbe spazzati via. C'era il campanile triangolare a dividere l'onda bianca e farla scemare ai lati. L'uomo a tre facce aveva risolto il problema una volta per tutte. Ma non aveva fatto i conti con quelli delle città fumanti. Non aveva fatto i conti con l'allievo al quale aveva passato ingegno e fantasia. Coi malvagi non aveva fatto i conti. Non avrebbe potuto farli. Non poteva levare il lato buio degli uomini e dar loro tre anime: una pacifica, una bella e la terza buona. Un essere umano dalla vita limpida e il suono armonioso come i violini dei monti pallidi nessuno poteva farlo. Non vi era riuscito nemmeno Dio. Ma forse Dio aveva fatto apposta l'uomo storto, perché pagasse le sue cattiverie fino in fondo. Invece l'uomo malvagio le faceva pagare ai suoi simili. Così pensarono lassù, mentre cadeva la neve di ottobre.

C'era nell'aria un sapore di sconfitta. Quella povera gente stava in silenzio. Aveva l'impressione di aver vissuto per niente. Mille anni di sacrifici, dieci secoli di fatiche e penitenze carezzando la terra ingrata che non dava nulla, e poi? Farsi rubare la cosa più preziosa che avevano: l'acqua. Ma non solo. La paura che arrivassero lassù, a rubare tutto, entrava pian piano nei cuori. Avevano ragione di preoccuparsi.

Verso il 6 ottobre ancora nevicava, ma un po' meno. Poi venne forte il vento. Il 7 e l'8 riprese a nevicare fitto. La gente stava nascosta dentro le cucine, nel paese sepolto dalla neve. Quel villaggio era scomparso dal mondo come se la bianca coperta lo volesse proteggere da qualcosa. Forse dagli schiaffi improvvisi del vento. Chissà. Le valanghe intanto avevano iniziato a correre. Veniva giù un rombo dopo l'altro, senza pause. Valanghe grandi e piccole, come se prima partisse la mamma e poi dietro muovessero le figlie. E quel vento che sputava ossa di rami spezzati, e tossiva sparpagliando cubi di neve. Come un gatto che affila le unghie, grattava le cortecce degli ultimi alberi rimasti fuori.

Era una fine del mondo bianca e desolata, dove tutto vorticava. La natura scatenata trivellava il paese senza tregua trapanandolo fino alle radici. Ma la gente non aveva paura: c'era il campanile a proteggerli e infondere sicurezza. Le valanghe ormai non potevano nulla. Se non ci fossero state la malinconia e la tristezza che entravano nelle case come un tarlo nelle assi, la vita poteva dirsi ancora buona. Mancava il torrente, era quella la malinconia. Tristezza, invece, era non poter più stare in pace, né al sicuro dai rapaci delle città fumanti, che avevano puntato gli occhi e le mani sulla loro antica pace. Allora, prima di disperarsi, gli uomini freddi dissero: «Aspettiamo che finisca di nevicare». Se avessero immaginato che quella era l'ultima nevicata, forse se la sarebbero goduta di più, senza rimanere chiusi nelle tane.

Il 9 ottobre mattina cessò di nevicare. La gente mise fuori il muso per rendersene conto. Da lontano, chissà dove, giunse il rombo come di una valanga che urtò la neve da qualche parte in alto e scivolò soffiando. Visto che il cielo era tornato buono, gli uomini presero a spalare per fendere i sentieri principali e le stradine. Ogni tanto alzavano la testa a vedere se quel cielo desolato tornava al peggio. Lassù poteva succedere nel batter degli occhi che dal sole crepitasse la neve. Gli uomini si misero a parlare e intanto facevano la barba alla giornata e progettavano mosse per l'indomani. Al diavolo la tristezza. Dissero che si doveva tirar fuori dalle cataste il legno da lavoro, l'inverno era vicino, occorreva prepararsi alla lunga clausura operosa. E poi dissero altre cose così, come dicevano ogni volta nelle pause della neve. Tentavano di reagire alla tristezza, si opponevano alle avversità. E ancora facevano programmi. Non si abbattevano di fronte a nulla. Ma i loro simili delle città fumanti erano riusciti a intristirli.

Così, quel 9 ottobre, scaldarono i manici dei badili a pulire viottoli e sentieri, ma non cantarono. Da tempo non cantavano più. Quando quel po' di sole si avvitò dietro il monte, calò la sera, la neve si fece rosa e gli uomini si ritirarono nelle cucine accanto al fuoco. Stettero lì, a raccontarsi storie, a parlare del torrente come si parla di un familiare defunto da tempo. Non era tanto che l'acqua mancava. Però a loro pareva un'eternità, perché avevano perduto la speranza che tornasse, e quando non c'è speranza le cose s'allontanano. Sui monti pallidi coperti di neve calava la notte. Ragionarono fino a tardi. I fuochi ardevano nelle cucine, le scandole sui tetti scricchiolavano all'assestarsi della neve. Ogni tanto scricchiolavano per quei rombi che venivano da lontano. Ancora si ripetevano i tuoni di un tempo che facevano tremare le montagne e muovere le valanghe. Erano rombi strani, stavolta. Somigliavano a scossoni, non ai tuoni di quando gli uomini si picchiavano. Forse i signori delle guerre avevano nuove armi. Pensarono questo il 9 ottobre sera. Intanto che pensavano a voce alta, l'ultimo ninnanante addormentò un bambino che non voleva saperne di chiudere gli occhi. Il vecchio gli cantò un'antica nenia e il piccolo s'addormentò di colpo come quando si carezza un cucciolo. Metà del villaggio dormiva con lui sotto i tetti colmi di neve. L'altra metà ragionava sul futuro senza torrente.

A un certo punto, verso le dieci, quelli che non dormivano sentirono i cani abbaiare. Attaccò uno, poi tutti insieme. Più che abbaiare ululavano come se li bastonassero. E dopo furono le vacche ad agitarsi. Davano strattoni alle catene da strappare le mangiatoie e muggivano disperate come se qualcuno le spellasse vive. Poi fu la volta delle capre e delle pecore a diventare matte. Saltavano negli ovili come cavallette sul prato. E belavano forte. A tal punto che quelli che dormivano si svegliarono e cercarono di capirci qualcosa. Intanto anche galline e gatti e uccelli in gabbia e tutti gli animali domestici, compresi i topi, si misero a far chiasso come se un'ombra cupa li spaventasse. Fuori, nella notte sepolta, s'alzavano rauchi i bramiti dei cervi, ma era normale, la stagione li mandava in amore. Ma dentro le case e le stalle e gli ovili e le gabbie non era normale tutto quel chiasso degli animali. Che stava succedendo? La gente mise l'orzo nei bricchi e decise di aspettare. Non aspettò molto. Erano forse le dieci e mezzo, forse qualcosa di più, quando la terra tremò. Dapprima pensarono al terremoto, visto che le case ballavano. Invece non era quello. Non andava crescendo, perciò non poteva essere il terremoto. Allora pensarono a una valanga colossale, staccatasi dai monti alti di Gere, dove stava appesa la grotta dei cristalli. A quel punto ripresero fiato, il campanile li avrebbe protetti da qualsiasi valanga. Fu un buon pensiero. Il popolo degli uomini freddi stava per fare gli ultimi respiri dopo mille anni di vita tranquilla. La terra aumentò il tremore e nel silenzio più fondo della notte udirono lontano un boato che rullava e s'ingrandiva e rombava avvicinandosi. Dapprima fu debole, come un ronzio, ma dopo, mano a mano che si avvicinava, cresceva diventando insostenibile. Fino in ultima gli uomini freddi pensarono alla valanga. Però stavolta era strana. Il rumore veniva di traverso, come se fosse partito a lato del mondo. «Le valanghe non corrono di traverso» dissero preoccupati. Intanto che dicevano questo, arrivò il vento. Una mazzata potente, dura come pietra, sfarinò la neve delle montagne spazzandole via.

Poi una valanga di acqua e terra più alta delle vette e del cielo s'abbatté sul villaggio degli uomini freddi, cancellandone l'esistenza. La montagna d'acqua risparmiò due case in alto a sinistra, con due uomini e due donne dentro, che si salvarono al pelo. Fu merito di quelli se le città fumanti vennero a sapere quel che era successo. Più in là lo seppe il mondo. E fu merito della roccia.

Cos'era avvenuto? Quale mostro aveva divorato il tranquillo villaggio dei monti pallidi con tutta la sua gente? Questo si domandarono quattro disperati scampati al cataclisma. Guardavano in basso e non vedevano più niente. Dovettero aspettare l'indomani, ché la notte era inchiostro di pece e il silenzio un canto solenne. All'alba videro: il paese non c'era più, e nemmeno la terra sulla quale stava impiantato. Tutto sparito, fino in alto, verso le vette.

Lassù mancavano boschi interi. Costoni e pascoli erano stati disossati come se un'immensa mandibola fosse passata a raspare e ingoiare ogni cosa. Un colore giallo di morte si era abbattuto su quelle ossa rocciose scarnificate dalla potenza dell'acqua. Non vi era traccia di neve se non sulle cime più alte dei monti. La terra degli uomini freddi non esisteva più. Ai quattro scampati, quella notte, parve di vedere una montagna camminare. L'ombra di una montagna d'acqua alta mezzo chilometro, larga uno e lunga molti avanzava nella notte dei monti pallidi. Un'ombra immensa, fatta di acqua e terra, aveva rizzato il capo come la vipera prima di mordere. E quando abbassò il muso, soffiò sulla terra il suo veleno di morte polverizzando ogni cosa. Disintegrò la gente, le abitazioni, frantumò boschi e rocce e tutto quel che trovò al suo passare. Come a non voler lasciare testimoni, trascinò con sé quel che aveva strappato, spargendolo nelle pianure a centinaia di chilometri, come sementi di erbe senza vita. Era successo ciò che nessuno immaginava. Una immensa valanga d'acqua, contro la quale nulla poté il campanile a tre facce, era venuta da lontano, rabbiosa, compatta, implacabile, a seminare morte e distruzione. Il colossale lampo liquido spazzò la valle dei monti pallidi, strappando la polpa della terra fino a lasciare solo ossa levigate e fango. E spegnendo ogni forma di vita. Un'unghia di luna assistette al cataclisma. Assieme ai quattro scampati, fu l'unica testimone di quella tragica notte. L'ultima notte sui monti pallidi. Dopo mille anni di vita operosa e tranquilla, il popolo degli uomini freddi non esisteva più. Mille anni e una notte, dieci secoli più una notte sola, e tutto finì. L'indomani, per dieci ore cadde neve a lutto, neve nera come pece, che s'incollò sulle ossa dilaniate della terra e tutto nascose affinché gli animali rimasti non vedessero la faccia orrenda della morte.

Epilogo

Lassù, al grande muro grigio dietro al quale moriva la voce del torrente, una montagna intera era scivolata dentro al lago artificiale. Fu come calare un pugno in una scodella piena d'acqua. L'immenso mare cupo, che rendeva buio il cielo, saltò su compatto. Il colpo della montagna lo buttò fuori tutto insieme. In pochi secondi un muro liquido alto cinquecento metri e lungo chilometri s'alzò sopra la terra. Un arcobaleno mostruoso sorse nella notte. Rimase sospeso un attimo, come a tirare il fiato, decidere che fare, poi s'accasciò lungo la valle sfracellando tutto. Percorse non si sa quanta strada fino a una strettoia, dove si compresse e andò su, a prendere la terra e la vita degli uomini freddi. Questo era successo. Nient'altro che questo.

Il giorno dopo, i monti pallidi erano coperti di neve a lutto, la neve nera della morte. I quattro scampati alla catastrofe raccolsero poche cose e s'avviarono verso le città fumanti. Non volevano rimanere nemmeno un minuto di più. Lassù non c'era più nulla che li trattenesse. Con l'onda maligna era morto tutto, la loro terra d'origine era scomparsa, tanto valeva fuggire, andare via. Meglio morire ignoti, in qualche città lontana. Una delle tante che d'autunno mandavano ai monti pallidi il fiato dei loro polmoni avvelenati. E così andarono via. Erano ancora giovani, potevano fare figli e chissà, forse un giorno questi figli sarebbero tornati a impiantare la vita nei monti delle nevi eterne. Ma nessuno tornò lassù e tutto finì nel silenzio.

In cinquant'anni la natura sanò la grande ferita della terra martoriata. Gli alberi spuntarono adagio e poi diventarono boschi. Boschi fitti e intricati che nessuno tagliava e che coprirono ogni memoria. Il torrente, come aveva previsto il vecchio, tornò a scorrere, si scavò un nuovo alveo sul terreno devastato, ma mulini e segherie non girarono più. E nemmeno i battiferro e le grandi ruote dei torni. Non esisteva più niente.

Il giorno dopo la catastrofe, nelle pianure delle città fumanti erano arrivati i morti. E le cose appartenute ai morti. Corpi, irriconoscibili, venivano trovati a pezzi, tumefatti e sbregati, nudi come vermi, senza quasi parvenza umana. Furono sepolti in un cimitero improvvisato scavato in periferia in un campo di erbe secche. Sepolti senza nome, tutti uguali gli uni agli altri, tutti sconosciuti. I potenti signori dell'acqua li avevano disturbati per l'ultima volta.

La gente delle città fumanti si dava da fare per trovare e seppellire i resti, anche se non ne conoscevano la provenienza. Vennero a sapere qualcosa giorni dopo, quando laggiù arrivarono due uomini e due donne scampati alla morte. Quattro esseri umani annichiliti raccontarono come poterono quel che era successo, quel che avevano visto. Non dissero altro sul regno scomparso dei monti pallidi. Conservarono il segreto del loro popolo gelosamente, anche se il regno non c'era più. Poi scomparvero. Ma la storia di quegli uomini misteriosi venne alla luce lo stesso. Dalle città fumanti salirono a scavare. Dalle macerie saltava fuori di tutto. Trovarono ciotole, legno frantumato, pifferi, flauti spezzati, violini sfasciati, letti, utensili, schegge, vasellame, scarpe di legno. Trovarono tutto quel che accompagnava la vita di quella povera gente. Raccolsero pure travi con incisi i nomi di acque: la Fonte Tona, la Fonte Chiara, l'Acquaviva. E sculture a tre facce. Anche enormi cristalli, molti a pezzi, altri interi, lunghi un metro, finiti laggiù con tutta la grotta dove riposavano da secoli le ossa degli amanti rissosi. Dal mare di fango saltò fuori una quantità impressionante di crocefissi senza braccia. Vista l'eccezionale fattura, gli uomini delle città fumanti li raccolsero e, dopo averli puliti, li sistemarono in una grande sala dove tuttora si trovano. Nessuno portava firme. Saltò fuori anche un gran numero di statue di legno figuranti una donna. Molto rovinate, come i crocefissi, ma ancora visibili. E pure una statua enorme, di larice, sempre di donna. Senza braccia anche lei. Il cataclisma le aveva strappate e aveva rovinato il viso.

Nel paziente lavoro di ricerca, gli spalatori s'imbatterono in pezzi di roccia scura sparsi qua e là, con incisi a scalpello segni misteriosi e fitti che parevano scrittura. Una scrittura sconosciuta al mondo. Dapprima ne trovarono uno e poi due e poi ancora tanti da non credere. Alcuni enormi, altri grandi, alcuni piccoli ma sempre pieni di quei segni intricati e incisi a fondo. Allora, quando videro che ne saltavano fuori di continuo, cominciarono a metterli insieme in un campo. Dopo quaranta giorni formavano una montagna. E lì restarono lunghi anni. Della storia degli uomini freddi non si seppe più niente. A dire il vero, non se n'era mai saputo niente. Finché, un giorno, capitarono lì dei signori di mezza età vestiti bene.

Erano cinque e si misero a rovistare tra i blocchi, a girarli e fotografarli. Erano studiosi di scritture remote, dialetti e idiomi scomparsi. Vennero per studiare e decifrare quei segni misteriosi. Ma non fu facile. Ci vollero anni di sforzi. Sarebbe bastato rintracciare i quattro scampati alla catastrofe, ma di loro non vi era più traccia. Gli studiosi li fecero cercare con annunci e appelli sui giornali, ma nessuno si fece avanti. Però riuscirono lo stesso a venirne a capo.

Dopo diciassette anni, decifrata la scrittura, ricomposero quasi tutti i pezzi e udirono finalmente la voce degli uomini freddi. Li colpì, tra le tante, la vicenda di un bambino rimasto sette giorni sotto la valanga e sopravvissuto. Quel bambino non subiva i morsi del gelo, perciò rimase indenne. Quando fu adulto se ne andò in un paese meno aspro. Creò una famiglia. Ebbe una figlia che, come lui, non sentiva il freddo. La chiamò Neve. Neve patì una vita grama, ma questa è un'altra storia.

I quattro scampati alla montagna d'acqua forse ebbero dei figli, i quali ne fecero altri. Di preciso non si sa, ma è facile che sia così, perché nelle città di oggi, che fumano sempre peggio, ogni tanto compare qualche donna, o qualche uomo. Esseri pallidi, magri e silenziosi che fanno quel che hanno da fare, salutano a cenni e spariscono senza rumore. Pare siano discendenti dei quattro scampati alla strage, ma con certezza non è dato saperlo.

Oggi, nell'era tecnologica, i monti pallidi sono cementati nel silenzio. Nessuno sa dove si trovano e nessuno li cerca. Non sono alla moda. Solo il vento passa ogni tanto a carezzare quel luogo di fantasmi, di ricordi, memoria nell'aria, storia impigliata tra le vette, poiché di tangibile non è rimasto nulla.

Le due case degli scampati alla morte, dopo cinquant'anni, non esistono più. Crollarono sotto il peso del tempo, nel dolore dell'abbandono. Furono sepolte dalla vegetazione, forse per proteggerle. Però, rovistando tra i carpini contorti e i faggi, in fondo si vedono le pietre. Qualcosa ancora esiste, degli uomini freddi, ma rimane nascosta.

I grandi blocchi di roccia scolpita rimasero lì per anni, finché non vennero smantellati. Catalogati, decifrati e fotografati, furono abbandonati a se stessi, non servivano più. Sgretolati, servirono invece a massicciare una linea ferroviaria. Sui monti pallidi adesso dimora il silenzio. Solo la voce del torrente canta come un tempo. Come quando faceva cigolare mulini e segherie e battiferro. E le ruote dei torni. Allora era un campo liquido da coltivare. Ora canta la canzone dell'oblio. Ma è tornato. Il torrente è tornato. «L'acqua torna sempre, sfonda muri e montagne e passa.» Così aveva detto il vecchio. Adesso è là che canta, manda ancora in giro la sua voce, la voce perduta degli uomini freddi. Il resto è niente, lassù non c'è più nulla. Eppure la neve cade ancora lassù, dove non c'è più nulla.

Indice

Arnoldo Mondadori Editore S.p.A.

Questo volume è stato stampato
presso ELCOGRAF S.p.A.
Stabilimento - Cles (TN)

Stampato in Italia - Printed in Italy